AMBERVILLE

AMBERVILLE

Tim Davys

Tradução de
Otávio Albuquerque

Amarilys

Título original em sueco: *Amberville*
Traduzido a partir da edição norte-americana [*Amberville*].

Publicado mediante acordo com a HarperCollins Publishers.

Amarilys é um selo editorial Manole.

Este livro contempla as regras do Acordo Ortográfico da Língua Portuguesa de 1990, que entrou em vigor no Brasil.

Capa
Hélio de Almeida

Dados Internacionais de Catalogação na Publicação (CIP)
(Câmara Brasileira do Livro, SP, Brasil)

Davys, Tim
Amberville / Tim Davys ; traduzido por Otávio Albuquerque. -- Barueri, SP : Amarilys, 2010.

Título original: Amberville.
ISBN 978-85-204-2935-8

1. Ficção sueca I. Título.

09-12660 CDD-839.73

Índices para catálogo sistemático:
1. Ficção : Literatura sueca 839.73

1ª edição brasileira – 2010

Direitos em língua portuguesa adquiridos pela:
Editora Manole Ltda.
Av. Ceci, 672 – Tamboré
06460-120 – Barueri – SP – Brasil
Tel.: (11) 4196-6000 – Fax: (11) 4196-6021
www.manole.com.br / www.amarilyseditora.com.br
info@amarilyseditora.com.br

Impresso no Brasil
Printed in Brazil

AMBERVILLE
LANCEHEIM
TOURQUAI
YOK

Capítulo 1

Em uma manhã no fim de abril, batidas sacudiram a porta do apartamento de Eric Urso e Emma Coelho na Rua Uxbridge vermelho-tijolo. A chuva matinal havia dado uma trégua e o sol voltava a brilhar sobre Mollisan Town.

— Cale a boca e pare de bater — resmungou Eric Urso para si mesmo, puxando o cobertor sobre a cabeça.

Mas o cobertor era fino demais; as batidas na porta ecoavam com vigor dentro de sua cabeça.

Seria impossível voltar a dormir.

A noitada do dia anterior havia sido longa e confusa. O tipo de noite em que absolutamente todos os bichos de pelúcia parecem ter decidido sair de casa. Os restaurantes em Lanceheim estavam lotados. Na Pfaffendorfer Tor violeta-brilhante, os animais abarrotavam a rua desde a Sala de Concertos, e o congestionamento na Krünkenhagen amarelo-mostarda estava pior do que a Avenida Norte na hora do *rush*. Répteis e mamíferos, peixes e aves, animais imaginários e até alguns insetos: todos os tipos de bichos de pelúcia se amontoaram em Lanceheim.

— Venham comigo! — bradou Eric quando o movimento na calçada ameaçou dividir o grupo.

Estavam em cinco. Wolle Sapo, Nicholas Gato e um chefe de projeto da agência de publicidade Wolle & Wolle cujo nome ele não sabia.

Mas era Philip Babuíno quem estava ao lado de Eric. Naquela noite, Babuíno era o centro de todas as atenções. Ele representava a fábrica de sapatos Dot. A empresa estava procurando uma nova agência de publicidade há vários meses, e a Wolle & Wolle estava prestes a vencer a disputa. Agora, faltava apenas um empurrãozinho.

Eric Urso estava pronto para dar esse empurrão.

Eric avistou um restaurante não muito distante dali. Ao longe, viu as letras amarelas grossas da placa de néon que diziam: "Papagaio's Bar & Grill".

— Ah, o Papagaio's — disse Eric para Philip Babuíno. — Nunca tive um minuto de tédio lá.

Na verdade, Eric Urso nunca houvera sequer ouvido falar daquele lugar, e era bem provável que jamais conseguisse voltar a encontrá-lo. Mas as letras em néon de estilo manuscrito o lembravam da *art decó* de sua infância e, de todo modo, nenhum restaurante era muito diferente do outro por ali.

— Só espero que não haja nenhuma dama decadente no Papagaio's — disse Babuíno, com um riso nervoso. — Eu não saio há quase vinte anos e não gostaria de trombar com nenhuma... tentação... logo na primeira vez.

Philip Babuíno estava com um terno cinza, uma camisa branca e uma gravata azul-escura.

Durante o jantar, ele comentou que seus maiores interesses na vida eram balancetes, índices de renovação de estoque e os caramujos que ele pegava na praia em Hillevie. Babuíno ainda estava com sua maleta enquanto andava ao lado de Eric Urso. Ele a carregou durante a noite toda, como se fosse uma boia salva-vidas.

Ficou óbvio para todos ali que tudo o que Philip Babuíno queria era encontrar damas decadentes.

— Tentações? — riu Eric Urso. — Infelizmente, tenho certeza de que esse é o tipo de coisa que vamos encontrar no Papagaio's, sim.

Philip Babuíno tremeu de empolgação.

Uma nova saraivada de violentas batidas ressoou da porta de entrada.

Por que não usam a campainha como bichos de pelúcia normais?

Eric Urso se virou na cama. Sob o cobertor, sentiu o próprio hálito. Martíni com gim e vodca. Havia fumado ontem? Pelo gosto em sua língua, parecia que sim.

Quando saíram do Papagaio's Bar & Grill, — uma vez que não havia nenhuma dama decadente o bastante para o gosto de Babuíno por lá — já estavam completamente bêbados. Os cinco acabaram em um clube de jazz. Um porão escuro que não deveria ficar em Lanceheim, mas sim em Tourquai.

— Sei que não deveríamos falar de negócios... — disse Eric Urso.

Esforçou-se muito para falar sem gaguejar. Ele e Babuíno estavam sentados um de frente para o outro em uma pequena mesa redonda em um canto do lugar. Eric se sentou em uma cadeira, e Babuíno ficou encostado em um banco duro contra a parede. Um saxofone ululava de um palco ao fundo, e talvez até houvesse alguém sentado no colo de Babuíno. Estava tão escuro, era difícil ver direito.

— Sei que não deveríamos falar de negócios, mas estamos a sós agora, certo? Você já se decidiu quanto à Wolle & Wolle?

— Na terça-feira — disse Babuíno.

Pelo menos foi o que Eric pensou ter ouvido.

— Terça-feira?

— Mas vamos exigir um teto — disse Babuíno.

Ou talvez ele tenha dito alguma outra coisa. No palco, o saxofone agora estava acompanhado de um trompete, e era impossível ouvir a conversa.

— Tem uma panda sentada no seu colo, Babuíno? — perguntou Wolle Sapo.

Urso não sabia de onde o sapo havia surgido. Ao ser pego em flagrante, Babuíno se levantou do banco, mas logo depois voltou a se sentar. Com a panda por cima.

— Eu nunca pus as patas em panda nenhuma! — gritou ele.

Foi quando Eric soube que a Dot seria a mais nova conta da Wolle & Wolle.

"JÁ ESTOU INDO!"

Eric se livrou do cobertor e sentou-se na cama. O quarto estava girando. O barulho na porta estava ficando mais alto.

Ele tinha uma vaga lembrança de que Emma tinha saído de casa quase uma hora atrás. Ela havia alugado um estúdio na zona sul de Amberville, perto do Swarwick Park. Lá, ela trabalhava até o sol parar de brilhar no leste, e gostava de sair logo cedo de manhã. Eric era mais lento. Mais preciso, diria ele.

Mais inútil, diria ela.

O urso se levantou e pegou a cueca e a camisa que estavam caídas no chão ao lado da cama. Eram suas roupas de ontem. Elas estavam fedendo a suor, cigarro e álcool amanhecido. Com um suspiro, atravessou lentamente a sala de jantar.

As cortinas estavam fechadas no quarto, mas o sol brilhava alegremente no alto de um céu azul pelas janelas da sala de estar. As narinas do nariz de pano de Eric se dilataram e, por instinto, suas pequenas orelhas arredondadas se projetaram para a frente. Ele preferia nem tentar adivinhar quem poderia estar ali na porta; eles muito raramente recebiam visitas inesperadas. Enrugando suas sobrancelhas de ponto cruz, ele pôs a pata em sua cabeça que latejava. Ao mesmo tempo, havia certa curiosidade em seus pequeninos olhos de botões pretos.

A vida de Eric Urso sempre lhe proporcionava surpresas agradáveis.

Chegou ao corredor assim que as batidas voltaram a ecoar e, a esta altura, o animal do outro lado da porta já havia perdido a paciência. As dobradiças estremeciam; a força por trás daquelas batidas era inconfundível.

Eric hesitou.

Ele ficou estático ao lado de um pequeno sofá de veludo rosa que Emma Coelho havia comprado em um leilão por um preço bem salgado há pouco mais de um ano.

Talvez fosse melhor não abrir. De repente, Eric percebeu que não queria mais saber quem estava do outro lado da porta. Soltando um suspiro inaudível, sentou-se no sofá rosa.

Houve um instante de silêncio.

Logo em seguida, a porta voou com tudo corredor adentro.

A pancada foi barulhenta e distinta, seguida por um desagradável som de trituração. Entre a nuvem de lascas de madeira e reboco da parede, Eric identificou o contorno de um pequeno pássaro entrando com passos cuidadosos sobre os destroços no chão.

Atrás do pássaro, duas enormes figuras despontavam uma de cada lado.

Nicholas Pombo e seus gorilas estavam ali para uma visita.

— Eric, meu amigo — disse Pombo com sua monótona voz estridente enquanto a poeira baixava. — Vejo que cheguei em uma hora muito inconveniente.

E o pombo apontou para as pernas nuas de Eric. O pássaro em si vestia um jaquetão impecável e trazia um lenço de seda rosa no pescoço.

Eric se levantou do sofá como se estivesse em posição de sentido assim que a porta foi arrombada, e agora estava olhando para a própria cueca. Seu coração martelava no peito, e ele estava chocado demais para sentir medo ou raiva.

— Eu... — começou ele.

— Não tem problema — disse Pombo, passando por Eric sem ser convidado e entrando na sala de estar.

Os dois gorilas ficaram de guarda no corredor, no espaço onde há pouco tempo havia uma porta. Escapar seria impossível.

Eric se lembrou vagamente de um dos gorilas, o que era vermelho vivo, de um passado distante. Aquela era uma cor muito incomum para um macaco.

Na sala de estar, o pombo já havia se acomodado em uma das poltronas. Desconfiado, Eric se sentou no sofá ao lado. Apesar de praticamente todos os bichos de pelúcia de Mollisan Town terem o mesmo tamanho, alguns pareciam mais delicados e outros, um tanto mais brutos. Pombo se encaixava na primeira categoria e os gorilas, na segunda.

— Já faz tanto tempo... — disse Eric. — Tanto...

— Tempo demais — respondeu Pombo. — Tempo demais, meu amigo. Mas não foi por culpa minha. Você sempre soube onde me encontrar.

E era verdade.

O ninho de Nicholas Pombo sempre ficou no Cassino Monokwski. Diziam que Pombo raramente ou até mesmo nunca saía de seu confortável escritório, de onde, através de janelas escuras, vigiava o cassino lá do alto. No entanto, Eric sabia que a pintura à esquerda da mesa — um cavalo com armadura de batalha — era na verdade uma porta para o apartamento particular de Pombo. Era dali que ele fazia suas visitas ao mundo lá fora, o que era necessário para manter o equilíbrio do poder. Aquele pássaro era uma das figuras mais perigosas de Amberville e, direta ou indiretamente, controlava a maior parte do crime organizado do distrito.

— Mas, sem dúvida, você também sabia onde me encontrar — respondeu Eric, tentando manter sua voz em um tom suave.

— Você cuida dos seus amigos — disse Pombo. — E, é claro, devo lhe dar os parabéns por todo o seu sucesso.

Eric acenou com a cabeça, sorrindo, mas sentiu um arrepio na espinha. Não sabia onde Pombo estava querendo chegar. Eric estava no auge de sua vida, e achava que tinha muito do que se orgulhar. Talvez Pombo tivesse lido alguma coisa sobre a Wolle & Wolle. Desde que se tornara o chefe acima de Wolle

Sapo e Wolle Lebre, muito vinha sendo escrito a seu respeito na imprensa.

— Obrigado — falou Eric.

— Você tem uma bela casa — continuou Nicholas Pombo.

Mais uma vez, um estrondo foi ouvido no corredor. Não foi tão violento quanto o que derrubou a porta, mas era um som do mesmo tipo. Eric se virou e viu que os macacos estavam estraçalhando seu adorável sofá rosa.

"Emma", pensou ele, em uma onda de pânico que subiu de sua barriga até a garganta. "Emma. Ela vai ficar arrasada."

— Por quê...?

Eric tentou parecer tranquilo e acenou com a cabeça na direção do corredor onde os gorilas continuavam a chutar e socar o que havia sobrado do móvel.

— Eles estão descansando um pouco — disse o pombo. — Muita energia acumulada. É melhor eu ir direto ao ponto antes que eles destruam seu lindo apartamento.

Eric engoliu seco e assentiu. O suor escorria pelas suas costas, mas podia muito bem ser só por conta da ressaca. Ele não queria soar materialista, mas aquele sofá rosa não tinha saído barato. E Emma nunca entenderia. Ela não sabia nada sobre os anos rebeldes de Eric; ele nunca ousou contar a ela que um dia já havia trabalhado para Nicholas Pombo. Para os outros, ele deixava algumas pistas aqui e ali, por achar que isso lhe conferia uma aura mais interessante. Mas Emma não era do tipo que se impressionava tão fácil.

Os gorilas terminaram seu serviço no corredor. Com passos decididos, eles atravessaram a sala de estar até a de jantar, onde voltaram a descarregar suas frustrações na mobília: a mesa e as cadeiras.

"Só espero que não vejam o lustre de cristal", pensou Eric. Era a cópia de uma peça do século XVIII assinada por de Clos, da qual só existiam quatro exemplares no mundo todo.

Logo em seguida, centenas de prismas de cristal choveram sobre o assoalho de madeira.

— Eric, você me conhece — disse Pombo, ajeitando seu lenço. — Não sou do tipo que gosta de rodeios, e pretendo ir direto ao assunto. Eu estou na Lista da Morte.

— Na Lista da Morte? — repetiu Eric, meio abobado.

— Exatamente — confirmou Pombo, sem hesitar.

— Mas... — disse Eric, sem saber ao certo se o pombo estava brincando. — Você tem certeza de que... de que existe mesmo... Digo, eu sei que...

Eric ficou em silêncio.

— Isso faz alguma diferença? — perguntou Pombo sem muito interesse.

Eric ouvia boatos sobre uma Lista da Morte desde a pré-escola. Mas, como adulto, era difícil acreditar que ela realmente existisse. Os Choferes operavam segundo princípios conhecidos apenas por eles mesmos, o que, é claro, só aumentava as especulações. Com sua caminhonete vermelha, os Choferes pegavam os bichos de pelúcia velhos, "os desgastados e desanimados", como dizia o ditado. Ninguém sabia para onde os velhos animais eram levados, mas eles desapareciam e nunca mais eram vistos. Não era de se estranhar que os Choferes fossem temidos, nem que as pessoas até esperassem que existisse mesmo alguma lista; qualquer coisa que pudesse fazer os ataques noturnos dos Choferes parecerem menos aleatórios. Falava-se que o Ministério do Meio Ambiente estava ligado a esse assunto, já que era responsável pelo transporte municipal e pela assim chamada Lista de Filhotes. Mas era pouco provável que alguém do ministério tivesse a incumbência de distribuir sentenças de morte entre os bichos de pelúcia.

— Talvez faça, sim, alguma diferença — disse Eric com cautela.

Ele não queria desviar seus olhos para a sala de jantar; os sons já lhe bastavam para entender o que estava se passando.

— Se a Lista da Morte não existir, então é claro que você não pode estar nela.

— Essa — redarguiu Pombo — é uma linha de pensamento hipotética que não me interessa. Eu vim até aqui por um único motivo. Quero que você encontre essa lista e tire o meu nome dela.

O silêncio que se seguiu durou apenas um instante. Os gorilas na sala de jantar estavam completamente ocupados com as cadeiras, que pelo visto tinham uma estrutura bem mais sólida do que aparentavam.

— Mas por que especificamente eu?

— Você me deve alguns serviços — lembrou Pombo. — Pelo menos alguns.

— Mas isso foi há séculos!

— Sim, e com os juros acumulados, você está numa péssima situação — sorriu Pombo, logo voltando ao seu tom sério. Essas mudanças abruptas eram uma de suas especialidades. — Como bem disse, Eric, você é especificamente adequado. Levando em conta a sua mãe...

O fato de Edda Rino ter sido indicada como diretora do Ministério do Meio Ambiente — o mais importante dos três ministérios de Mollisan Town — estava por trás de vários cargos de confiança que Eric Urso havia recebido ao longo dos anos. Mas agora, ele devolveria tudo só para que esta conversa não estivesse acontecendo.

— Sr. Pombo — disse Eric —, eu lhe garanto que nem o Ministério do Meio Ambiente nem minha mãe ficam por aí criando Listas da Morte que...

— Tudo bem, tudo bem — disse Pombo, rebatendo as desculpas enquanto aproveitava a oportunidade para ajustar a manga de seu paletó. — Não me interessa como você vai fazer isso. Quanto menos eu souber, melhor. Adoraria poder lhe dar mais informações, mas... o gato... que afirmou saber que meu nome estava na lista... infelizmente... desapareceu. Então, suponho que possa começar por onde bem quiser.

— Mas eu...

Nicholas Pombo o interrompeu, levantando-se da poltrona. Um estrondo terrível foi ouvido. Eric presumiu que a estante de vidro com os copos de cristal tivesse caído no chão.

— Vamos embora! — gritou o pombo.

O silêncio caiu imediatamente sobre a sala de jantar, e os dois macacos vieram trotando até a sala de estar.

Pombo deu alguns passos até o corredor, mas se lembrou de algo e então deu meia-volta.

— É muito simples, na verdade — disse ele, lançando um olhar frio para Eric Urso que continuava sentado no sofá. — Se os Choferes me pegarem, meus gorilas irão pegar a sua amada Emma Coelho. E parti-la em pedaços.

O pombo não ficou ali para ver que efeito sua ameaça causaria no urso e saiu na frente dos gorilas pelo corredor. Eric não conseguiu sequer sair do lugar.

— Boa sorte! — disse a voz estridente já nas escadas.

Capítulo 2

Eric dedicou seu dia a arrumar as coisas na Rua Uxbridge. Ele e Emma moravam em um apartamento realmente fantástico no terceiro andar de um prédio azul, um dos mais antigos edifícios históricos tombados de Amberville. Na verdade, era injustificável o fato de Eric ainda continuar naquela Amberville onde cresceu. Devia ter feito como seus outros amigos criativos e comprado algo menos ostentoso — mas igualmente caro — em um dos bairros multiculturais no norte de Tourquai. Ou, melhor ainda, reformado um *loft* em Yok. Isso seria algo mais de acordo com sua imagem: um rebelde no mundo dos negócios com um passado misterioso.

Dos quinze aos dezenove anos, Eric Urso morou no Cassino Monokowski, um dos estabelecimentos ilegais de Amberville que tinha seus similares em outros distritos. Ele dormia onde encontrava espaço, em uma cama ou debaixo de alguma mesa, em um sofá ou banheiro; não era muito exigente nesse quesito. Na maioria das vezes, as drogas lhe propiciavam um agradável torpor, e ele poderia muito bem cair de sono sobre uma das mesas de roleta. Guardava seus pertences dentro de uma sacola plástica em um armário no vestiário dos empregados. Seu melhor amigo, Sam Gazela, andava com a chave do armário no bolso de seu colete. Eric usava esse armário tão raramente que, na maior parte do tempo, até se esquecia do que estava lá dentro.

Durante essa época, Eric vivia sob as regras de Nicholas Pombo, fato do qual ele era constantemente lembrado. Os trabalhos que recebia eram de diferentes níveis de dificuldade. Essas atribuições nunca vinham do Pombo em pessoa, mas não havia dúvida alguma sobre quem realmente tomava as decisões. Podiam ser só algumas tarefas comuns — levar envelopes lacrados com maços de dinheiro ou pequenos pacotes com drogas (enrolados com tanta fita adesiva grossa e bege que só com tesouras e facas seria possível abri-los) de um canto do cassino para o outro. Mas ele também podia ter de ajudar Sam a arrancar dinheiro dos fregueses pelos corredores ou se matar trabalhando como garçom o dia todo, caso algum empregado faltasse. Às vezes, acabava fazendo coisas mais desagradáveis, como limpar os banheiros ou servir de vigia enquanto os gorilas faziam seu trabalho.

Em troca, tinha crédito quase ilimitado nas mesas de apostas.

Em troca, tinha comida e abrigo.

O jovem Eric Urso não reclamava.

Mas a cada ficha que comprava no banco do cassino e a cada comprimido que engolia junto com álcool em algum dos bares, Eric dava ainda mais um passo rumo ao triste fim ao qual parecia estar predestinado. Não fosse por Emma Coelho, a caminhonete vermelha teria levado Eric Urso antes de seu vigésimo aniversário.

Na primeira vez em que a viu, Emma estava na frente de uma janela que dava para o mar. Naquele sorriso, ele encontrou um desafio irresistível. Ela estava de branco. Aquela imagem de Emma Coelho parecia algo criado por algum publicitário. Era como se ele a tivesse descoberto ali.

Dizem que o amor supera tudo.

E supera mesmo.

A partir daquele dia, e por todos os dias desde então, Eric Urso amou a coelha com dor, devoção, paixão e um fervor autodestrutivo incontroláveis. Quando ela estava contente, a alegria de Eric não encontrava limites. Quando as coisas iam mal, a desolação do urso era angustiante.

Ela não gostava disso.

Ela discutia e o acusava de tentar dominar seus sentimentos. Dizia que Eric a sufocava e que ele estava ultrapassando os limites entre as vidas de cada um. Ela dizia que não era assim que se demonstrava amor.

Se tivesse a chance, ele adoraria poder amá-la de alguma outra forma. Mas as preocupações de Emma estavam muito além do alcance da razão. Ele reagia como um filhotinho, por instinto e sem reflexão alguma. Sempre foi assim, e assim ele iria continuar.

Enquanto limpava os rastros do ocorrido e pensava em uma explicação razoável para justificar o sumiço dos móveis do corredor e da sala de jantar (para ganhar tempo, ele pensou em dizer que havia emprestado os móveis da entrada para uma sessão de fotos e que a mobília da sala de jantar tinha voltado à loja para receber um novo acabamento), Eric Urso percebeu que não teria outra alternativa.

Estava decidido a tentar descobrir se de fato existia uma Lista da Morte e, se esse fosse o caso, retirar o nome do Pombo de lá.

Eric não sabia quanto tempo teria, mas suspeitava que não fosse muito. Não conseguiria fazer isso sozinho.

Mais uma vez neste dia de abril na vida do urso de meia-idade, seus pensamentos voltaram à vida boêmia de sua juventude. Nenhum dos acomodados gerentes de projeto, diretores de comerciais de TV ou executivos mimados de marketing com quem andava hoje em dia seria capaz de ajudá-lo na missão que recebera de Nicholas Pombo. Ele seria forçado a reunir a velha gangue.

Capítulo 3

Grand Divino era o paraíso de todos os que se acham capazes de jogar dinheiro fora. Roupas, comida, itens de decoração ou culturais, quase tudo podia ser encontrado em Grand Divino. Uma pomposa abundância era oferecida à venda em meio a um magnífico cenário de mármore, veludo, madeira e vidro; uma loja de departamentos que era ao mesmo tempo aconchegante e espaçosa. O prédio era rosa-salmão, e a gigantesca entrada ficava aberta desde manhã até tarde da noite. Quando Eric Urso chegou ao mar de vidro e espelhos da seção de perfumes, era um dos primeiros clientes do dia.

Como sempre, os aromas o deixaram atordoado. Intoxicado pela lavanda com menta, almíscar e lírio do vale, ele parou por alguns instantes, preso entre devaneios com Emma Coelho. Eles estavam deitados na grama verde e alta debaixo de um lindo céu azul de verão, abraçando-se e trocando palavras que só são ditas para quem se ama. Era como se ele se deixasse levar pelos seus próprios *slogans*. "Giselle — o aroma da primavera". Ou "Número 3 de Max Loya — sonhos de amor". Ele adorava perfumes e já havia trabalhado com várias das maiores marcas. Também já havia trabalhado com produtos que não lhe agradavam, mas isso não fazia lá muita diferença, na verdade. Seu verdadeiro interesse era pelo sucesso. Sabia que esse não era o traço mais charmoso de sua personalidade, e tentava disfarçá-lo o máximo possível.

Mas não era bom com mentiras e Emma sempre conseguia desmascará-lo. Ela não acreditou no que ele disse sobre os móveis na noite anterior. Só aceitou todas as invenções dele para manter a paz dentro de casa. Mas nesta manhã, ela partiu para o ataque: até um filhote perceberia que ele estava mentindo!

Eric respondeu com o máximo de suas habilidades. Mesmo pressionado, decidiu não contar a verdade. A verdade não melhoraria as coisas em nada.

Eric Urso começou a respirar pela boca. Assim, evitava os sedutores aromas dos perfumes e recobrava suas forças para agir. Com passos decididos, foi até as escadas rolantes e subiu até o quinto andar. Grand Divino tinha elevadores também, mas Eric nunca se lembrava de onde eles ficavam. As escadas rolantes, feitas de vidro, plástico e acrílico, formavam a espinha dorsal da loja de departamentos. Seus complexos mecanismos ficavam expostos no que pareciam gavetas de vidro na parte inferior e, como máquinas de movimento eterno, elas mantinham a ânsia de consumo fluindo de sol a sol. Ser levado lentamente rumo ao teto envidraçado de Grand Divino, onde pequenas luzes em forma de estrela brilhavam contra um fundo azul-escuro, criava uma sensação quase divina. Depois disso, parecia até tolice se espantar ao ver um par de botas que custava alguns milhares de dólares.

No quinto andar, à direita das camas e lençóis, ficava o departamento de corte e costura. Mais adiante, ao lado das agulhas de tricô e novelos de lã, o enorme Tom-Tom Corvo estava sentado em um banco. Essa sim era uma visão peculiar. Ele estava sentado atrás de uma longa mesa branca, separando agulhas de costura pelo tamanho de seus buracos. Arqueado com sua figura negra sobre a mesa, o corvo usava as longas penas nas pontas de suas asas para realizar o minucioso trabalho. Sem dúvida, foi pela mancha vermelha sob o bico — aparentemente, um defeito de fabricação — que Eric reconheceu seu velho amigo. O corvo era tão grande que a mesa na frente dele parecia ter saído do jardim de infância.

Havia mais duas outras atendentes no departamento de corte e costura, duas porcas já um tanto idosas, que Eric nem notou a princípio. Uma delas estava de pé, dobrando discretamente pedaços floridos de pano, não muito longe de Tom-Tom; e a outra estava perto do caixa, passando aventais que estavam com 20% de desconto.

A calmaria reinava naquele departamento. A uma distância segura, Eric Urso se escondeu atrás de um beliche e juntou toda a sua coragem. Parecia quase impossível que aquele lento organizador de agulhas fosse o mesmo pássaro que conhecera. Vinte anos atrás, esse corvo era capaz de partir dois tijolos ao meio entre suas asas. Naquela época, Eric sempre ria dos pobres coitados que por engano incomodavam Tom-Tom enquanto ele estava absorto em seus pensamentos; não havia motivo mais fútil para se arrancar o braço de alguém. Na maior parte do tempo, Tom-Tom Corvo era um sujeito deveras gentil, mas, às vezes, ele tinha explosões de loucura incontroláveis.

E agora? Ele ainda poderia contar com a lealdade desse corvo?

Com passos cautelosos, Eric entrou no departamento de corte e costura, tomando cuidado para não ser visto pela porca passadeira. Enquanto passava pela gôndola de bordados, o corvo ergueu os olhos de sua mesa. Por uma fração de segundo, um quê de espanto e preocupação pôde ser visto em seus pequenos olhos negros. Lentamente, ele pôs as agulhas de lado e se levantou de seu banco.

— Minha nossa! — soltou ele.

O corvo correu e pegou o urso em seus braços, erguendo-o do chão em um forte abraço que fez Eric rir. Acima de tudo, por alívio, mas também percebendo o quão ridícula essa cena devia parecer.

Depois de trocar o tipo de frases que dois velhos amigos trocam depois de tanto tempo sem se ver, Tom-Tom sentou-se em seu banco e voltou ao trabalho. Eric se inclinou sobre a mesa para observá-lo por um instante.

— Mas que merda você está fazendo aqui? — perguntou ele.

O palavrão era só uma tentativa desajeitada de se sentir melhor. Hoje em dia, Eric Urso praguejava tão pouco que isso sempre soava artificial quando ele tentava.

— Como assim? — perguntou o corvo.

— Ah... bom... — disse Eric, já menos seguro. — Como você veio parar aqui... com todas essas coisas de tricô, crochê e essas... porcas?

— Ah, a Josephine e a Nadine são demais! — disse Tom-Tom, sorrindo. — Elas me ajudam com os bordados. Estou trabalhando em casa numa tapeçaria de parede enorme! É para o quarto. Vai ser uma paisagem fantástica. Fique aqui para o almoço e então eu poderei lhe mostrar. Devo ter os esboços aqui em algum lugar...

Tom-Tom procurou ao redor, meio incerto. Seus esboços deveriam estar ali em algum lugar.

— Para falar a verdade — disse Eric —, eu estava pensando em liberá-lo desse almoço. Para sempre.

— Não tem nada de errado com o almoço — disse Tom-Tom. — Aqui tem um refeitório no porão. Hoje vão servir sopa de legumes. Pode não parecer muito gostoso, mas é melhor do que você imagina.

— Eu estava pensando em fazer uma coisa com a velha turma — disse Eric. — Eu, você, o Sam e o Cobra.

— Uma coisa? — repetiu Tom-Tom.

Eric teve grande dificuldade para entender o tom de voz do corvo. Assentiu.

— Nós quatro? — perguntou Tom-Tom.

Eric assentiu mais uma vez.

— O Cobra nunca vai entrar nessa — objetou o corvo. — Eu o vi alguns anos atrás, aqui na loja de departamentos. Ele fingiu nem me reconhecer. Achei que fosse só de brincadeira, achei que... eu o chamei algumas vezes, mas ele nem se virou.

— O Cobra vai entrar sim — afirmou Eric.

— Você garante?

— Garanto.

— Caramba... — disse Tom-Tom.

O corvo se perdeu em seus pensamentos.

— Financeiramente, você não terá mais problemas para o resto da vida — disparou Eric, sem ter a mínima ideia de como poderia cumprir essa promessa.

— Sério mesmo?

— Sério.

— E se der tudo errado? — perguntou Tom-Tom, já escaldado por outras experiências.

— Aí vai dar tudo errado — confirmou Eric.

O corvo concordou, achando que aquilo era algo muito profundo, e voltou a mergulhar em suas reflexões. Assim que Eric começou a se perguntar se Tom-Tom sequer se lembrava do que estava pensando, o corvo se levantou do banco. Foi um movimento demorado, não hesitante e tampouco agressivo.

— Que se dane — disse ele. — Vamos lá, então.

— Ótimo — respondeu Eric, sem parecer surpreso.

Tom-Tom tirou o avental que todos os empregados do departamento de corte e costura eram obrigados a usar. Ele o dobrou com todo o cuidado e o pôs ao lado das agulhas.

— Nadine — disse ele para a porca mais próxima. — Nadine, você vai ter de organizar as agulhas. Vou pedir demissão.

Nadine pareceu meio perdida. No entanto, ela deve ter se achado bem rápido, pois assim que Eric e Tom-Tom chegaram à escada rolante do quinto andar, o caminho dos dois estava obstruído por uma morsa de cara fechada. Era o gerente do departamento. Cravando seus olhos cinzentos no corvo, ele perguntou o que estava acontecendo.

— Estou pedindo demissão agora — respondeu Tom-Tom, cordialmente.

— Acho que não — rosnou a morsa em tom autoritário. — Você não pode sair assim do seu trabalho. Existe uma coisa chamada aviso prévio. Existe uma coisa chamada responsabilidade.

Tamanha presunção fez Eric e Tom-Tom abrirem um sorriso. As memórias de suas aventuras juvenis voltaram à mente dos dois; lembranças de dias que não voltariam nunca mais e que agora pareciam ainda mais doces sob as lentes douradas do tempo.

— Dê um jeito nele — disse Eric.

— Você acha melhor? — perguntou Tom-Tom.

— Acho — confirmou Eric com a cabeça.

No mesmo instante, Tom-Tom deu um passo à frente, cravando suas garras no assoalho de madeira para se apoiar com firmeza e então levantou o gerente e o lançou até o departamento de colchões, onde ele caiu sobre uma pilha de travesseiros que desabou com um lento estardalhaço.

— Como nos velhos tempos, hum? — riu Tom-Tom, seguindo calmamente até as escadas rolantes.

Eric Urso não ousou admitir sequer para ele mesmo a proporção da esfuziante e reprovável alegria que sentiu.

— Será que temos tempo para passar no refeitório dos funcionários antes de irmos embora? — perguntou Tom-Tom. — Seria uma pena perder aquela maldita sopa de legumes.

CREPÚSCULO, 1

Lá estava ele em seu prédio, observando Mollisan Town sob o crepúsculo. Dentro de seus pequeninos olhos frios, ardia uma chama, a chama branca de sua inabalável determinação. Característica essa que não ousava revelar a ninguém, por saber que ela assustaria qualquer bicho de pelúcia que a testemunhasse. E ele podia manter isso em segredo, pois nunca havia perdido o controle. Quando você perde o controle, fica impossível controlar os outros. E dessa perspectiva, o controle equivale ao poder. Era assim que ele levava a vida. Conquistando e administrando o poder. O breve lampejo de um sorriso brilhou nas reluzentes esferas de seus olhos, mas foi um sorriso imperceptível. Um sorriso de poder, satisfação e medo ao mesmo tempo.

Estava no escuro. Abaixo de seu refúgio, duas avenidas retilíneas dividiam a cidade em quatro distritos. Era a sua cidade, um mundo de objetos e desejo. Ele estava totalmente imóvel, observando carros que cruzavam como pontos de luz o engenhoso emaranhado de ruas. Cada rua na cidade tinha sua própria cor característica. Cada prédio importante era pintado, dos alicerces até o teto — incluindo as portas e janelas, telhas e chaminés — com um dos vários tons do arco-íris. Do alto de seu prédio, Mollisan Town era uma explosão de cores durante o dia, mas após o cair da noite, eram as luzes de néon que davam vida e personalidade àquele aglomerado de asfalto, cimento e tijolos. Ele adorava esta cidade.

Mollisan Town ficava a poucos quilômetros do litoral. Mais a oeste, encontrava-se o mar e Hillevie, a cidade de férias dos mais abastados. Fora isso, eles eram cercados por densas florestas ao norte, assim como ao sul e ao leste. E a cidade estava crescendo; em seus limites, árvores e arbustos vinham sendo derrubados para a construção de indústrias pesadas. A cada século, os bichos de pelúcia desflorestavam mais alguns quilômetros em cada direção. Ainda assim, a imensa área verde parecia infinita; apesar das diversas tentativas, nunca ninguém havia conseguido explorá-la ou mapeá-la graças à sua insondável vastidão.

"Os bichos de pelúcia são curiosos por natureza", pensou. Esse era o prazer e também o infortúnio de todos eles.

Com diferenças distintas, os quatro distritos da cidade competiam para se firmar como o maior de todos. Tempos atrás, eles eram vilarejos independentes, mas acabaram se encontrando graças ao inexorável crescimento, o que os forçou a dividir seus recursos. A prosperidade burguesa de Amberville; a agitada vida urbana de Tourquai; Lanceheim, que ainda era uma outra cidade dentro da cidade; e, por fim, Yok, que a cada ano deste século se tornava um problema cada vez maior para a administração municipal. Atualmente, cada distrito abrigava mais de um milhão de bichos de pelúcia de todos os tipos, cores, disposições e mentalidades. Às vezes, ele se imaginava como o titereiro daqueles animais; era tudo uma questão de controle e poder. Se fechasse os olhos, podia até ver quatro milhões de fios saindo de seu cérebro, presos a cada um dos habitantes de sua cidade.

"Orgulho", pensou ele. Um pecado capital.

O gato que deu com a língua nos dentes, o gato que abriu o bico para Nicholas Pombo... essa ideia o deixava furioso. Sem que se desse conta, seus músculos ficaram tensos e ele se agarrou ao braço da cadeira. Era revoltante pensar que um animal tão desprezível, tão tolo, tivesse causado tamanha comoção... que o mundo quase perfeito que havia construído — não para si, mas para todo mundo — poderia desabar com tanta facilidade... que ao longo dos anos, havia se tornado tão acomodado e preguiçoso que já nem se preocupava mais... que fora pego de surpresa... e por algo tão óbvio quanto... a fragilidade dos bichos de pelúcia.

Ele balançou a cabeça.

Estava respirando devagar.

Viu-se forçado a esquecer do assunto para não explodir. “Se não fosse por erros insignificantes como o desse gato”, pensou, “a vida seria muito fácil”. Se o acaso não continuasse sendo seu adversário, quem poderia desafiá-lo? Ficar ali parado, apenas maldizendo aquele gato, não o levaria a lugar algum. Sabia que era hora de agir.

Capítulo 4

Situado entre o azul-celeste da Avenida Sul e o verde-menta da Avenida Leste, o distrito de Yok poderia lembrar um observador descuidado das casas bem cuidadas de Amberville. Mas após alguns instantes de análise mais cuidadosa, a diferença ficava aparente. Pensando em bons tempos que nunca chegaram, os proprietários despejaram seus locatários desfavorecidos. A esperança era pela chegada de novos bichos mais ricos, mas nenhum deles apareceu. Os anos se passaram, os prédios desocupados foram se deteriorando e acabaram ficando tão decrépitos que seus donos já não tinham mais como mantê-los, especialmente por terem despejado seus locatários, que até então vinham lhe oferecendo sua única fonte de renda.

Com o tempo, os prédios ao longo das Avenidas Sul e Leste passaram a ser vistos como a linha limite entre uma sociedade funcional e outra, totalmente falida. Muitos animais trabalhavam em Yok, já que os ministérios da Fazenda e da Cultura haviam decidido transferir certos departamentos de suas operações para lá por motivos sociais. Os visitantes atravessavam de ônibus a Avinguda de Pedrables azul-escura, a rua que cruzava de norte a sul aquela parte da cidade como um largo rio.

Todos aqueles que viviam no caos das ruas, zanzando de lá para cá sem eira nem beira, bichos de pelúcia miseráveis que tinham como lar prédios decrépitos ou improvisados, todos eles se mudariam para Tourquai, Amberville ou Lanceheim na primeira oportunidade. Ninguém escolhia por vontade própria viver em meio ao fedor do sobrecarregado sistema de esgoto e do lixo que fermentava pelas ruas. Ninguém gostava da insegurança, da agressividade imprevisível dos mendigos ou das brigas e tiroteios que faziam parte da vida diária por lá. Era fácil se esconder em Yok, ficar na moita por anos e anos sem correr o risco de ser encontrado. Entre as mercearias, ruas ou bares da região, o mais inteligente era olhar apenas para o seu interlocutor, ou melhor: para nada. Os habitantes dessa parte da cidade sabiam como se virar, ignorar os outros e esperar em segredo pela chance de algum dia ir embora de Yok para sempre.

Eric Urso e Tom-Tom Corvo saíram de Grand Divino, cruzaram a avenida verde-menta e seguiram até Yok pela Rue d'Uzès. Eric tinha o endereço anotado em um pedaço de papel que estava no bolso de sua calça: Yiala's Arch, 152. Eles andavam a passos rápidos. O corvo sempre se sentiu desconfortável em meio à decrépita pobreza de Yok; ele cresceu em Tourquai, filhote e neto de uma longa linhagem de comerciantes bem-sucedidos. Tom-Tom vinha petiscando os *pretzels* salgados de um saquinho trazido da loja de departamentos, o que mostrava que ele não havia reclamado tanto por perder a sopa de legumes.

Em silêncio, eles continuaram rumo ao sul e, depois de mais ou menos uma hora e meia, já não conseguiam mais diferenciar um quarteirão do outro. Não havia nada além de prédios de concreto cinzento com quatro ou cinco andares, sendo que os mais baixos eram todos cobertos de pichações desbotadas pelo sol e cartazes despedaçados pela chuva. Aqui e ali, viam-se algumas lojas sem nome e que muitas vezes vendiam combinações inusitadas de produtos: legumes e bolsas ou bebidas e móveis de plástico. Eric e Tom-Tom andavam sozinhos pela rua, mas não tinham como evitar a sensação de que estavam sendo observados.

— Droga, como odeio este lugar — disse Tom-Tom.

— Não se esqueça de que *você* é o cara grande e truculento por aqui — lembrou Eric.

Tom-Tom acenou com a cabeça para si mesmo. Gostava de ser tratado assim, como em uma conversa entre dois bichos de pelúcia adultos. Eric Urso era o único que usava esse tom de voz com ele.

Bem quando Tom-Tom estava pensando pela terceira vez em perguntar a Eric se ele sabia mesmo para onde estava indo, o urso apontou com a cabeça um beco verde-grama estreito uns dez metros mais adiante do lado esquerdo da rua. O beco parecia sumir em uma descida íngreme entre os prédios, e era tão estreito que Tom-Tom chegou a ter dúvidas se conseguiria passar por ali com suas asas.

— É ali — disse Eric.

— Tem certeza? Quero dizer, é muito difícil se orientar por aqui — comentou Tom-Tom, pegando o último *pretzel* de seu saquinho. — Mas imagino que você já tenha vindo aqui antes.

Eric assentiu. Na verdade, foi há muito tempo, tanto que ele já quase havia se esquecido, mas havia conferido na tarde de ontem. Sam Gazela ainda morava no número 152 de Yiala's Arch, que, aliás, era uma das únicas ruas verdes dessa vizinhança.

— Espero que o pobre diabo esteja em casa — disse Tom-Tom.

— Na pior das hipóteses, vamos ter de esperar — disse Eric.

— Espero que ele esteja vivo — comentou o corvo.

— Ele é do tipo que não morre nunca — respondeu Eric.

Tom-Tom concordou e sorriu. Sabia que o outro tinha razão.

O beco não era tão estreito quanto o corvo havia imaginado, mas o fedor de urina era tão intenso que quase o convenceu a dar meia-volta. De algum jeito estranho, teve a sensação de que as paredes estavam se fechando atrás dele. Assim que olhou sobre seu ombro, percebeu que não havia para onde fugir caso fosse necessário. Por estas bandas, era sempre bom garantir. O corvo foi tomado pelo medo. Havia decidido abandonar sua antiga vida para trabalhar no departamento de corte e costura de Grand Divino justamente por não querer se sentir assim de novo nunca mais. Os outros lhe contavam o que acontecia quando ele caía em seus buracos negros de pânico, já que ele mesmo não se lembrava de nada. Às vezes, tudo acabava bem; em outras, nem tanto. Foi depois de um desses ataques — já muito tempo após ter saído do cassino — que ele acordou dentro de uma pequena butique de corte e costura em Lanceheim. Esse evento despertou nele um interesse por trabalhos manuais que o surpreendeu e, assim que começou a trabalhar em Grand Divino, sua vida deu uma guinada. Ele não tinha muitas necessidades, também. O sonho de algum dia terminar sua tapeçaria de parede já era o suficiente para garantir ao corvo muitos e muitos anos de felicidade.

Em menos de uma hora com Eric Urso, Tom-Tom já estava em uma situação que imaginava ter superado definitivamente. Seu coração batia tão forte que chegava a doer. Olhou para os lados mais uma vez e achou ter visto algo ou alguém de relance ao longe. Preso entre as firmes garras do medo, o mundo começou a girar.

— É bem aqui — disse Eric.

— O quê?

— É aqui.

Eric apontou para uma entrada, a primeira e única porta que eles haviam encontrado ao longo de toda aquela longa e estreita descida.

— O Sam mora aqui?

Eric acenou com a cabeça.

— Mas que diabos! — exclamou Tom-Tom, com toda a ênfase.

A porta do número 152 da Yiala's Arch estava quebrada. O urso e o corvo entraram no prédio sem encontrar ninguém e, assim que chegaram ao primeiro lance de escadas, gritos foram ouvidos.

— Ele está em casa — declarou o corvo.

Eric concordou. O grito que ouviram era de dor, mas tinha um tênue quê de prazer também. Continuaram a subir obstinadamente pelas escadas e, pouco antes de chegarem ao quarto andar, tudo ficou em silêncio.

Havia duas portas fechadas naquele andar, ambas sem identificação alguma, e Eric estava indo até a da direita quando começou a hesitar. Ele parou, dando um passo à esquerda, mas então se decidiu.

— Não, é a da direita, tenho certeza — disse ele.

— Bom, a gente pode bater e perguntar — sugeriu o corvo.

Ele deu um passo à frente do urso e bateu com firmeza na porta da direita. Como se fosse possível, o silêncio dentro do prédio pareceu se intensificar ainda mais durante os segundos que se seguiram. Ficaram ali, esperando, mas nada aconteceu.

O corvo voltou a bater, com mais força desta vez, enquanto erguia a voz.

— Sam! Somos nós! Sou eu, o Tom-Tom!

Outro minuto se passou sem que nada acontecesse, e Eric perdeu a paciência.

— Não foi por coincidência que os gritos que nós ouvimos pararam de repente — disse ele. — Derrube a porta.

— Sério? — perguntou Tom-Tom.

— Derrube a porta — repetiu Eric.

Tom-Tom se afastou um pouco, respirou fundo e avançou contra a porta fechada, jogando-se com todo o seu peso, sentindo-a se abrir. Para não dar a Sam a chance de escapar pelos fundos, Tom-Tom e Eric invadiram o lugar às pressas. A gazela estava sentada em um pequeno banco ao lado da cama na parede oposta.

A gazela ergueu os olhos, aterrorizada. Estava sem camisa, com a barriga branca e nua virada para a porta, e os círculos escuros em volta de seus olhos pareciam estar ainda maiores. Seus lindos pelos castanho-dourados reluziam graças a um xampu caro, mas o vigor de sua pelagem contrastava drasticamente com seus chifres anelados horizontais. Havia perdido metade do chifre direito antes mesmo de chegar ao Cassino Monokowski, há mais de vinte anos, e nunca conseguiu consertá-lo.

Ao lado de Sam, um pato velho estava na cama, amarrado. Ele tinha um aspecto singular, verde-menta, com um bico azul. Em volta deles, espalhadas pelo colchão e pelo piso, penas recém-arrancadas se agitavam com a brisa que entrava pela porta arrombada. Algumas penas tinham as pontas tostadas, e um leve odor de carne queimada pairava no ar.

O pato velho olhou para Eric e Tom-Tom com uma expressão de pânico.

— Socorro — disse ele, inesperadamente.

Não havia força alguma em sua voz; a palavra soou mais como uma afirmação.

Surpreso, Sam se virou e olhou para o pato. A velha ave tomou fôlego algumas vezes, encheu o peito de ar e então limpou a garganta.

— Vocês precisam me ajudar — disse ele com uma voz um pouco mais firme. — Essa gazela me machucou. Ela me machucou de verdade.

Algumas lágrimas escorreram dos olhos do pato.

— Sam, solte-o — disse Eric.

Sam começou a pensar. Ele notou algo familiar naquelas figuras que haviam arrombado sua porta, mas teve grande dificuldade para identificá-las em meio às trevas de sua mente. Mas agora, com essa voz que surgia no rosto do urso, as luzes por fim se acenderam.

— Eric?

— Deixe o pato ir embora, Sam — repetiu Eric. — Temos de conversar.

— Eric, querido! — exclamou Sam, agora com um prazer exagerado em sua voz. — E Tom-Tom! Mas como vocês estão velhos!

Com uma risada que lembrava o toque de pequenos sinos, a gazela se levantou do banco. De um jeito estranho, seu riso não poderia ser julgado como feminino, mas, decididamente, também não era nada masculino. Com passos afetados, ele foi até seus visitantes inesperados e abraçou os dois. Eric ficou paralisado. Contato físico sempre foi um problema para ele. Tom-Tom, por outro lado, retribuiu o abraço, encobrindo a gazela sob suas asas, percebendo o quanto sentira falta daquela frágil criatura.

— Caramba, já faz tanto tempo — disse o corvo. — Eu nem sabia que estava com tanta saudade.

— Você é um amor, querido — sorriu a gazela. — Graças a Magnus os corvos são tontos assim!

Tom-Tom riu alegremente. Eric acenou com a cabeça para o pato. Sam encolheu os ombros, mas voltou para a cama e soltou as cordas que amarravam o pato da cabeça aos pés.

— Mas que coisa vocês aparecerem para uma visita assim — continuou Sam em tom jovial enquanto tentava desfazer seus próprios nós —, no meio da noite...

— Sam — disse Tom-Tom com carinho —, por favor, estamos no meio do dia.

— E que importância isso tem, meu amor? — disse Sam. — Agora que vocês estão aqui... até que enfim... finalmente... e juntos. Estou quase chorando. Acho que o único que está faltando é o Cobra.

— Logo será a vez dele — informou Eric.

O pato levantou da cama, afastando-se da gazela e fazendo um grande desvio em volta dela para conseguir chegar até a porta.

— Acho que vou denunciar você para a polícia — disse ele, apontando para Sam.

Eric Urso e Tom-Tom não se deixaram enganar. Os dois sabiam que aquele pato havia pagado Sam Gazela para realizar alguns... serviços especiais. O pato desceu a escada e eles ouviram seus rápidos passos ecoando lá embaixo até a saída.

Sam atravessou a quitinete e pegou um copo d'água. Olhou para Eric e ergueu as sobrancelhas, mas Eric balançou a cabeça.

— Não, obrigado.

— Tudo bem, pode falar — disse Sam.

— Droga, Sam — disse Tom-Tom olhando para a porta. — Você ainda continua fazendo...? Afinal, você estava... Aquele pato devia ter o quê? Mais de sessenta anos?

— Meu doce corvo, desde que eles paguem, podem ter até cem — respondeu Sam. — Isso serve para você também, Eric. E se pedir com jeitinho, talvez nem precise pagar.

O urso ignorou o convite e foi direto aos negócios.

— Bom, é o seguinte... — disse Eric, sabendo que Sam não se contentaria com nada menos do que a verdade. — Eu recebi um trabalho de um velho conhecido nosso. Temos de encontrar a Lista da Morte. E dar um jeito de tirar o nome dele de lá.

Dessa vez, Sam Gazela não teve nada a dizer — o que era muito raro. Ele ficou surpreso, estupefato, e olhou desconfiado para Eric, que logo percebeu aquele momento como ideal para explicar a primeira parte de seu plano.

— Sam — disse ele —, eu estava pensando em alugar seu apartamento. A partir de agora, e por uma semana, mais ou menos. Por quanto tempo for preciso, na verdade. Este será nosso quartel general.

— Querido, eu ainda nem disse se quero me envolver nisso ou não! — protestou a gazela.

— Vou pagar mais do que o aluguel, é claro. E seja qual for o resultado do trabalho, garanto que será generosamente recompensado pelos seus esforços.

— O que significa "generosamente" para você? — perguntou a gazela.

Em seguida, Eric Urso inventou uma história sobre o quanto Nicholas Pombo iria pagar, e que metade viria como adiantamento, mesmo que eles falhassem. Não foi preciso muito mais do que isso para fazer com que Sam se juntasse a eles também.

Sam encheu mais dois copos com água, e os três animais fizeram um brinde.

— Receber um adiantamento, mesmo se tudo der errado, é um belo negócio — disse Sam. — Ainda mais porque essa tal Lista da Morte não existe, não é mesmo?

Sua gargalhada estridente e suave ecoou mais uma vez como um pequeno sino.

Capítulo 5

Mesmo naquela época, eles nunca foram exatamente mosqueteiros inseparáveis. Em geral, Sam Gazela vivia tão drogado que mal conseguiria diferenciar um mosqueteiro do outro, e Cobra Marek era leal a apenas um único bicho de pelúcia: ele mesmo. Eric Urso nem entrava na conta; todos sabiam que ele estava no submundo apenas de passagem.

Nas ocasiões em que Nicholas Pombo os contratava para um trabalho conjunto, o acaso era o fator preponderante, embora eles sempre se surpreendessem com seu ótimo desempenho em grupo. Nenhum deles invadia o território do outro. Eric era o combustível, a chave de ignição, enquanto Tom-Tom era o motor, a potência. Sam era o responsável pela coragem e irreverência, e encontrava caminhos que mais ninguém ousava trilhar. Cobra Marek era o rei não coroado da intriga que antecipava as respostas de seus oponentes e eliminava qualquer obstáculo antes mesmo que alguém tivesse tempo de criá-lo.

Cobra foi o primeiro dos quatro a se livrar da dependência de Nicholas Pombo e deixar o Cassino Monokowski. Essa foi uma decisão importante e difícil, e ninguém o criticou por não manter contato depois. Era tudo ou nada, e era assim que deveria ser.

Ele encontrou um pequeno apartamento no norte de Lanceheim e, depois de alguns anos perdidos no ramo das finanças, chegou onde queria. Candidatou-se e conseguiu um emprego como assistente administrativo no Ministério do Meio Ambiente. Rapidamente percebeu que seu talento singular para a persuasão era crucial para a administração pública. Ele não era uma cobra social e raramente evocava grande simpatia entre seus colegas mais próximos, além de não ter uma aparência muito favorável. Ele era um réptil verde-claro de olhos amarelados e, embora andasse de cabeça erguida pela vida, sempre precisava estar em cima de alguma coisa — um banco, uma mesa ou uma caixa — para não se sentir inferior. Mesmo assim, construiu uma carreira. Quando Eric Urso o encontrou, mais ou menos na mesma hora em que Tom-Tom e Sam estavam acordando naquela manhã de sexta-feira em sua recém-firmada base em Yiala's Arch, Cobra Marek já era diretor da Secretaria de Incentivos do Ministério da Cultura há muitos anos.

O escritório de Marek ficava no final de um longo corredor com piso de linóleo e paredes azul-escuras cheias de cartazes que anunciavam eventos culturais obscuros. O escritório era um cubículo estreito com uma janela retangular que o sol nunca alcançava. Não havia cheiro algum no ar, nem no escritório, nem no corredor, e não se via a presença de nenhum outro animal.

— Eu só tenho dez minutos — foi a primeira coisa que Cobra Marek disse a Eric Urso depois de pouco menos de vinte anos sem se verem.

Eric foi convidado a se sentar em uma cadeira estreita estilo Windsor na ponta mais curta da mesa, a única peça de mobília no escritório destinada aos visitantes. Havia um quê antipático na voz de Cobra que ele nem tentou esconder. (No telefone com a recepcionista, Cobra tentou dizer que tinha saído, mas ao perceber que Eric estava ligando do saguão principal, ele mudou de ideia e acabou dando a contragosto a permissão para que seu velho amigo subisse.)

Depois de uma amigável conversa neutra sobre saúde, Eric foi ao assunto. Cobra teria como ajudá-los? Talvez ele pudesse tirar licença por uma ou duas semanas. Não precisava ser mais do que isso, e ele logo estaria de volta à rotina. A essa altura, o urso fez um gesto vago para o pequeno cubículo que já estava lhe dando claustrofobia.

Cobra respondeu longamente, sem dizer sim nem não, e Eric percebeu que aquilo que estava ouvindo era o prelúdio de uma recusa. Cobra falou e falou até que por fim o urso perdeu a paciência.

— Você acha que eu estou aqui por pura diversão? — disse Eric com rispidez. — Acha mesmo que eu viria procurá-lo pela primeira vez depois de vinte anos se não fosse, literalmente, por uma questão de vida ou morte?!

Cobra Marek mudou de tática. Ignorou as perguntas de Eric e decidiu falar do passado. Com uma precisão prolixa, relembrou velhas injustiças e conflitos há muito tempo esquecidos. Não era nenhum segredo que Cobra sempre teve inveja, justificável até certo ponto, de Eric.

Eric tentou interromper, tentou corrigi-lo, mas sem sucesso.

Depois de dez minutos, o urso se levantou da cadeira, ergueu as mãos e admitiu sua derrota. Mas isso não fez com que Cobra parasse de falar. Eric deixou lentamente o pequeno escritório. Perturbado pelas complexas construções frasais cheias de alfinetadas irônicas e venenosas, atravessou o corredor azul-escuro às pressas, voltando à realidade.

Ele precisava de uma nova estratégia.

Cobra Marek era um animal com uma vocação.

Já desde muito jovem, o cérebro de Cobra poderia ser comparado a um gerador operando perigosamente no limite de sua capacidade. A não ser por algumas horas de paz à noite, ele brilhava, faiscava e zunia desde o amanhecer até muito depois de o sol se pôr. Quando Marek chegou à adolescência, sua necessidade de externar todos esses pensamentos, ideias, sentimentos, melodias e visões era tão fisicamente tangível quanto sua necessidade de comer e dormir. O mundo lá fora tinha de saber. O mundo lá fora tinha de ouvir, observar e confirmar tudo aquilo.

Era o que pensava o jovem Cobra.

Ele escrevia poemas e os guardava na gaveta de sua mesa, sabendo que a posteridade se encarregaria de encontrá-los ali algum dia. Escrevia editoriais para o jornal da escola sob um pseudônimo, mas assinava suas colunas de arte com o próprio nome. Montou uma banda de *pop* aos doze anos e convenceu alguns colegas muito mais velhos a acompanhá-lo, enquanto cantava suas letras profundas. Sua primeira exposição como artista aconteceu dois dias após seu décimo sexto aniversário, composta em maior parte de desenhos a carvão; as florestas em volta da cidade serviram como sua natureza-morta.

A produção artística de Cobra Marek não tinha limites. Dos treze aos dezoito anos, escreveu nada menos do que dezessete coletâneas de poesia e cinco romances. Além disso, havia suas contribuições diárias ao jornal. Ele começou escrevendo para o jornal estudantil de Amberville, mas depois passou a trabalhar também como repórter para o *The Daily News*. Durante esse mesmo período, escreveu mais de cem canções (nenhuma com menos de quatro versos), e sua produção de pinturas foi o dobro desse número; isso contando apenas as obras a óleo e aquarela. Graças à sua disposição obsessiva, Cobra Marek conseguia sofrer, pensar e produzir em um ardente ciclo contínuo. Por outro lado, não tinha tempo para notar o completo desinteresse que o mundo lá fora sentia por ele.

Ao completar seu décimo oitavo verão, tudo desmoronou. Mas claro, o colapso é como uma medalha de honra para todo artista sobrecarregado e, por isso mesmo, ele se sentiu até um tanto satisfeito com toda a sequência de desastres.

O gatilho da crise foi sua quarta exposição artística que, a exemplo das anteriores, foi recebida com um desdenhoso silêncio. Essa foi a gota d'água que fez o copo transbordar. Dois dias após a exposição, Cobra Marek fez uma enorme fogueira na rua em frente à sua casa. Todos os poemas manuscritos e rascunhos de romances, todas as fitas demo e pinturas, emolduradas ou não, logo formaram uma bela pilha na calçada, embora muito menor do que Cobra queria e imaginava. Antes que alguém pudesse impedir, ele acendeu o fogo e, quando as labaredas já estavam altas, os vizinhos chamaram a polícia. Logo, sirenes começaram a ser ouvidas ao longe, e Cobra — que não havia previsto isso — entrou em pânico. Fugiu do local e acabou indo parar — após uma noite fria em um fétido quarto vagabundo — no Cassino Monokowski.

Cobra decidiu relegar os anos que passou ao lado de Eric, Tom-Tom e os outros aos arquivos mais profundos de sua memória assim que assumiu o cargo de assistente administrativo no Ministério do Meio Ambiente.

Pois Cobra Marek tinha um Plano.

Durante seus tempos no Cassino Monokowski, suas empreitadas artísticas não foram esquecidas, mas o mundo lá fora já não podia mais acompanhar a evolução pela qual Cobra Marek passou como poeta, prosador, músico e artista. Essa epifania vinha borbulhando por todo esse tempo em seu subconsciente. Seu talento era representar a realidade. Chega de simbolismo, nada de subtextos e basta de poesia. Decidiu se tornar um realista.

E esses anos no Cassino Monokowski lhe garantiram, no mínimo, um estoque de histórias suficiente para serem contadas pelo resto de sua vida.

E então, com uma grande e até inesperada paciência, ele voltou a trabalhar. Dia após dia, páginas bem formuladas e então corrigidas e editadas de manuscritos eram adicionadas às outras; notas sobre notas eram criadas com carinho; cores misturadas com um pincel cuidadoso e sensível, sem que ninguém do trabalho soubesse de nada. Não foi algo rápido, sua vida de artista era o extremo oposto dos mitos românticos da criação apaixonada. Ainda assim, Cobra Marek encontrava grande satisfação em seu metódico projeto. De dia, levava uma vida normal como rato de escritório no ministério, mas durante as noites e madrugadas, ele voltava à sua plena existência artística no pequeno apartamento que havia comprado em Knaackstrasse, no noroeste de Lanceheim.

Mesmo tendo começado sua carreira no setor público no Ministério do Meio Ambiente, Cobra Marek sempre esteve de olho no Ministério da Cultura. E assim que a chance de trocar de departamento surgiu, ele agarrou a oportunidade. Para Cobra, diversos sinais indicavam que o grandioso — para não dizer fantástico — Plano que ele criara em um frenesi orgástico era totalmente plausível.

Por três longos anos, forçou-se a realizar tarefas idiotas de escritório até que seu próximo passo se tornasse possível. Mas alguns dias após assumir seu cargo na Secretaria de Incentivos, constatou que os anos de espera tinham valido a pena.

Ele se tornou um dos cinco assistentes do então chefe da secretaria. Cobra era responsável pelas manifestações culturais ligadas à poesia e outras atividades correlatas, ou seja, poesia cantada, improvisada ou dramática; e ninguém questionava as propostas de incentivo que ele peneirava das requisições. Enquanto houvesse novos candidatos para se patrocinar, todos pareciam manter o bom humor.

Mas quanto à paixão que ele demonstrava, Cobra estava sozinho na Secretaria de Incentivos. Os outros assistentes administrativos eram funcionários mais velhos que encobriam suas carreiras fracassadas nas artes com cargos neste departamento. Por isso mesmo, Cobra despontou como óbvio candidato quando, alguns anos depois, começaram as discussões sobre um sucessor para o cargo de chefia. Ninguém se esforçava tanto no trabalho de preparação quanto ele, ninguém mostrava tamanho interesse pelos indivíduos por trás daquelas requisições quanto ele.

Em um belo dia de primavera, pouco menos de cinco anos após ter mudado de departamento, Cobra Marek foi nomeado diretor da Secretaria de Incentivos do Ministério da Cultura, e a promoção foi celebrada em uma precária taverna ao lado do escritório, na zona leste de Lanceheim. Cobra se mostrou um chefe feliz e satisfeito, chegando a surpreender pela facilidade com que assumiu seu novo papel. Dentro de sua imaginação, ele já o desempenhava há muito tempo.

Sua primeira decisão foi não contratar um novo assistente administrativo para substituí-lo. Quando um outro assistente se aposentou seis meses depois, seu cargo também não foi preenchido. Cobra assumiu todas essas funções. No ministério, essa recusa à contratação de novos funcionários era vista como algo positivo. A realidade era cruel para as finanças do Ministério da Cultura, e encontrar um coordenador que aceitasse fazer parte do trabalho duro era pouco comum.

Quatro anos depois de Cobra Marek ter se tornado diretor da Secretaria de Incentivos, apenas ele e uma secretária ainda trabalhavam naquele departamento. Durante o mesmo período, o total combinado das verbas de incentivo sofreu uma redução de seis dígitos. Cobra se firmou como um administrador ponderado, cuidadoso com o dinheiro dos contribuintes.

Tudo, é claro, fazia parte do Plano.

Só a mais pura nata dos poetas, prosadores, músicos e artistas passaram a receber os incentivos. Aqueles que os críticos dos jornais diários raramente ousavam avaliar. Aqueles que eram introvertidos, autorreferentes e incapazes de suportar uma sala cheia de outros animais. Cobra conhecia os segredos desses tipos. Eles eram todos drogados, psicopatas e vítimas de obsessões compulsivas.

Tudo isso enquanto a própria produção artística de Cobra Marek, composta de livros, músicas e pinturas de fácil compreensão, apenas crescia e crescia dentro de casa em seu obscuro apartamento.

Já fazia muito tempo que nenhum jovem romancista promissor recebia o apoio econômico para criar uma grande obra. Nenhuma poesia popular estava sendo escrita, já que os poetas eram forçados a trabalhar lavando pratos ou dando aulas de línguas e voltavam totalmente exaustos à noite para casa. O governo parecia incentivar apenas as empreitadas mais herméticas e experimentais, e logo, não havia mais nada além disso.

Mas tudo isso estava para mudar.

Logo, os ávidos consumidores culturais da cidade poderiam se banquetear com as obras completas de Cobra Marek. Com uma só tacada, ele se tornaria então o grande mestre de todas as formas de arte.

Assim sendo, não era nada estranha a fria reação de Cobra Marek à proposta de Eric Urso para que ele tirasse licença; Marek tinha coisas a fazer.

À tarde, depois de se encontrar com Cobra na Secretaria de Incentivos, Eric Urso foi direto até a casa de seus pais na Rua Hillville. Como sempre no meio do dia, a casa naquela plácida rua de tom amarelo-claro estava vazia. Seu pai estava na escola, e sua mãe, no ministério.

Na escrivaninha do escritório conjunto de seus pais no segundo andar, Edda Rinoceronte guardava tudo o que precisava para gerenciar as correspondências. Entre outras coisas, papéis oficiais do Ministério do Meio Ambiente, timbrados com suas próprias iniciais. Eric Urso usou uma dessas folhas para escrever — em nome de Edda Rinoceronte — uma breve mensagem endereçada a Cobra Marek.

Eric escreveu que havia um documento circulando pelo Ministério do Meio Ambiente que tratava de jogos de azar e alcoolismo. Em um dos anexos, que discutia o problema de uma perspectiva histórica, Cobra Marek era mencionado. Seria um grande infortúnio, escreveu Eric, se o passado de Cobra acabasse inviabilizando seu futuro político. Caso Marek aceitasse sair de licença, Edda Rinoceronte se comprometeria a não permitir que o documento fosse distribuído com seu conteúdo original.

Edda estava fazendo isso para o bem de seu filhote, escreveu o urso, pois sabia que Eric precisava imediatamente do auxílio de Cobra.

Depois disso, Eric fez a assinatura de sua mãe, que aprendera a copiar em seus tempos de adolescente, e enviou a carta por um mensageiro para a Secretaria de Incentivos. Ela chegaria às mãos de Cobra Marek antes do fim do horário comercial.

TEDDY URSO, 1

De certa forma, meu irmão gêmeo Eric e eu somos casados com a mesma coelha.

Mas ela não sabe disso.

É uma situação complicada.

Mas o amor é um universo em si só.

Ah, o tortuoso caminho que me levou a amar: como tudo aconteceu? Emma Coelho era um anjo e eu, um urso qualquer. Ela merecia e merece alguém melhor. Mas, ainda assim, escolheu a mim. Os mistérios do amor são insondáveis.

O amor é fatal para um urso que dedica a sua vida ao bem. O amor é o triunfo da emoção sobre a razão. Será por isso que minha cabeça fica confusa quando penso sobre Emma e o que nos levou ao nosso casamento?

Emma é mesmo uma coelha boa? Poderia eu ter me casado com alguém que não fosse? Poderia eu ter me casado com alguém que não busca a mesma virtude que eu?

Não sou nenhum santo. E não sou hipócrita também. Mas eu já era apaixonado por Emma mesmo antes de conhecê-la. Por mais paradoxal que seja, o fato de Eric estar com o meu emprego na agência de publicidade Wolle & Wolle facilitou a decisão.

Emma Coelho foi a noiva mais linda que eu já vi.

Em volta da cabeça, onde seus pelos estavam penteados como um novelo da lã mais macia, ela usou uma grinalda de folhas de dente-de-leão e pétalas de rosas. Eu fiz essa grinalda para ela naquela manhã mesmo, conforme a tradição. Um belo véu de seda brocada descia sobre suas costas esguias, chamando a atenção para o seu doce rosto onde seu nariz úmido reluzia e suas bochechas brilhavam com expectativa, ansiedade e alegria. Mas foi o olhar dela que me enfeitiçou. A solidão daqueles olhos grandes e amendoados que tanto cativou minha ternura e afeição havia se dissipado, ainda que temporariamente, substituída por uma forte convicção.

Ela estava linda e gloriosa.

Emma estava em um dos vestíbulos da igreja junto com sua mãe. A mãe dela estava nervosa. Eu nunca a tinha visto antes. Ou talvez já tivesse, sim. Ela não estava irritada, apenas preocupada com todas as centenas de detalhes que poderiam dar errado. Estava preocupada se sua filha tinha mesmo escolhido o parceiro certo. Não posso criticá-la. Eu não era o noivo perfeito. Apesar de ter pais bem-sucedidos, imagino que eu às vezes pudesse passar uma imagem um tanto instável.

Do lado de fora do vestíbulo, as amigas de Emma estavam à espera. Elas falavam em tom alto e agudo entre si. Também estavam nervosas.

No entanto, o nervosismo da mãe e das amigas não era sequer comparável ao de Emma Coelho. Ela havia acordado de supetão à noite enquanto a lua ainda estava alta no céu. Sentou-se na cama e gritou — “O anel!” — com tanto pânico que joguei as cobertas de lado e me levantei em um salto.

— O anel? Ele sumiu?

O anel estava a salvo em uma caixinha azul que eu havia deixado no criado-mudo. Ainda assim, Emma não voltou a dormir. A ansiedade não lhe deu trégua até o amanhecer. Só então ela conseguiu dormir por algumas horas até que eu tivesse de ir buscar as flores para a grinalda.

Elas cresciam nos canteiros no quintal da Casa Lakestead.

— Você já tem certeza absoluta agora, não tem? — perguntou Emma.

Ela estava esperando por mim no corredor. Estava inquieta.

Eu subi e olhei bem no fundo dos seus olhos. Assenti.

— Claro que tenho — respondi, sem um pingo de dúvida.

— Por quê?

Ela estava com os olhos ansiosos, e suas narinas se dilataram involuntariamente. Logo em seguida, elas voltaram a se estreitar.

— Porque eu te amo — afirmei.

— Mas você estava tão hesitante — disse ela, bem como eu já imaginava —, tão preocupado com seus assuntos do bem e do mal. Você disse que fazer uma promessa, sabendo que não pode cumpri-la, é o mesmo que mentir. E que quanto mais se gosta da pessoa, maior é a mentira. Você disse que o casamento é o pior tipo de mentira. Porque mesmo que a pessoa quisesse ser fiel... mesmo que quisesse amar alguém pela vida toda... mesmo que você quisesse...

— Querida — eu a interrompi —, eu sei o que disse.

— Mesmo que você quisesse tudo isso... — continuou Emma, sem dar atenção às minhas palavras. — Você disse que "a vida toda" era tempo demais para se planejar. Que sempre acontecem coisas que não podemos controlar. Que, sabendo de tudo isso, um bicho com boas intenções, um bicho realmente de bom coração, nunca deveria se casar.

— Querida — eu a interrompi pela segunda vez —, eu sei que eu...

— Mas e todas essas coisas que você disse? — continuou Emma, olhando para mim enquanto seu nariz passava pelas mesmas dilatações e contrações irregulares de antes. — Você não acredita mais nisso?

Eu suspirei e tentei acalmá-la.

Não queria negar o que tinha dito.

Não podia negar; eu ainda acreditava em cada palavra.

Mas professar meu amor por ela, descrevê-la como ela era para mim, com toda a sua autoconfiança, seu talento criativo e, por último, mas não menos importante, sua espetacular beleza, não era uma mentira.

— Muitos passam a vida inteira procurando essa empatia que é totalmente natural para você — eu disse. — É o que lhe dá força e sensibilidade. Se algum dia você passar por uma situação difícil, essa empatia lhe ajudará a superar a tristeza.

— Que situação difícil? — perguntou Emma.

— O que eu quis dizer — respondi, contendo minha irritação para que ela passasse despercebida — é que você pode confiar em si mesma, meu amor. Não precisa de mim ou de ninguém. Você é a sua própria felicidade. E se não consegue entender isso agora, o que, de certa forma, faz parte do seu charme, irá entender no dia em que precisar.

Não sei se ela entendeu o que eu disse.

Ela se inclinou para a frente e me abraçou com força. Quando por fim me soltou, eu desci as escadas e fui buscar minhas flores.

Eu não menti.

Não faltei com a verdade.

Ainda assim, foi com o coração pesado que cortei as rosas em meio aos arbustos que cresciam no quintal.

Um bom urso.

Era o que eu queria ser.

Não é um desejo humilde.

Toda tarde, depois de ler e antes de descer para o jantar, gosto de me sentar na poltrona e pensar em tudo o que separa o bem do mal. Às vezes, fico sentado por uns quinze minutos. Em outros dias, só me levanto depois de duas ou três horas. As coisas são pontuais na Casa Lakestead, e é uma pena quando acabo demorando.

O mal é um assunto sério. Muitos já mergulharam nele. Ainda assim, um dos maiores problemas é a definição do mal em si.

Ser um bom urso exige que você conheça o mal.

Eu conheço o mal.

Meu quadragésimo oitavo verão está se aproximando. Não é sem experiência que revejo minha vida. Não diria que foi uma vida feliz. Meu objetivo nunca foi construir uma vida feliz para mim mesmo. Mas estou satisfeito; sinto uma certa calma em mim. Isso me ocorreu ontem. Apenas alguns poucos grãos de areia do passado ainda arranhavam minha alma enquanto eu caminhava pela praia sob a forte chuva da tarde.

Involuntariamente, meu humor ficou mais sombrio.

E ao me sentar na poltrona antes do jantar, minha infância me esperava.

No dia em que meu irmão gêmeo e eu fomos entregues aos nossos pais, eu já sabia tudo sobre o amor de um pai e uma mãe pelos seus filhotes. Eu sabia que meu irmão receberia esse amor. E sabia que eu não teria a mesma sorte. Não foi algo expresso em palavras; eu só tinha dois dias de idade. Ainda assim, essa certeza era plena no meu coração. Isso marcou minha infância. Eu amava meu pai e minha mãe. E eles me amavam também. Mas nunca como amaram Eric.

Nunca.

Nós viemos direto da fábrica, uma trupe de filhotes sem pais sendo levada direto até seus futuros lares pelos Entregadores em uma caminhonete Volga esverdeada. Os bichos de pelúcia que caminhavam pela rua naquela manhã pararam para observar o carregamento. Os machos puxaram suas fêmeas para mais perto. As fêmeas inclinaram a cabeça para o lado, abrindo sorrisos de ternura.

Posso até imaginar como foi.

Eu mesmo já vi essa caminhonete verde passando enquanto andava pela calçada. Uma caçamba cheia de filhotes fadados a passar a vida toda em busca de amor. Uma busca que os levará ao descaminho e à destruição.

Quase nada é mais difícil do que manter essa busca por amor livre de exigências.

É uma luta.

Uma luta que enfrento todos os dias.

Minha mãe gostava de dizer que, no sábado em que Eric e eu chegamos à Rua Hillville amarelo-fogo, a natureza parecia ter um brilho especial. O céu estava azul-claro e o sol, além de um calor agradável, lançava luz e sombra pelos ramos de folhagens vermelhas, amarelas e verdes.

Os Entregadores contornaram a Estrela — a praça dourada que ficava bem no meio da cidade — e seguiram pela Avenida Leste. Os sinos na mais alta das treze torres da Sagrada Bastante entoavam uma alegre melodia.

Não havia nenhum simbolismo nessas treze torres.

As quatro avenidas retilíneas que se estendiam para leste, oeste, norte e sul formavam o esqueleto da nossa cidade. Durante a semana, essas vias eram densamente movimentadas. Mas nos finais de semana, as avenidas leste e oeste eram transformadas em pistas de caminhada. No canteiro central, entre três faixas de um lado e três faixas do outro, cresciam enormes carvalhos e bordos, formando uma longa avenida de cada lado do largo calçadão de cascalho.

As árvores ofereciam abrigo contra a chuva que passava sobre a cidade duas vezes por dia, pela manhã e pela tarde.

No outono, milhares e milhares de lâmpadas eram instaladas entre as folhagens. No primeiro dia de novembro de cada ano, essas luzes eram acesas pouco antes da chuva da tarde, e as duas avenidas cortavam a cidade como sabres de luz.

Também não havia simbolismo algum nisso.

Os Entregadores levaram Eric e eu até Amberville, o distrito onde os limites são definidos pela Avenida Leste e a linda Avenida Sul azul-celeste. Aqui, prédios de dois andares se estendem lado a lado em fileiras que parecem não ter fim. Seja subindo ou descendo a rua, quase todos são mais ou menos idênticos e pintados com tons de verde ou azul. Madeira branca contra reboco vermelho-escuro e marrom-escuro. Telhados inclinados com telhas de cerâmica preta formando um mosaico. Dois sótãos com janelas de madeira em cada um deles. Estreitas nuvens de fumaça saindo das chaminés ao anoitecer. Gerânios vermelhos e rosados em vasos de flores.

Os detalhes diferenciavam as casas. Crescer em Amberville significava muitas vezes bater na porta errada.

— Temos duas unidades pra 14 — disse um dos Entregadores para o outro.

Com a ponta de um lápis, ele checou o meu nome e o de Eric em sua lista.

— Duas unidades? — comentou o Entregador atrás do volante.

— Dois ursos gêmeos. Não é todo dia que se vê uma coisa dessas.

Nós sempre chamamos atenção, desde que fomos fabricados. Dois bichos de pelúcia idênticos. Indistinguíveis.

A caminhonete verde estacionou na calçada em frente ao número 14 da Rua Hillville. O Entregador que estava no banco do passageiro desceu, contornou o veículo e abriu a porta de trás.

E lá estávamos nós. Não éramos menores nem maiores do que hoje. Só menos desgastados nos joelhos e nos cotovelos. Essa era a principal diferença.

Mas não sabíamos fazer nada. Não sabíamos falar, pensar, andar. O entregador nos pegou, um debaixo de cada braço, e nos levou até a casa que agora seria nosso lar.

Papai e mamãe estavam esperando na porta. Nosso pai, Boxer Bloom, estava com sua melhor camisa branca e uma gravata borboleta. Nossa mãe, Edda Rinoceronte, usava um vestido enorme como uma barraca.

— Finalmente! — disse mamãe.

— Agora vai começar — disse papai.

Tenho poucas memórias dos meus primeiros anos. Mas mamãe nos contou as histórias assim que ficamos mais velhos. Histórias engraçadas sobre como Eric e eu costumávamos dizer coisas bobas antes de entender os significados das palavras. Histórias dramáticas sobre doenças e fugas de casa. Mamãe gostava de contar histórias enquanto preparava a comida. Ela ficava lá, em frente ao velho fogão a lenha na nossa estreita cozinha, com Eric e eu sentados à mesa para ouvir.

Ela nos contou sobre quando jogamos o carro dentro do lago no verão e como fazíamos piqueniques no Swarwick Park no outono. Nas histórias de mamãe, Eric era sempre quem começava tudo e eu, quem o seguia. Ele era o astro e eu, a plateia.

Eu era só um filhote e não sentia a necessidade de saber por que as coisas eram assim. Era apenas natural que Eric se promovesse às minhas custas.

Nós o amávamos.

Eu nunca senti, e nem sentirei, inveja do meu irmão. O rancor, como dizem, é um talento nato. Mais ou menos como o da música. Nunca consegui tocar instrumento algum. Minha ansiedade tinha uma outra origem.

Com o tempo, as lembranças das histórias de minha mãe se transformaram em lembranças dos eventos em si. Por várias vezes ao longo da vida, cheguei a acreditar que essas memórias implantadas poderiam substituir as verdadeiras. Mas não foi o caso. O que minha mãe contava e recontava eram situações de significado especial para ela, mas sem nenhum significado especial para mim ou para Eric. Pensando melhor, eu poderia até suspeitar que essas histórias de minha mãe eram as chaves de sua vida interior.

As chaves da minha vida ficavam em uma outra gaveta.

Houve uma época em que eu tentei abri-la à força.

Mas, depois, entendi que isso não fazia sentido. Ser um bom urso é um processo constante a ser realizado no tempo presente.

Eric e eu dormíamos juntos em um quarto que ficava na parte mais alta da casa, no quarto andar, com o telhado triangular sobre nossas camas. Esse começo foi complicado para os nossos novos pais. Até então, eles viviam apenas um para o outro, e agora Eric e eu estávamos lá, fazendo exigências. Nós tínhamos muito a aprender. Coisas simples como descer a escada até a cozinha. Ou como expressar nossos sentimentos mais banais. Nós tínhamos frio. Fome. E sono. Uma vez, nós comemos biscoitos demais e ficamos com dor de barriga.

Na época, nossa mãe ainda não havia feito seu nome no ministério. Como centenas de outros burocratas, ela só cumpria suas funções, e seus colegas nem sequer desconfiavam que ela acabaria se tornando uma das figuras políticas mais famosas dos nossos tempos. Passar a fazer apenas meio período foi uma saída óbvia e fácil para nossa mãe, e ela continuou a trabalhar assim até que Eric e eu tivéssemos aprendido o que era mais crucial.

As coisas eram diferentes com nosso pai.

Nosso pai, Boxer Bloom, era reitor da Escola Secundária de Gramática de Amberville. O prédio da escola era um castelo de contos de fadas branco como giz, adornado com torres e pináculos. O edifício foi projetado por Sapo Hendersen, que também renovou a enorme catedral da cidade. A entrada principal do colégio dava para a Rua de Todos os Santos verde-musgo, mas do alto da colina no pátio, nos fundos da floresta, a vista se estendia até além dos limites da cidade.

Para o nosso pai, esse trabalho era uma vocação. Entre o presente e o futuro, alguns animais fariam a diferença no mundo, e ele acreditava estar entre eles. Estava educando as novas gerações. Se seu esforço fosse bem-sucedido, a cidade que nós conhecíamos hoje seria apenas um mero protótipo daquilo que poderia vir a ser. Papai era cauteloso ao discutir suas visões de forma mais concreta, mas eu percebia que aquilo de que ele menos gostava em sua própria época era da falta de ordem.

Ele queria organizar as coisas.

Os bárbaros de um lado, os civilizados de outro.

Os confiáveis aqui, os não confiáveis ali.

O coração sempre sabia distinguir qual era qual, mesmo quando o cérebro confundia a questão com suas dúvidas.

A despeito de tudo, nosso pai era do tipo que sempre cumpria suas promessas. O ministério responsável pela Lista de Filhotes perguntou se nossos pais estavam mesmo prontos para criar dois ursos gêmeos; não seria difícil cuidar de ambos os filhotes com o mesmo carinho?

Nosso pai lhes garantiu que, quanto a isso, não havia o que temer. Nós, filhotes, sempre pudemos confiar nas promessas de Boxer Bloom. E, por "filhotes", Boxer Bloom entendia todos aqueles que frequentavam sua escola. Eric e eu começamos a estudar lá depois. Nesse ponto, não fomos nenhuma exceção.

O nosso quarto no último andar da casa era perfeito. Assim como nós, as altas cabeceiras brancas de nossas camas, nossos criados-mudos com luminárias fofas com estampas de futebol e nossas pequenas escrivaninhas e suas cadeiras de rodinhas eram quase idênticas.

À primeira vista.

Olhando melhor, havia certas diferenças. Pequenas, quase imperceptíveis, mas mesmo assim, diferenças inegáveis.

Estou falando das aparências externas.

Por dentro, um abismo estava se abrindo entre nós.

Tudo começou em uma noite quando ainda tínhamos seis meses; essa se tornou uma das memórias mais importantes de nossa mãe. Nossos pais haviam convidado alguns amigos para jantar. Depois, viemos a entender que esses vários jantares sociais eram uma das bases da carreira de nossa mãe. Graças aos seus dotes culinários, os convidados devotavam eterna lealdade a ela. A rede que ela criou era muito ampla. Nós recebíamos bichos de pelúcia em casa duas ou três vezes por semana. Enquanto os vizinhos estavam cuidando de seus jardins, lendo livros ou sendo consumidos por suas carreiras, minha mãe preparava comida para os seus convidados.

Eric e eu crescemos na cozinha. Sob o calor do forno que nunca esfriava, entre uma infinidade de chaleiras borbulhantes, panelas e tigelas sujas, tábuas de carne recém-usadas e raladores cheirando a alho, parmesão e rabanete, esquecidos sobre bancos e mesas, onde muitas vezes encontrávamos filés de cordeiro ou berinjelas fatiadas quando pegávamos um prato ou decidíamos lavar uma xícara para tomar chocolate quente. No meio de todo esse caos estava nossa mãe, Edda Rinoceronte, como uma capitã em sua ponte de comando, sempre tomando cuidado para não mexer o molho *béarnaise* com a colher de pau que havia acabado de pegar da panela de couves-flores.

Mamãe não cometia erros.

O bacalhau assado daquela noite foi servido com purê de batatas, e o molho havia sido colocado na terrina que havíamos herdado de nossa avó. Uma terrina de prata muito cara.

À mesa, além de nossos pais, estavam seus melhores amigos: Rata Weiss e seu marido, Gato Jones. Pinguim Odenrick estava lá — naquela época, ele ainda era padre da igreja da Rua Hillville, sem saber que logo seria promovido a padre titular — junto com Jack Porco, cuja mãe viria a ser diretora do Ministério do Meio Ambiente tempos depois.

Foi Odenrick quem ouviu primeiro.

— Com licença — disse ele em voz alta —, mas será que ouvi um grito?

A conversa parou. Odenrick estava certo. Sob o silêncio, ouviram-se os gritos de um filhote. Do alto do quarto andar, um berro desceu à força até a sala de jantar. Boxer Bloom se levantou. Ainda havia uma energia explosiva em suas pernas depois de muitos anos jogando futebol em seus tempos de juventude.

— São os filhotes — disse ele, empalidecendo.

Saiu correndo da sala e subiu a escada.

Todos os convidados, liderados por minha mãe, o seguiram.

Quando eles chegaram ao quarto, nosso pai já estava ao lado do meu berço. Era eu quem estava gritando. Continuei gritando, mesmo depois que ele me pegou em seus braços. O berço de Eric estava silencioso. Ainda assim, minha mãe atravessou o quarto para ver como seu outro gêmeo estava.

O instinto dela foi esse, procurar Eric primeiro. Mas a suspeita de que as coisas eram assim mesmo — de que ela gostava mais de um gêmeo do que do outro — era, e ainda é, a coisa da qual ela mais se envergonhava na vida.

Ela se recusa a admitir isso até hoje.

Ainda assim, todos os amigos dela na época foram testemunhas disso.

Naquele caso, ela agiu pela intuição. Subconscientemente, acreditava que a simbiose entre seus gêmeos era tão profunda que um era capaz de captar os sentimentos do outro e vice-versa.

Eu estava gritando porque Eric estava em perigo.

Minha mãe viu do que se tratava.

— Uma mariposa! — gritou ela.

Meu pai mais ou menos me jogou de volta no berço, onde eu logo me calei. Não ficou claro se meu silêncio era resultado do tratamento brusco de meu pai ou se eu havia parado de gritar porque já tinha cumprido meu dever.

Com um grande salto, meu pai atravessou o quarto e matou a mariposa antes que alguém pudesse reagir. E, assim, o drama se encerrou. Foi só quando os convidados voltaram à sala de jantar e à comida fria que perceberam o que havia acontecido.

Eu tinha acabado de salvar a vida de Eric.

Padre Odenrick me ensinou a diferenciar o bem do mal. Aquele pinguim era um dos vários padres que atuavam em Amberville, mas foi o único com quem tive contato.

A estrutura da nossa Igreja é simples.

Em cada distrito da cidade, há várias paróquias. Só Amberville tem quatro. Trabalhando nessas paróquias, encontramos os diáconos, uma espécie de aprendizes, que são empregados da Igreja. Cada paróquia tem seu próprio padre que administra a organização e faz a maior parte dos cultos. Entre os padres do distrito, um padre titular é escolhido. Por sua vez, os quatro padres titulares de Mollisan Town possuem um líder, o mais alto representante da Igreja: o arcediago da catedral Sagrada Bastante. Ninguém à minha volta sequer imaginava que o sofrido Odenrick conseguiria, tempos depois, se tornar o novo arcediago de Mollisan Town.

Naquela época, Odenrick nem almejava tal posição.

Talvez seja por isso que ele foi o escolhido.

Com seu desgastado traje clerical, o devoto pinguim vinha nos visitar em nossa rua amarelo-fogo algumas vezes por semana. Sempre que vinha, achava tempo para se sentar na beirada da minha cama ou da de Eric para nos fazer uma prece noturna. Isso começou quando tínhamos seis anos. Nós deitávamos de costas na cama com a cabeça no travesseiro e as patas sobre a barriga, de olhos fechados, enquanto o padre Odenrick falava com Magnus, o criador de todas as coisas, em nosso nome.

— Livrai-os do mal — rezava o pinguim, com ternura.

— O que é o mal? — eu perguntei.

— Coisas que fazem você se sentir mal — intrometeu-se Eric sem ser perguntado.

— Então a pedra em que eu tropecei ontem era do mal? — eu perguntei, tão insolente e intrometido quanto meu irmão.

Odenrick repuxou seu bico de plástico cinza e ficou absorto em suas reflexões. Ele estava sentado na beirada da minha cama e, sob a penumbra da luminária no meu criado-mudo, pude ver como seus grandes olhos ficaram turvos.

— Coisas que fazem o seu coração se sentir mal, Teddy — finalmente disse ele, olhando para mim. — Coisas que machucam seu coração, dentro de você, são malignas. Aqueles que buscam o mal fazem com que você fique triste e infeliz, e quanto mais triste você fica, mais maligna é a pessoa que quer que você se sinta mal.

Assim que terminou essa frase, Odenrick percebeu o quanto ela devia ter soado assustadora aos ouvidos de filhotes de seis anos e logo tentou nos alegrar.

— Mas, graças aos céus — disse ele —, existem também entre nós aqueles que querem o bem. A Igreja quer o bem, todos os fiéis querem o bem, e com o bem, acontece exatamente o contrário. Você sabe que alguém quer o seu bem quando você se sente satisfeito por dentro. Quando se sente bem.

— Mas por que nem todo mundo quer se sentir bem? — eu perguntei. — Por que alguém iria querer fazer coisas más?

— Porque, se não fosse assim, não daria para saber quando alguém realmente está buscando o bem — disse meu irmão Eric sagazmente, mas com a voz trêmula.

— Nisso, você está errado — disse Odenrick com ternura, olhando para Eric. — O mal existe sim neste mundo, meus filhotes. Espero que nunca cheguem a encontrá-lo, mas devem saber disso, pois vocês serão tentados por ele quando ficarem mais velhos e precisam aprender a identificar e combater o mal.

Eric se virou para a parede e ouvimos alguns soluços vindo de sua cama. Padre Odenrick se sentou em silêncio e ouviu. Eu fiquei surpreso e não sabia o que dizer.

— Eric? — disse Odenrick por fim. — Você quer nos contar alguma coisa?

Eu fiquei confuso. Até aquela noite, eu acreditava que Eric e eu dividíamos tudo. Sentimentos e experiências também. Mas naquele momento, fui forçado a perceber que esse não era o caso. Isso foi ao mesmo tempo um alívio e uma decepção.

Pinguim Odenrick e eu escutamos Eric.

— É o Samuel Porco — soluçou Eric. — Ele me chamou de ladrão. Ele disse que eu sou mau. Ele disse que eu roubei a Rubi.

— A Rubi? — perguntou Odenrick.

— É a bolinha de gude vermelha dele — explicou Eric, fungando. — Ele disse que vai me bater. Com os amigos dele. Disse que vai me dar uma surra tão forte que eu nunca mais vou conseguir andar.

Todos os filhotes da pré-escola tinham bolinhas de gude. Para a maioria deles, aquilo não era um jogo e sim algo muito sério. Nós éramos filhotes, mas não ousávamos brincar quando o assunto eram bolinhas de gude.

— Samuel Porco? — repetiu Odenrick.

Eric confirmou com a cabeça e tentou enxugar as lágrimas de suas bochechas.

— Conheço os pais do Samuel Porco — disse Odenrick. — Vou falar com eles.

— Não, não! — berrou Eric, aterrorizado. — Você não pode dizer nada!

— Mas o Samuel não pode ameaçá-lo impunemente dessa maneira — disse Odenrick, com a voz trêmula de indignação. — Vou falar com o diretor da escola.

— Não! — berrou Eric de novo.

— Mas o quê...? — Odenrick tentou dizer.

— Nada — interrompeu Eric. — É só que eu tenho muito medo dele. O Samuel é malvado. Ele mente. E ele briga. Prometa que não vai dizer nada.

— Mas eu...

— Promete? — insistiu Eric.

— Eu prometo — disse Odenrick. — Nós, padres, fizemos um voto de silêncio. Você pode confiar em mim. Não vou dizer nada. Mas se esse Samuel tentar...

O pinguim nem terminou sua frase. Ao ver o semblante abatido de Odenrick sentado na beirada da cama, percebemos que seria melhor mesmo que ele não fizesse nenhum tipo de ameaça.

Ele não tinha cara de quem poderia cumpri-las.

Nossa pré-escola ficava cinco quadras ao norte. O maior orgulho da escola era o parquinho nos fundos. Nós passávamos pelo menos algumas horas por lá todos os dias, especialmente durante a chuva da manhã.

Eric e eu fomos para a pré-escola porque nossa mãe quis. Nós podíamos ficar em casa, mas ela achava que a coisa mais importante da vida era aprender a administrar corretamente nosso ambiente social. Nós fomos à pré-escola para aprender a brincar com os outros e não só com nós mesmos.

Aconteceu menos de uma semana após a confissão de Eric. Era uma quinta-feira. Até onde sei. Nós cantávamos nas quintas de manhã, e eu gostava de cantar. Depois da aula de canto, cada um de nós comia a fruta que havia trazido de casa, e então era hora de ir para o pátio. Havia trinta filhotes lá, e o saguão logo ficava um caos quando todos saíam para pôr suas roupas de brincar ao mesmo tempo.

Eric sumiu. Isso não era incomum, já que muitas vezes mantínhamos uma certa distância um do outro. Gêmeos adotam estratégias diferentes ao longo dos vários períodos da vida. Aos seis anos, Eric e eu tomávamos o cuidado de não escolher roupas similares para nos diferenciar um pouco. Eu costumava ir até o gramado perto da árvore de carvalho onde sempre havia alguém jogando futebol. Eu não era nenhum craque. Para mim, não fazia diferença jogar na defesa ou ser goleiro. Isso me tornou popular. No entanto, naquela quinta-feira em especial, eu cheguei tarde demais. Não sei como isso aconteceu, mas quando cheguei ao gramado, uma partida entre dois times já havia começado. Tentei assistir por um tempo, mas logo perdi o interesse.

Foi por isso que acabei indo até os galpões de depósito.

Eles ficavam ali perto. Eram estruturas simples que o colégio usava para guardar redes, raquetes, bolas, bicicletas e outras coisas que eram usadas em brincadeiras ao ar livre. Eu sabia que alguns filhotes se reuniam ali atrás dos galpões. Lá, eles podiam brincar longe dos olhos dos funcionários da escola. Era um canto onde você podia ficar em paz. Mas eu não sabia muito mais do que isso; raramente falava com filhotes que guardavam segredos.

Comecei a ouvir gritos abafados bem antes de chegar aos galpões e percebi quem estava gritando.

Eric.

Eu comecei a correr. Quando contornei o galpão mais próximo, já estava sem fôlego. Nunca vou me esquecer da visão com a qual me deparei.

Eric estava apoiado de costas contra um dos galpões. Samuel Porco estava na frente dele, com um urso polar e um elefante, um de cada lado, cujos nomes eu nem sabia. Samuel forçou Eric contra a parede do galpão com sua mão gorda em volta do pescoço do meu irmão gêmeo.

— E mais uma pra sua mamãe! — gritou o elefante que estava ali ao lado enquanto pegava uma bolinha de gude, uma bolinha de vidro com todas as cores do arco-íris, e a forçava entre os lábios do meu irmão.

Eric já estava com alguma coisa na boca. Quando o elefante continuou a forçar a bolinha contra os lábios de Eric, o efeito acabou sendo o contrário. Eric abriu a boca e cuspiu todas as bolinhas que aqueles filhotes já haviam enfiado lá dentro.

Samuel Porco soltou Eric para não sujar sua mão de baba; Eric caiu de joelhos, tentando respirar como um peixe fora d'água. Sem demonstrar misericórdia, o porco deu-lhe um chute no estômago.

— Devolva a Rubi! — gritou Samuel.

Eric choramingou e soluçou. Disse que não estava com a Rubi, o que lhe garantiu mais alguns chutes.

A cena toda não durou mais do que alguns segundos. Eric estava caído no chão, chorando, quando eu gritei:

— Três contra um! Que valentia, hein?

O elefante e o urso polar se viraram para mim.

Com o susto, eles se afastaram do meu irmão. Como se tentando negar que tivessem feito alguma coisa com ele. O porco me lançou um olhar de superioridade.

— Vá embora — disse ele, voltando a olhar para Eric. — Você não tem nada a ver com isso.

— Socorro! — ganiu Eric.

— Dois contra três é um pouco melhor, pelo menos — eu disse, dando alguns passos adiante.

Eu não era nenhum campeão dos ringues.

Na verdade, eu nunca tinha entrado numa briga. E nunca mais entraria. Mas meu irmão estava lá de joelhos, e eu não tinha outra escolha a não ser tentar ajudá-lo.

— Vá pro inferno — rosnou Samuel.

Os outros dois se animaram com a coragem do porco. Eles se viraram para mim com uma energia impaciente que me assustou.

— Ele vai ter de nos devolver a Rubi — explicou o urso polar.

— E se não devolver, está ferrado — completou o elefante.

— Mas... eu não estou com... — disse Eric, levando mais um chute no estômago.

Essa foi a gota d'água pra mim.

Eu avancei contra os três valentões, mirando no porco, e consegui empurrá-lo com tanta força que ele tropeçou sobre Eric e caiu no chão. Eric aproveitou a chance para se erguer, enquanto Samuel já voltava a se levantar bem mais rápido do que eu imaginava. Com um berro, ele se jogou contra mim.

Depois disso, minha lembrança dessa briga é mais difusa.

Sabia, com certeza, que Eric tinha escapado.

Não sei se isso aconteceu logo quando o porco me agarrou ou se foi um pouco depois, mas tenho a sensação de que Eric deu no pé assim que teve a oportunidade.

O urso polar, o elefante e o porco me deram uma surra. Eles não pararam até ouvirem o sinal do fim do recreio. Arrebentado e com muito esforço, me arrastei encosta acima, de volta à escola.

Como sempre, mamãe veio nos buscar logo depois do almoço. Ela cumprimentou os funcionários da escola. Perguntou se nós tínhamos nos comportado bem. Perguntou sobre o nosso dia.

E então, fomos embora.

Sem nem olhar para nós, ela se dirigiu até o mercado central de Amberville, que ficava a algumas quadras da escola, e nós a seguimos. O mercado central era um oásis mágico de cheiros e cores, um templo de comida cheio de vendedores barulhentos e consumidores exigentes. Por várias horas, nós zanzamos por lá até que todo o drama ocorrido no pátio da escola fosse quase esquecido.

Foi só à noite que tivemos a chance de falar sobre o incidente. Quando papai desligou a luminária do nosso quarto e nós o ouvimos descendo a escada até a sala de estar, Eric sussurrou seu agradecimento pela minha ajuda.

— Se o Samuel soubesse jogar bolinha de gude um pouco melhor, não viveria irritado daquele jeito — disse Eric.

— Ele estava bem irritado — respondi, sentindo o quanto meu corpo estava dolorido.

— Bem feito pra ele — disse Eric.

— O quê?

Em seguida, Eric acendeu a luminária sobre sua cama e, sob a luz, me mostrou uma bolinha de gude reluzente: a Rubi.

— Eu a roubei daquele porco gordo já faz tempo. Bem feito pra ele.

Olhei para Eric e pude ver a expressão em seu rosto por uma fração de segundo. Logo depois, ele apagou a luz.

Foi naquela noite que o abismo entre nós se abriu.

Aquela noite nos definiu como opostos um do outro.

Eu tinha sido surrado quase até a morte por aqueles filhotes na escola por apenas um motivo. Meu irmão gêmeo era um ladrão.

Meu irmão gêmeo era o oposto de um bom urso.

Capítulo 6

Eles sempre se encontravam no Zum Franziskaner, na Avenida Norte, um restaurante na avenida verde-limão próprio para quem preferia ver sem ser visto. Por muitos anos, Edda Rinoceronte tentou ver Eric pelo menos uma vez por semana. Eles tinham uma relação descomplicada entre mãe e filhote que contrastava com a relação mais conflituosa que ele tinha com o pai. Edda encarou aqueles anos sombrios de sua adolescência no Cassino Monokowski como uma rebeldia necessária e saudável, mas seu pai era menos compreensivo. E mesmo que a princípio Eric adorasse sua mãe por sua mente aberta e desprezasse seu pai por sua mente estreita, ao longo dos anos adquiriu uma perspectiva com mais nuances de toda essa situação.

— Você parece estar cansado — notou Edda. — Está dormindo direito?

Eric Urso disse que estava dormindo direito, sim. E também prometeu não sair de casa durante a chuva da tarde e que, se por acaso se molhasse, colocaria meias secas o quanto antes. Ele tinha 48 anos. Sua esposa estava sendo ameaçada de morte. Mas aos olhos de sua mãe, uma boa noite de sono e cuecas limpas eram as coisas mais importantes do mundo. E talvez fosse melhor mesmo viver a vida assim.

— Claro — disse ele —, falei com o Teddy, sim, depois da última vez que nos vimos.

Havia algo de libertador em ser tratado como criança às vezes.

Ao longo do almoço, Eric perguntou sobre a Lista de Filhotes. Ele já tinha ouvido essa história tantas vezes que praticamente já a sabia de cor; era uma das poucas coisas empolgantes que ela ainda tinha para contar fora da rotina ordinária e burocrática do ministério. E sua mãe a contou exatamente do modo como ele se lembrava.

A Lista de Filhotes era feita com base nas requisições enviadas e cadastradas. Todas as cartas recebidas eram inseridas em um arquivo, e a ordem de prioridade seguia essa mesma cronologia. Um teste de aptidão era sempre feito com os requerentes — um procedimento necessário que às vezes resultava em atrasos no processo. Apenas em casos excepcionais era necessário vasculhar a fundo o passado dos animais. Quase todos aqueles que requisitavam seus filhotes tinham o bom senso de já imaginar o que as autoridades exigiam. Uma Lista de Filhotes final era formulada a cada mês com os nomes de todos os afortunados, mas ainda não notificados, futuros pais.

Nada disso era uma grande novidade, mas então veio a parte da história que, para o jovem Eric, era a mais empolgante.

Ao ficar pronta, a lista era enviada aos Entregadores, os heróis uniformizados que pilotavam as caminhonetes verdes. Mas a operação de transporte físico também não era gerida pelo gabinete central do Ministério do Meio Ambiente na Avenida Gabriel. Assim sendo, havia a questão de como a lista seria enviada para o agente de entregas. A lista era considerada um documento importante, e havia o risco de manipulação. Apesar de tudo, o ministério rejeitava requisições todos os anos, e era compreensível que isso provocasse frustração entre os requerentes. O governo não podia correr o risco de que algum dos rejeitados interceptasse a Lista de Filhotes e escrevesse seu próprio nome nela e, por isso mesmo, seria perigoso demais apenas colocá-la na caixa de correio.

Por fim, alguém teve a ideia de criar a Sala da Ordem. A Lista de Filhotes saía do escritório na Rue de Cadix com um mensageiro interno que atravessava um túnel subterrâneo até o gabinete central na Avenida Gabriel. O mensageiro pegava um elevador até o nono andar e deixava a lista em um envelope lacrado sobre a mesa de uma sala que só tinha duas chaves.

A Sala da Ordem.

Na mesma noite, depois do horário comercial — sempre no décimo sexto dia do mês —, os Entregadores chegavam. Eles abriam a porta com a outra chave, pegavam a lista e assim todos os riscos eram minimizados.

— Mas há mesmo apenas duas chaves?

— Bom, talvez exista mais uma — respondeu sua mãe.

E o jovem Eric entendeu que era sua mãe quem tinha a terceira e última chave, o que fez, é claro, com que revirasse os chaveiros dela até finalmente encontrá-la. Ele tirou um molde da chave com massa de modelar e, junto com Teddy, fez uma chave de gesso com a qual eles brincaram por uma ou duas semanas. Um chaveiro sem muitos escrúpulos ajudou Eric a fazer uma chave de verdade alguns anos depois — Eric teve a ideia de usá-la em um plano para pagar uma dívida de jogo que, graças aos céus, nunca chegou a pôr em prática.

Eric e Teddy faziam milhares de perguntas sobre a Lista de Filhotes e a Sala da Ordem quando eram menores, perguntas que em grande parte tinham a ver com os questionamentos que todos os animais acabavam tendo em algum ponto de suas vidas. Por que só eu cresci com meus pais? Seria por acaso ou haveria algum motivo? E essas mesmas perguntas voltaram à mente do urso adulto, enquanto ele ouvia sua mãe recontar essa história.

Seria só isso mesmo? Um funcionário que levava uma lista a uma sala trancada e alguém que vinha pegá-la?

Enquanto já se preparavam para ir embora, depois de tomar uma xícara de café cada um, Eric finalmente fez a pergunta que era o real motivo deste almoço:

— E a Lista da Morte? — disse ele. — Isso existe?

— Nunca houve nenhuma Lista da Morte — suspirou Edda. — Mas eu entendo que os animais queiram acreditar nela. Encarar a morte como algo que acontece apenas por acaso parece algo um tanto... indigno.

Depois de se despedir de sua mãe, Eric Urso voltou direto para casa, onde Emma já havia chegado. Ela nunca ficava no estúdio até muito tarde nas sextas; gostava de voltar antes que os carros abarrotassem as avenidas para o final de semana. Eric a encontrou na sala de estar, concentrada em um de seus vários romances cujos títulos ele nem sabia.

— Preciso ir ver o Teddy — disse ele, sem nem se sentar. — Vou ter de ficar lá por alguns dias, talvez uma semana inteira.

As palavras apenas saíram de sua boca; ele não havia planejado aquela mentira.

— Uma semana?

Sentiu que estava sendo falso e desleal, mas, mesmo assim, continuou sem gaguejar.

— Não sei se foi algo sério ou se é só por rotina. Eles me ligaram hoje à tarde e disseram que era importante que eu fosse até lá.

— Então deve ser importante — confirmou Emma em tom amigável.

— Vou fazer uma mala com uma muda de roupa e coisas de banho. Prometo ligar assim que souber de mais alguma coisa.

— Você já vai sair?

Ele lançou um olhar tímido para a coelha e encolheu os ombros.

— Acho que não dá para esperar até amanhã — disse ele.

— Não, não. Se eles disseram que sua presença era importante, então é claro que você tem de ir.

Eric ligou para o escritório antes de sair de casa. Isso foi pouco depois de o vento da chuva da tarde parar de soprar, mas Wolle e Wolle quase nunca deixavam o escritório antes da meia-noite. Eric contou a eles a mesma história, que teria de passar a semana seguinte com seu irmão gêmeo, Teddy, e que não poderia ir ao trabalho a não ser por alguma emergência. Ele estava pensando em ir a uma reunião na quarta à tarde e outra na quinta de manhã, mas fora isso, não podia prometer nada. Wolle e Wolle se comprometeram a cobrir sua ausência. E, assim, Eric se viu livre de seus deveres matrimoniais e profissionais. Partiu para Yiala's Arch em Yok; era hora de encontrar a Lista da Morte, mesmo que ela não existisse.

Capítulo 7

Cobra Marek bateu na porta do apartamento de Sam na Yiala's Arch verde-grama bem quando a brisa começou a soprar, logo no início da chuva da noite. Seus amigos não fizeram grande alarde com sua chegada. Tom-Tom Corvo estava na cozinha, agitando uma enorme coqueteleira, e Sam e Eric estavam na sacada, conversando. O corvo deixou a cobra entrar e, após um aceno contido, Cobra serpenteou até a sacada. Ele subiu em uma mesa enferrujada que possivelmente já estava ali quando Sam se mudou, e entrou no meio da conversa. Quando Tom-Tom se juntou aos seus amigos um pouco depois, Sam limpou a garganta em tom solene.

— É hora de fazer um brinde — disse ele, enquanto o corvo servia os coquetéis — à nossa reunião. E ao sucesso, é claro. E ao tempo, que não nos deixou mais feios ou velhos, apenas mais sábios e... — Sam piscou para Cobra — ardilosos.

E com seu risinho agudo, Sam ergueu seu copo. Os outros fizeram o mesmo, e o álcool frio aqueceu suas almas congeladas. Como sempre, a noite estava mais bonita do que quente.

— Estou muito agradecido por vocês terem aceitado me ajudar — disse Eric. — E achei que seria melhor usar esta noite para pensarmos em como abordar esse nosso trabalho. Vocês sabem do que se trata. O pombo acha que está na Lista da Morte e quer que a gente tire o nome dele de lá. Pode parecer uma missão impossível. Mas nós já fizemos o impossível antes. Então, vamos deixar rolar. Nenhuma sugestão é errada, nenhuma ideia é absurda...

Sam riu de novo.

— ...menos as indecentes — complementou Eric.

Todos caíram na gargalhada, Cobra abriu um sorriso de desdém.

— Mas, afinal... — disse Tom-Tom, lançando um olhar furtivo para Sam enquanto os risos se dissipavam. — Existe mesmo uma Lista da Morte?

— Querido, você é tão inteligente — disse Sam com ironia. — É ou não é, Marek? Esse corvo é esperto!

A cabeça de Cobra ondulava para a frente e para trás, indicando sua ambivalência. Ele estava chateado demais para deixar que o provocassem. Fora forçado a deixar o ministério, mas ninguém poderia forçá-lo a ficar feliz por estar em Yiala's Arch.

Mas antes que alguém pudesse comentar a existência ou não da Lista da Morte, o barulho de uma garrafa se quebrando foi ouvido na lixeira do quintal. Do alto da sacada, todos os quatro ficaram envergonhados. Aqui estavam eles como amadores, discutindo segredos para que qualquer um pudesse ouvir. Em silêncio, terminaram os drinques, voltaram para dentro e se sentaram em volta da deplorável mesa embolorada da cozinha.

— O que você acha? — perguntou Eric para Cobra enquanto Tom-Tom tirava a vodca, o suco e o gelo da mesa. — Existe mesmo uma Lista da Morte?

— Sempre houve vários rumores sobre a Lista da Morte — respondeu Cobra. — Você pode encontrar referências à Lista da Morte em versos poéticos escritos centenas de anos atrás. Já foi dito que a lista aparece em cada um dos três afrescos dos sacerdotes no teto da Sagrada Bastante, mas em tamanho natural, e por isso é impossível vê-la do chão. Já disseram que a Guerra dos Vinte Anos foi motivada na verdade pelo controle dessa lista.

Alguns acreditam que durante todo o período da Proibição no começo do século, nenhum animal foi levado. E outros dizem que, nos anos 60, as listas eram feitas sob a forma de mensagens secretas em discos de vinil lançados por artistas famosos. Se você tocasse os discos ao contrário, poderia ouvir os nomes de quem estava na lista.

— Mas como diabos isso pode ser verdade? — disse Tom-Tom.

— Não importa — sibilou Cobra, irritado. — O ponto crucial é que tudo isso não é por acaso. Um mito só pode sobreviver por tanto tempo por dois motivos. Ou porque os poderosos querem, por alguma razão, que o mito sobreviva. Ou então...

— Por quê? Por quê? — repetiu Sam, com um exagero sinistro.

— Porque é verídico — disse Eric.

— Sim, droga! Eu sempre achei que ela existia — disse Tom-Tom, lançando um olhar desafiador para Sam, que encolheu os ombros e voltou sua atenção para a garrafa de vodca. — Não há nada de estranho na Lista da Morte, não é mesmo? Por que os Choferes sairiam noite afora pegando animais aleatoriamente? Mas é claro que não é aleatório. Quase sempre dá pra saber quem está em perigo. Eles nunca pegam ninguém que seja jovem ou saudável ou... vocês sabem... alguém que seja bom...

— Isso também acontece — rebateu Sam.

— Você entendeu o que eu quero dizer — disse Tom-Tom. — É menos estranho pensar que os Choferes têm uma lista que imaginar que eles agem aleatoriamente.

— E quem você acha que faz essa lista, meu amigo? — perguntou Sam, em tom simpático. — O criador de todas as coisas, Magnus?

— Não, acho que não. Eu não acredito em Magnus. Você acha que eu sou um completo idiota ou o quê?

Animais inteligentes já haviam causado mais problemas a Sam do que os mais idiotas. Ele se sentia tranquilo com Tom-Tom Corvo.

— Pode até ser — disse Sam. Ele se virou para Cobra Marek. — O que você me diz, meu velho amigo? Se a Lista de Filhotes é criada pelo Ministério do Meio Ambiente, por que seria impossível que algum setor obscuro do mesmo ministério não fizesse uma Lista da Morte também?

— Pergunte ao Eric — sibilou Marek. — Talvez seja a própria mãe dele quem faz pessoalmente a Lista da Morte. Ela é autoritária o bastante para isso, pelo menos. O Ministério do Meio Ambiente trabalha com tantas coisas estranhas que eu nem sei. Ninguém sabe. Mas posso dizer uma coisa: o Ministério da Cultura nunca usaria dinheiro público para comprar obras de arte para as nossas salas de reunião de uma forma que...

— Nenhuma Lista da Morte é produzida pelo Ministério do Meio Ambiente, isso eu posso garantir — interrompeu Eric.

Ele tinha se esquecido de quanto Cobra falava e do quão difícil era fazê-lo parar.

— Eu sei, você está achando que o Ministério do Meio Ambiente gerencia os transportes e por isso tem a responsabilidade final pelos Choferes — continuou ele. — Mas isso acontece por meio de contratos. Certas questões logísticas são controladas pelo ministério, mas fora isso... eles não sabem de mais nada.

A conversa parou e algumas novas garrafas de vodca foram trazidas enquanto todos pensavam sobre os Choferes. Era quase impossível mencionar esses mensageiros da morte sem estragar o humor de todos. Nenhum outro animal era tão temido quanto os Choferes. Mesmo que poucos os tivessem visto, todos sabiam que eles andavam com uma caminhonete vermelha à noite em busca de suas vítimas. Eles faziam o que tinham de fazer, capturando os animais que já estavam no fim de suas vidas. Mas para onde esses animais eram levados e o que acontecia com eles? Existia um paraíso ou uma vida após esta? Sempre que alguém via uma caminhonete vermelha ou pensava nos Chofe-res, sua fé era testada. Seria ela forte o bastante para afastar seus medos?

Os bichos de pelúcia tomaram a vodca em silêncio. O álcool começou a fazer efeito, deixando a conversa menos estruturada. Por talvez mais uma meia hora, eles conseguiram se ater ao tema inicial. Cobra falava, os outros ouviam. Ele atacou os problemas de vários pontos de vista diferentes e, depois de muito discorrer, chegou à conclusão de que era mais provável que a Lista da Morte existisse, sim, de alguma forma.

Já era quase meia-noite. Sam deixou seus convidados na cozinha e foi para o banheiro onde, em um dos pés ocos da banheira, ele escondia os comprimidos verdes que costumava tomar com alguma bebida, o que lhe garantia um sono sem sonhos. Quando ele voltou, Eric e Tom-Tom já não sabiam mais o que estavam dizendo.

— A morte levará todos nós! — exclamou Eric, em tom sinistro.

— LERDOS de Lanceheim! — gritou Tom-Tom. — A droga do time devia se chamar LERDOS, não Lasers de Lanceheim.

Ele se referia ao time de críquete do distrito. Ninguém lhe deu atenção.

— Você sempre foi doido por esportes, querido — disse Sam, com afeto. — Sempre mesmo. Eu me lembro de uma vez que... que... não... não... não lembro, não.

Tom-Tom soltou uma gargalhada violenta.

— Não há como escapar — continuou Eric com suas ruminações introvertidas. — Cedo ou tarde, tudo vai acabar. É só o que sabemos.

— E pode ser mais tarde, em vez de mais cedo? Eis a questão — interveio Cobra.

— Essa é uma pergunta que muitos dos meus clientes adorariam responder — riu Sam, com um sorriso ébrio.

— Seu idiota — esbravejou Cobra.

— Escute aqui — disse Tom-Tom, com uma voz ameaçadora. — Você também é um belo idiota às vezes!

Sam olhou para o corvo, agradecido.

— Seria a morte — disse Eric — o começo de uma outra vida?

— Há uma história — disse Cobra — que conta como um nome já foi retirado da Lista da Morte uma vez. Deve ser a mesma que o Pombo ouviu.

— Não sei de qual história você está falando — disse o urso que, se estivesse mais sóbrio, teria percebido que Cobra Marek, ao contrário dos outros, não parecia estar muito bêbado.

— A do padre titular... como era o nome dele? Padre titular Poodle?

— Acho que já ouvi essa história — disse Sam.

— Eu nunca ouvi — disse Eric com firmeza.

— Se for alguma coisa pervertida, nem quero ouvir — disse Tom-Tom, temendo que a hora de contar histórias sujas tivesse chegado. Ele sempre se sentiu desconfortável em relação a esse tipo de história.

— O padre Trew Poodle viveu há pouco menos de cem anos. Ele era padre titular aqui em Yok, e a história é sobre a bondade dele — disse Cobra. — Os três padres titulares de Amberville, Tourquai e Lanceheim viam Trew como um líder espiritual, mesmo sendo consideravelmente mais jovem e não tão experiente quanto eles. Certa noite, Trew chamou os outros padres titulares e lhes contou algo inacreditável: todos os quatro estavam na Lista da Morte. Dentro de uma semana, eles seriam levados pelas carroças vermelhas que eram usadas na época.

— Eu já ouvi essa história — resmungou Sam.

— O padre Trew não podia deixar que isso acontecesse — continuou Cobra sem dar atenção à gazela.

Contar histórias longas e edificantes era o que Cobra fazia de melhor; ele já havia usado a história do padre Poodle como ponto de partida em vários de seus romances ao longo dos anos; ela podia simbolizar praticamente qualquer coisa.

— Em um frenesi que espantou seus três colegas — prosseguiu Cobra —, ele se ajoelhou diante do altar e começou a rezar. Ele rezou pela vida dos quatro, rezou para que Magnus os poupasse, implorou para que Ele retirasse seus nomes da lista.

— Agora eu sei — disse Sam. — Agora eu me lembrei disso.

— Mas que coisa — disse Tom-Tom, hesitante. — Então é Magnus quem escreve a lista?

— O padre Poodle rezou e rezou — continuou Cobra sem se deixar distrair — enquanto os padres titulares de Tourquai, Lanceheim e Amberville voltaram às pressas para suas respectivas paróquias e se devotaram a detalhes mais práticos. Quem seriam seus sucessores? Quem herdaria seus pertences? Quem escreveria seus obituários?

— Vaidade — interrompeu Eric, falando mais com ele mesmo. — Coisas tão insignificantes.

— Enfim — bufou Cobra —, o padre Poodle rezou a semana toda enquanto os outros estavam ocupados resolvendo coisas mundanas. No domingo seguinte, eles voltaram a se reunir na Sagrada Bastante. E enquanto estavam lá, discutindo a situação, as portas da igreja se abriram e os Cocheiros entraram.

— Cocheiros? — perguntou Tom-Tom.

— Eram os Choferes da época, meu amor — explicou Sam.

— Os Cocheiros pegaram o padre de Amberville, o padre de Lanceheim e o padre de Tourquai — continuou Cobra.

— E a moral da história é que Magnus não ouve nossas preces? — perguntou Eric, surpreso.

— O padre Trew Poodle também estava na lista — disse Cobra. — Era por isso que ele estava rezando pela vida dos outros, para que todos os quatro padres titulares da cidade não sumissem ao mesmo tempo. Mas graças aos seus pedidos altruístas, ele foi o único que teve o nome retirado da lista.

— Como assim? Ele não podia salvar os outros? — perguntou Tom-Tom.

— Dizem que, naquela época — continuou Cobra —, só um animal podia ser retirado da lista a cada cinco anos.

— Naquela época?

Cobra Marek teria encolhido os ombros, se tivesse algum.

— É só uma fábula, não um fato histórico.

Cobra se calou e bebericou sua vodca, mas sem engolir.

— Espero que estejamos no ano certo, querido — murmurou Sam para Eric.

Sam finalmente foi se deitar. Tom-Tom foi para o sofá, levando com ele um saco enorme de salgadinhos de queijo.

Eric ficou na mesa da cozinha, debruçado melancolicamente com uma caneca de vodca entre as patas e os pensamentos presos em um passado distante. Em geral, as lembranças de seus anos no Cassino Monokowski eram agradáveis, mas, agora, essa sensação de conforto se recusava a dar as caras. Em vez de estar feliz por rever seus velhos amigos, ele se sentia deprimido.

— Acho que o corvo tem razão — sibilou Cobra em seu ouvido.

Eric levou um susto. Cobra estava sobre a pia da cozinha, logo atrás dele.

— Os Choferes não andam por aí aleatoriamente — continuou Cobra. — É muito óbvio, é claro, mas só mesmo um corvo idiota conseguiria pôr isso em palavras. Nossa melhor estratégia para encontrar essa lista seria ir atrás dos Choferes.

Eric se levantou da mesa e percebeu que mal conseguia ficar de pé. Com passos extremamente lentos e cuidadosos, foi até a porta da sacada, esperando que o ar frio o ajudasse a pensar melhor. Cobra foi atrás dele. Da sacada, Eric percebeu que a brisa ainda não tinha parado. Estava achando que já era quase hora do amanhecer. O vento frio atravessou seus pelos. Um leve cheiro de bacon pairava no ar.

— Pode ser uma boa ideia — disse Eric, depois de respirar fundo algumas vezes. — Temos de achar os Choferes. Se essa lista existir, alguém deve entregá-la a eles.

— É exatamente o que eu estava pensando — disse Cobra.

— Foi por isso que insisti para que você viesse — disse Eric. — Para pensar. Como vamos fazer isso?

— Bom, o número de formas para se fazer isso não é exatamente infinito.

— Mas há uma questão ainda mais cabeluda — complementou Eric. — Um problema digno do seu intelecto, eu acho.

Eles ficaram lá por um instante sob o luar, olhando para os apartamentos iluminados, mas deploráveis, do outro lado do jardim. Nenhum deles falou nada sobre a carta que Eric havia escrito em nome de sua mãe, forçando Cobra a vir até Yiala's Arch.

— Pode falar — disse Cobra, sem entusiasmo.

— Digamos que... — começou Eric. — Digamos que além da recompensa no caso de sucesso neste trabalho, houvesse também um castigo no caso de fracasso.

Eric ficou em silêncio. Cobra não disse nada; a hipótese falava por si só.

— Digamos que — continuou ele com sua elucubração retórica — a ameaça fosse a seguinte: se o Pombo for levado pelos Choferes, um animal muito próximo de mim será levado de forma similar pelos gorilas do pombo.

— Entendi — disse Cobra.

— Tão importante quanto nos ajudar a encontrar a Lista da Morte — disse Eric, falando mais lentamente do que em qualquer outro momento da noite —, é que você me dê uma resposta para a seguinte pergunta: como posso salvar a vida desse animal próximo de mim caso nossa missão não dê certo? E acho que não temos muito tempo, Cobra.

CREPÚSCULO, 2

Ele se virou lentamente para o horizonte de Tourquai, um alfineteiro da vaidade e ambição de seus empreiteiros. Mas não era por meio da construção de monumentos a si mesmo que ele manifestava sua grandeza; essa não era a sua definição de poder.

No fundo, não se interessava por coisas materiais. Ele fingia ser materialista porque isso lhe dava uma espécie de álibi. Tinha um carro que nunca usou e uma casa que raramente visitava. As armações de seus óculos eram do último modelo, ele escrevia com uma caneta cara e seus sapatos eram comprados no quinto andar de Grand Divino. Mas esses eram meros disfarces.

O poder não estava em possuir e sim em comandar.

Ele tinha os meios necessários ao seu dispor e sabia como usá-los. Era um mestre da manipulação; com suas palavras, podia instigar e seduzir, envenenar e destruir. Era uma questão de lógica; possuir a habilidade de esconder alguma coisa e fazê-la reaparecer sob uma forma que se adequasse ao contexto universal. Nada lhe dava mais satisfação do que conseguir converter aos seus próprios interesses um bicho de pelúcia relutante. Era nesses momentos que ele sentia uma estonteante embriaguez de poder, mais forte do que qualquer outra coisa. Por isso mesmo, sua vida era uma eterna busca dessa mesma sensação.

O segredo dos Choferes era bem guardado.

Talvez Eric Urso percebesse que esse deveria ser seu ponto de partida, pensou ele, mas isso não daria em nada. Os Choferes não são comunicativos, são animais totalmente fechados; era justamente por essa falta de habilidades sociais que foram escolhidos para esse medonho ofício em algum momento do passado.

Ele soltou uma gargalhada seca ao pensar nisso. Uma gargalhada oca que doeu no fundo de sua garganta. Ele nunca soube rir direito.

Se por acaso o urso chegasse a encontrar algum rastro — pensou ele, lembrando a si mesmo que a humildade é uma virtude —, se o urso encontrasse o *seu* rastro, bom, existem mesmo certas ocasiões em que os métodos de manipulação mais paulatinos não são o suficiente. Alguns animais não tinham uma cognição avançada o bastante para que pudessem ser manipulados por uma lógica sagaz. Mas havia uma linguagem mais rápida e direta de coerção que podia ser usada quando necessário. A violência física não o fascinava tanto quanto as mentiras e os complôs, mas os efeitos da violência produziam os mesmos resultados. Isso se aplicava às ameaças, aos subornos e às promessas vazias também. A paleta de técnicas que ele usava tinha diversos tons de beleza, mas os fins eram, acima de tudo, mais importantes do que os meios.

O urso poderia ser detido assim que descobrisse alguma coisa sobre o segredo dos Choferes. Dar o próximo passo, o passo adiante daquele limite, era algo que o urso jamais teria a chance de fazer. Ele conhecia animais que poderiam facilmente arrancar a sua cabeça e enterrar as duas partes de seu corpo nas florestas em pontas opostas da cidade.

Ele tentou rir de novo.

E não se saiu muito melhor dessa vez.

Capítulo 8

Sam Gazela odiava ficar sozinho.

Ainda assim, lá estava ele, sentado sem mais ninguém em uma velha Kombi Volga, observando a noite que havia acabado de cair sobre a Avenida Leste. Sob a penumbra dos postes de luz, a calçada verde-menta da larga avenida parecia ser apenas mais um tom de preto. Um crucifixo brilhante estava pendurado no espelho retrovisor, e um leve cheiro de pelo molhado emanava do banco traseiro do veículo. A avenida estava vazia. Havia vários carros estacionados ao longo das calçadas em ambos os lados. Sam podia ver a Estrela pelo retrovisor. A Kombi estava estacionada a algumas centenas de metros da praça, na Avenida Leste, a umas cinco ou seis quadras da rotatória, mas ele mal sabia como tinha conseguido chegar ali. Odiava carros. Mal havia espaço ali dentro para o seu chifre esquerdo. Seu casco direito tinha uma rachadura que às vezes se prendia no acelerador. O único motivo pelo qual havia concordado em estar aqui se chamava a-m-o-r.

Ele não pôde resistir. Mesmo depois de todos aqueles anos, ainda havia alguma coisa especial em Eric Urso.

Sam suspirou profundamente.

Em homenagem a esta noite, estava usando seu paletó de veludo azul-claro. De seu bolso interno, ele tirou uma pequena caixa de plástico. A embalagem, que originalmente continha pastilhas para garganta, vinha servindo como o salva-vidas portátil de Sam há muito tempo; sempre que saía de casa, ele trazia consigo uma quantidade suficiente de remédios para o dia todo. Agora, enquanto despejava parte do conteúdo da caixa sobre o banco do passageiro, isso já não significava mais nada para ele. Duas cápsulas e alguns pequenos comprimidos compactos e redondos. Brancos, vermelhos, verdes e um azul. Ele não sabia o nome daquelas drogas, mal sabia o preço delas, e também não fazia a mínima ideia de qual efeito elas teriam em combinação uma com a outra.

Pegou alguns comprimidos, sem se esquecer de pegar um dos azuis, e juntou saliva na boca para engolir todos de uma só vez. O resto poderia voltar para a caixa. Com sorte, em breve já estaria se sentindo menos solitário. Caso contrário, só teria de tomar mais alguns, talvez mais alguns dos vermelhos?

Na rua lá fora, nada estava acontecendo. Era de se esperar um pouco mais de vida e movimento; a noite ainda era uma criança. Alguns quilômetros ao leste na avenida, os primeiros animais noturnos estavam começando a se aventurar pelas calçadas. Sam já tinha se esquecido dos anos em que se vira forçado a buscar companhia pelas ruas, mesmo que isso não tivesse sido há tanto tempo assim. Mas, às vezes, a dor de um certo momento do passado conseguia atravessar os anos como um raio e atormentá-lo agora com a mesma intensidade de antes. Por isso mesmo, era melhor se concentrar naquilo que estava acontecendo lá fora.

Mas nenhuma caminhonete vermelha passou por ali.

Cobra Marek estava todo tenso, enrolado no volante de um Volga Sport GTI, sem nem saber como poderia dirigir aquele carro. O veículo era adaptado para répteis, com transmissão automática e com os pedais do acelerador e do freio ao alcance do seu rabo, mas ele odiava se contorcer em torno do volante e se arrastar para a frente e para trás a cada curva. Sempre achou que as cobras que tentavam dirigir faziam papel de ridículo. Além disso, ainda estava irritado por estar nessa situação, junto com seus colegas de outrora, e sob a liderança de Eric Urso. Percebeu que sua vida era dominada por uma instabilidade lamentável e que era impossível planejá-la, já que o acaso nunca poderia ser previsto.

A fortaleza que ele construiu para si mesmo na Secretaria de Incentivos foi demolida em um mero instante pela carta de uma rinoceronte idiota. E ele nem sabia se Edda Rinoceronte havia mesmo escrito aquela carta; poderia muito bem ter sido coisa de Eric Urso. Isso era uma lição, pensou Cobra, tentando conter sua fúria. Quando essa pequena excursão terminasse e ele voltasse ao ministério, precisaria dar uma olhada nisso. Ele estava muito acomodado, tinha esquecido as regras do jogo. Para se firmar em definitivo como chefe, era preciso conquistar a próxima posição na hierarquia. E a próxima e a próxima também.

Cobra convenceu o urso a deixar um carro e um motorista em cada avenida, e mesmo que nada acontecesse esta noite, alguma coisa aconteceria nas noites seguintes. Cedo ou tarde, todo mundo acabava usando as quatro grandes vias públicas da cidade, já que eram as opções mais rápidas. Mollisan Town era uma cidade enorme, e os motoristas profissionais logo se cansavam de todos os semáforos, ruas de mão única, obras na pista e transeuntes noturnos pouco confiáveis que infestavam as ruas menores. Os Choferes usariam as avenidas; qualquer outra alternativa era impensável.

A Avenida Norte dividia Tourquai a oeste e Lanceheim ao leste. No meio da avenida amarelo-limão, estendia-se um magnífico canteiro com salgueiros que ia desde a Estrela até o final da parte desenvolvida da cidade, onde era absorvido pela floresta ali em volta. Visto pela outra direção, era como se a floresta estivesse esticando um de seus braços até o coração da cidade através da Avenida Norte.

O carro de Cobra estava estacionado de frente para o sul, voltado para a cidade. Graças à densa folhagem dos salgueiros, ele não podia ver muita coisa adiante, mas, ainda assim, estava em uma posição que lhe permitiria avistar a uma longa distância uma caminhonete vermelha seguindo para o norte. Por outro lado, o processo de virar o carro para seguir alguém não parecia tão simples. Uma meia-volta como essa exigiria que ele serpenteasse por todo o volante da direita até a esquerda, pulasse no banco e repetisse a manobra. Isso levaria algum tempo.

Ele praguejou sozinho, balançando a cabeça.

Além disso, o simples fato de essa tarefa não ser mais complicada ofendia o ego de Cobra Marek. Aquele urso metido a santo não precisava ter sabotado sua vida só para isso. Qualquer idiota poderia ter dado a ideia de procurar os Choferes.

— Muito bem — disse Cobra Marek para os seus colegas, que, de repente, ficaram muito ansiosos —, vamos seguir a caminhonete vermelha até o amanhecer. Os Choferes devem estar onde a caminhonete estiver estacionada. E onde os Choferes estiverem, é onde vamos encontrar a lista.

Cobra precisava dormir muito pouco e não tinha grandes problemas para se manter alerta. Um carro ou dois passaram por ali, táxis em maior parte, táxis pretos comuns. Ele abaixou o vidro da janela alguns centímetros e ouviu o som tranquilo e quase poético da brisa noturna passando entre as folhas dos salgueiros. Havia um ritmo naquele movimento que inspirava Marek. Talvez ele pudesse aproveitar a noite.

Cobra saltou do volante e retirou um bloco de notas amarelo-pálido do porta-luvas; ele havia comprado vários artigos de ponta de estoque na loja de material de escritório. A capa estava gasta e rasgada, mas não havia nada de errado com as folhas na parte de dentro. Pegou um lápis com a cauda e rapidamente esboçou um verso:

uma ferradura, uma foice
essa é a metáfora da noite
o sagaz, embora estranho,
sempre seduz o mais tacanho

Ergueu o lápis do papel e olhou para o que tinha escrito. Como sempre, foi tomado por uma espécie de vertigem. O verso era tão engenhoso, tão magnífico, que Cobra mal ousava acreditar que era algo criado por ele mesmo.

Talvez não fosse.

E, então, no fundo de seu coração de sangue frio, uma leve esperança despertou. Era algo que ele não sentia há quase vinte anos. Sabia que o mundo lá fora ainda não estava pronto para as obras de Cobra Marek, que eles não conseguiriam entender, que ninguém poderia compreendê-las. Ninguém.

A não ser talvez Eric Urso.

Se cada um dos prédios enfileirados ao longo da Avenida Oeste entre Tourquai e Amberville fossem bloquinhos de uma caixa de brinquedos, Eric Urso provavelmente seria capaz de pegá-los um a um e colocá-los na ordem certa desde a Estrela até os limites da cidade. Esta foi a vizinhança onde ele cresceu; durante todo o segundo grau, costumava caminhar todas as manhãs por aquele canteiro de cascalho que se estendia em paralelo à Avenida Oeste no trecho de Amberville. Por outro lado, o ambiente familiar criava uma sensação de segurança e bem-estar que foi dificultando cada vez mais a tarefa de se manter acordado com o passar da meia-noite. Desde que os gorilas de Nicholas Pombo arrombaram sua porta na Rua Uxbridge, a adrenalina vinha sendo lançada no corpo do urso como se pela injeção eletrônica de um Volga GTI. Agora que o fluxo direto tinha sido cortado, Eric percebeu o quanto estava exausto. Com esta pausa em meio à inundação de eventos e exigências, seus olhos se fecharam e ele sentiu sua cabeça começando a girar de cansaço. Havia um leve aroma de baunilha no carro, e ele se perguntou como isso poderia ter acontecido.

Ele tinha emprestado os carros de seus funcionários no trabalho. Para ele mesmo, Eric escolheu uma humilde Kombi Volga cinza. Ela era de uma rata do departamento de contabilidade cujo nome ele ainda nem sabia, embora ela trabalhasse na Wolle & Wolle há pelo menos tanto tempo quanto ele.

Ele apoiou a cabeça no encosto do banco enquanto pegava o *walkie-talkie* no assento ao lado. Na loja, o vendedor lhe garantiu que a frequência instalada nos aparelhos era única. Havia poucos *walkie-talkies* no mercado de frequência comparável, o que eliminava o risco de escutas clandestinas e interferências. Claro, tudo isso poderia ser apenas papo de vendedor, se não fosse pelo preço. Eric pagou com um sorriso forçado e percebeu que existem poucos animais — quando muito — preparados para gastar uma pequena fortuna em apenas alguns comunicadores.

Ele pegou o *walkie-talkie,* apertou o botão na lateral e chamou os outros.

— Urso falando. Estão todos acordados? Câmbio.

— Cobra. Câmbio — disse Cobra.

— Gazela. Câmbio — disse Gazela.

E, então, ouviu-se apenas o silêncio.

— Corvo? — perguntou Eric, mas sem receber nenhuma resposta.

— Corvo, aperte o botão preto na lateral. Câmbio.

— Claro... droga... Corvo na escuta. Câmbio — disse uma voz cheia de estática.

— Conversaremos de novo daqui a uma hora. Câmbio e desligo.

Eric pôs o *walkie-talkie* de volta sobre o banco, sentiu uma tontura violenta, como se estivesse no primeiro carrinho de uma montanha-russa disparando pela primeira descida, e, antes mesmo de chegar ao fim do mergulho, já estava dormindo profundamente.

Tom-Tom Corvo havia trazido quatro saquinhos de amendoim e alguns novelos de lã com ele no carro. Não foi por mera coincidência que seus colegas o deixaram com o Volga Mini que Eric havia emprestado; era muito divertido ver aquele corvo enorme tentando entrar em um carro tão pequeno. Mas, por dentro, não havia nada de errado com o tamanho do veículo. Tom-Tom estava no banco do motorista, profundamente concentrado em seu tricô, quando a caminhonete vermelha despontou na Avenida Sul.

Tom-Tom a viu com o canto do olho, mas não deu muita atenção. Ele tinha acabado de estacionar o carro ali para poder enxergar melhor os pontos com a ajuda dos postes de luz. O novo projeto de Tom-Tom era tricotar um suéter azul-marinho com a estampa de uma caveira branca nas costas. Essa estampa exigia grande concentração, e a caminhonete vermelha passou por ali enquanto ele tentava ver se tinha feito 32 ou 33 pontos com a lã branca. No trigésimo quinto ponto, ele mudaria de cor.

Com alguns segundos de atraso, a informação que havia passado pelos olhos do corvo se esgueirou pelos misteriosos recantos de seu cérebro e finalmente foi registrada.

Ele ergueu a cabeça.

— Oras... mas que diabos...? — murmurou o corvo com surpresa.

Capítulo 9

Tom-Tom Corvo jogou as lãs no banco do carona e girou a chave na ignição. O carrinho deu um tranco e o motor despertou com um zumbido baixo. Sem olhar para trás ou dar qualquer tipo de sinal, Tom-Tom saiu de onde estava estacionado e pisou no acelerador com as garras de seu pé até forçar o pedal no chão. Os vários modelos Volga tinham mais ou menos a mesma velocidade — embora a aceleração do GTI fosse melhor — e logo o corvo já estava com a situação sob controle. Ao contrário da maioria dos outros veículos, a caminhonete vermelha seguiu respeitando o limite de velocidade pela Avenida Sul.

Tom-Tom era um bom motorista. Por muitos anos, antes de começar a trabalhar no departamento de corte e costura de Grand Divino, ele dirigiu um dos enormes ônibus municipais na rota três que ia de Rosdahl em Lanceheim até o Parc Clemeaux, em Tourquai. Estava acostumado com o trânsito da cidade e se sentia confortável atrás do volante.

Sem perder a caminhonete vermelha de vista, ele achou o *walkie-talkie* sob as lãs no banco do carona. Pegou o aparelho, levou-o até seu bico e apertou o botão preto.

— Contato visual — disse ele, conforme combinado.

Ele soltou o botão e esperou uma resposta, mas não ouviu nada. Voltou, então, a apertar o botão.

— Rumo ao sul — disse ele.

Dessa vez, ao soltar o botão preto, uma tremenda comoção irrompeu pelo falante do aparelho. Os três animais começaram a gritar, cada um à sua maneira, com avisos e comemorações, conselhos e alertas.

A caminhonete vermelha saiu da avenida principal e entrou em Amberville. Tom-Tom desligou o *walkie-talkie*, deixou-o no banco ao lado e concentrou toda a sua atenção no volante. Não seria fácil seguir a caminhonete por essas ruas menores sem ser notado.

Amberville era uma parte da cidade que Tom-Tom Corvo não conhecia muito bem. Criado em Lanceheim, ele de fato trabalhou no Cassino Monokowski por muitos anos, mas, durante essa época, mal saía do cassino. Nas poucas ocasiões em que os funcionários saíam para se divertir, acabavam escolhendo casas noturnas em Tourquai, onde não havia o risco de trombarem com seus próprios clientes.

Logo depois de deixar a Avenida Sul, a caminhonete dobrou à esquerda em uma rua cujo brilho creme-esbranquiçado nem a noite conseguia esconder. Sem saber ao certo onde estava, Tom-Tom não quis tentar a sorte. Correndo o risco de ser avistado, ele seguiu em frente o mais rápido que pôde, mas encontrou apenas a desolação de um cruzamento vazio e tranquilo entre prédios de apartamentos.

A caminhonete vermelha já tinha sumido.

Eric pisou fundo no acelerador.

— Tom-Tom, qual é a sua posição? — disse ele.

O *walkie-talkie* ficou mudo. Eric reduziu um pouco a velocidade. Ele estava indo rumo à Estrela dourada, a rotatória onde as quatro avenidas se encontravam.

— Vocês têm de ajudar! — pediu ele para a cobra e a gazela pelo *walkie-talkie*. — Vamos nos encontrar no ponto de partida em dez minutos. Estejam lá.

O “ponto de partida” era a enorme escadaria da Sagrada Bastante na ponta leste da Estrela e, exatamente dez minutos depois, Sam e Cobra chegaram, saltitando e rastejando, respectivamente, para se encontrar com Eric. A Estrela era bem iluminada à noite; a rotatória dourada e o pequeno parque no centro reluziam e brilhavam ainda mais do que de dia.

— É só apertar um único botão — sibilou Cobra, escalando alguns degraus para ficar no mesmo nível dos outros —, mas nem isso aquele corvo idiota consegue entender.

— Meu velho, talvez não seja a melhor hora para bancar o rabugento e mal-humorado — disse a gazela, apressando-se para defender Tom-Tom.

Eric apartou a discussão.

— Temos de ser mais metódicos — disse ele. — Não posso fazer isso sozinho. Se eu for de leste a oeste e vocês de norte a sul por ruas diferentes, cedo ou tarde vamos acabar avistando a caminhonete.

— Querido, nada nos garante que ela ainda esteja em Amberville — disse Sam.

— E nada nos garante que ela saiu daqui — rebateu Eric.

— Esse é o problema dos idiotas — sibilou Cobra. — É difícil entendê-los.

— O corvo viu a caminhonete — lembrou o urso. — Temos de tentar encontrá-la. O que mais podemos fazer? Ficar aqui batendo papo?

E, então, os três céticos colegas deixaram a Estrela em seus respectivos Volgas para esquadrinhar Amberville como toupeiras atrás da caminhonete vermelha.

Tom-Tom Corvo tinha certeza de que os Choferes já deviam ter notado sua presença.

A cada quilômetro que percorria, o corvo se espantava por eles não terem parado para levá-lo. Ele não se lembrava da última vez em que sentiu tanto medo.

Quando os Choferes levavam alguém, era o seu fim.

Depois de perder a caminhonete de vista em Amberville, ele zanzou pelas ruas adjacentes sem nenhum tipo de plano. Todos os prédios eram parecidos, com telhados pretos e pequenas escadas em frente às portas. Ele virou à esquerda, à direita e à esquerda de novo; em meio à escuridão, todas aquelas variações de azul e verde se misturavam.

Então, de repente, após mais uma curva à direita, lá estava ela: a caminhonete vermelha. E, pela primeira vez, Tom-Tom viu um Chofer em pessoa. O Chofer estava usando um sobretudo cinza que cobria todo o seu corpo; seu rosto se escondia sob um enorme capuz. Ele estava conduzindo com todo o cuidado um velho papagaio para fora de uma das casas. Enquanto eles desciam as escadas, a luz de um dos postes caiu sobre a dupla, e Tom-Tom pôde ver que aquele Chofer não era nada mais do que um bicho de pelúcia.

Era um lobo.

Talvez o lobo nem fosse assim tão assustador, mas as circunstâncias fizeram um arrepio gelado de pavor percorrer a espinha do corvo. O Chofer e o papagaio entraram na caminhonete, que logo foi embora, e Tom-Tom — que ainda não havia puxado o freio de mão durante esses sinistros instantes — continuou pisando fundo atrás deles.

Como se tomado por um transe, o corvo seguiu a caminhonete vermelha pela Avenida Sul, afastando-se da cidade. Tom-Tom nunca havia ido além dos limites da cidade. Ele desligou os faróis e continuou em meio à escuridão. As luzes vermelhas na traseira da caminhonete à sua frente logo se tornaram a única coisa que ele podia ver.

Eles avançaram mais e mais pela densa floresta. Centenas, talvez milhares, de árvores podiam ser vistas sob a tênue penumbra em volta da trilha estreita. Depois de meia hora, eles chegaram a uma enorme construção, escura e deserta, que lembrava um hangar no meio do nada. A caminhonete vermelha parou ali.

Tom-Tom pisou fundo no freio e, sem desligar o motor, viu a porta do passageiro da caminhonete se abrir para que o velho papagaio descesse.

De forma rápida e simples, a caminhonete fez um contorno para poder voltar.

A estrada era muito estreita e não havia espaço para a passagem de dois carros. O corvo não sabia o que fazer. Ele não podia ser avistado. Tomado pelo pânico, engatou a ré, pisou com tudo no acelerador e virou à direita floresta adentro. Por mero acaso, o carrinho se encaixou perfeitamente entre duas árvores, em vez de se arrebentar contra elas. Apenas dez segundos depois, a caminhonete vermelha passou por ali, e Tom-Tom esperou meio minuto antes de voltar à estrada para seguir aquelas distantes luzes traseiras de volta até a cidade.

Ele não estava interessado em saber o que os Choferes faziam com animais já desgastados como aquele velho papagaio. A missão de Tom-Tom era descobrir onde os Choferes se escondiam. E estava claro que não era na floresta.

Sam e Cobra vagaram por Amberville por quase uma hora antes de desistirem.

— Aquele corvo foi para o lado errado e não sabe como voltar — disse Cobra pelo comunicador. — Ou então ainda não aprendeu a usar o *walkie-talkie*.

— Tanto faz — respondeu Sam. — Vou pra casa dormir agora, meu velho.

Cobra decidiu ir junto; os dois fizeram um contorno com seus carros e voltaram para Yok. Mas Eric não podia desistir.

Incansável, o urso continuou indo de leste a oeste e de oeste a leste pelas ruas escuras. Por mais tranquila que estivesse esta parte da cidade, alguém provavelmente já teria chamado a polícia; ver um mesmo carro indo e vindo para lá e para cá no meio da madrugada acabaria causando suspeitas.

Até que, enfim, o *walkie-talkie* estalou com uma chamada.

Eric fincou os pés no freio, completamente aterrorizado.

— Alô? Câmbio!

— Sou eu — disse a voz de Tom-Tom. — Fiz contato visual. Câmbio.

"Santo Magnus!", pensou Eric. Já fazia mais de duas horas desde o último contato feito pelo corvo.

— Onde? Câmbio.

— Em Yok. Câmbio.

— Estou indo.

Eric virou para o leste no próximo cruzamento e seguiu em alta velocidade pelas ruas vazias. Dirigir era algo que ele tinha feito muito pouco em sua vida. Não era um bom motorista, mas sempre que se sentava atrás do volante, era tomado por uma empolgação quase infantil. A adrenalina voltou a correr pelo seu corpo e já não havia mais nenhum sinal da resignação exausta que há pouco o atacava.

— Já estou na Avenida Sul. Câmbio — disse ele para Tom-Tom.

No entanto, logo após entrar em Yok, Eric levou outro banho de frustração. As ruas retilíneas de Amberville — onde os carros eram estacionados em fileiras bem organizadas ao longo das calçadas, para facilitar o trânsito — foram substituídas por um emaranhado labiríntico onde uma infinidade de obstáculos o forçava constantemente a fazer desvios. O *walkie-talkie* estava mudo sobre o banco ao lado dele; não queria usá-lo sem que fosse necessário e, além disso, tinha quase certeza de que o corvo não poderia ajudá-lo. Tom-Tom também não conhecia estas ruas.

Eric praguejou enquanto suava. Ele deu ré e fez curvas. Acelerou e pisou nos freios. Dez minutos depois, já não fazia mais a mínima ideia de onde estava.

Os Choferes estavam prestes a despistar Tom-Tom.

Entre as muitas idas e vindas a caminho de Yok, o corvo às vezes perdia a caminhonete de vista por medo de se aproximar demais. Ele hesitou antes de dobrar todas as esquinas e, na última delas, hesitou ainda mais do que nas outras. Em seguida, recobrou a coragem, engatou a primeira marcha e chegou bem a tempo de ver a caminhonete se aproximando de um prédio com uma parede cinza de tijolos sujos.

Mas a caminhonete não desacelerou. A parede se abriu e logo depois se fechou atrás da caminhonete tão rapidamente que Tom-Tom chegou a duvidar por um instante do que tinha acabado de presenciar.

Ele cravou a pata no freio.

O prédio com a porta de garagem disfarçada como parede não era muito grande; era uma construção de três andares, dez metros de largura e sem nenhuma janela no piso térreo, o que, por outro lado, não era nada incomum em Yok. Também não tinha porta, mas Tom-Tom suspeitou que talvez houvesse uma entrada lateral. Na fachada, via-se uma placa apagada de néon onde se lia: "Hotel Esplanada"

— Eles entraram numa maldita garagem! — avisou Tom-Tom pelo *walkie-talkie*. — Acho que encontramos o lugar certo.

— Onde? Câmbio — perguntou Eric.

— Não sei muito bem — disse Tom-Tom —, mas vou averiguar.

Eric encostou seu carro na calçada e esperou impacientemente enquanto o *walkie-talkie* estalava com a estática. Em seguida, o corvo voltou a fazer contato:

— Caramba! — disse Tom-Tom, parecendo bastante surpreso. — Isto aqui é a algumas quadras do lugar onde estamos reunidos.

— E onde estamos reunidos? Câmbio — perguntou Eric, sem pensar direito.

— Eu não acredito! Dá pra ver a base dos Choferes do apartamento do Sam! — disse o corvo.

TEDDY URSO, 2

Certa noite, eu acordei de repente.

Estava na oitava série, com uma pata na infância e outra na adolescência. Eu dormia profundamente à noite e tinha um bom motivo para isso.

Meu coração era puro.

Eric e eu ainda dividíamos o mesmo quarto no andar mais alto da casa na Rua Hillville amarelo-fogo. A escada que descia até a sala passava pelo quarto dos nossos pais. Os degraus velhos rangiam e estalavam ao serem pisados. Achei que tinha acordado por ouvir sons de passos na escada. Sonolento, eu me ergui com os cotovelos na cama. E foi então que eu vi.

Alguém estava saindo pela janela.

A silhueta que se arrastava para fora do quarto era delineada pela noite escura lá fora, levemente iluminada pelas estrelas. Eu soltei um gemido de desespero. O som foi tão alto que a figura na janela ficou estática.

— Sou só eu — sussurrou Eric.

Levei alguns segundos até conseguir entender que era o meu irmão gêmeo quem estava ali na janela e não na cama dele.

— Volte a dormir — sussurrou ele.

Lembro de pensar: "ele está fugindo".

A frase "ele está fugindo" veio à minha cabeça tão naturalmente que nem sequer me dei conta disso. Eric e eu já havíamos chegado ao caos emocional subversivo da puberdade. Nós estávamos no meio de nossa infância, vivendo entre livros infantis já desgastados, aviões de brinquedo e bolas de futebol. Abrir uma janela para fugir me parecia algo covarde e empolgante ao mesmo tempo.

A brisa da noite acariciava o meu rosto; nossa fina cortina dançava em frente à janela aberta e, de algum lugar lá fora, pude sentir um leve aroma de carne grelhada.

Senti o abismo que havia se aberto entre mim e o meu irmão gêmeo.

O pesado fardo de saber que Eric estava envolvido em algum problema sempre me acompanhou. Eu até havia tido uma conversa com o arcediago Odenrick — com alguns rodeios, é claro — sobre almas perdidas. Falamos sobre animais perdidos. Mas Odenrick era um pinguim religioso e se recusava a desistir de qualquer um.

— Sempre há uma salvação — disse Odenrick. — Para os que se arrependem, sempre haverá perdão.

Eu não tinha do que me arrepender, e meu irmão gêmeo nunca pedia perdão.

O que me deixou acordado não foi nem tanto a dúvida de para onde Eric teria ido e sim o fato de que alguma coisa, ou talvez várias, deveriam ter acontecido antes dessa noite. Coisas das quais eu não sabia nada. O que ele teria escondido de mim? Isso foi fácil ou difícil para ele? E será que essa outra vida — como eu já estava começando a encarar — estava presente de alguma forma mesmo quando estávamos juntos?

A sensação de ser enganado com tanta facilidade e a vergonha por ter sido tão idiota ardeu dentro dos meus olhos. Meus lençóis se encharcaram de suor. Fiquei imaginando como Eric havia descortinado a grande farsa que era nossa infância mútua para mostrar que atrás dela sempre houvera um enorme abismo de solidão.

Sei que essas são palavras fortes. Sentimentos fortes. Mas não o bastante para descrever o que eu estava sentindo.

Ele voltou ao amanhecer.

Eu devo ter cochilado, porque acordei ouvindo passos entre as lajes do telhado. Logo depois, Eric enfiou sua pata pela janela ainda semiaberta, puxando seu corpo para dentro do quarto. Era fascinante ver o quão silencioso ele era. O quão rotineiro aquilo parecia ser. Como eu já suspeitava, essa não era a primeira vez.

Recebi Eric com uma torrente de indignação. Eu o ataquei com uma saraivada tão intensa de perguntas que ele não teria como responder, mesmo se quisesse. Eu chorei. Eu o sacudi com raiva e o abracei com amor. Depois de um tempo, acalmei-me o bastante para discutir a situação de uma forma mais lúcida. Por onde ele tinha andado?

Ele se recusou a responder.

— Teddy, é melhor pra nós dois que você não saiba — disse ele, por fim.

Disse isso com ternura em sua voz.

Eu me calei. Olhei para ele. Ele achava que sabia o que era melhor para mim.

Isso nem chegou a ser um insulto.

Era só uma idiotice.

Eu não disse mais nada, mas decidi descobrir o quanto antes o que ele andava fazendo. E então, nas noites seguintes, fiquei acordado, esperando até que ele saísse da cama, vestisse suas roupas e pulasse pela janela. Mas isso não aconteceu. Foi uma tortura das mais refinadas. Eu sabia que alguma coisa estava acontecendo pelas minhas costas, mas não sabia o quê. Eu estava preocupado com ele.

E eu não era o único.

O arcediago Odenrick estava preocupado também. Mesmo se recusando a admitir isso para mim. Ou para qualquer outra pessoa.

Nós começamos nosso curso de crisma no outono. Nas terças, íamos até o prédio da paróquia na Rua da Capela, depois da escola, para aprender sobre Magnus, seus anjos e suas obras com um dos padres de Amberville. Nas quintas, íamos à Sagrada Bastante, onde o arcediago Odenrick em pessoa nos dava aulas. Não sei exatamente qual era seu título naquela época; ele se tornou arcediago alguns anos depois. Era um ótimo padre de crisma. Ele dramatizava a religião para que todos se interessassem pelas histórias. Mas, ao mesmo tempo, era cuidadoso. Havia sempre espaço para dúvidas e incertezas.

Eu tinha dúvidas.

E tinha incertezas.

Eu não tinha problemas com a ideia de um Magnus todo-poderoso. Mollisan Town não poderia ter surgido do vácuo. Os Entregadores que transportavam os bichos de pelúcia recém-fabricados e os Choferes que levavam aqueles já mais desgastados não poderiam ser meros agentes do acaso. Mas, no final das contas, o importante não era acreditar. O importante era *querer* acreditar. O conceito de que Magnus perdoava os penitentes e os recebia no paraíso não era algo que Odenrick tentava provar. A religião era lógica dentro de suas próprias teses.

A não ser quanto ao mal.

Por que o gentil e todo-poderoso Magnus permitia a existência do mal? Por que ele tinha criado Malitte como seu oposto?

Um dia, levantei a mão e perguntei isso. O arcediago Odenrick me lançou um olhar impenetrável, propondo uma outra questão.

— Teddy, o que é o mal?

Eu quase respondi com as mesmas palavras que meu irmão tinha dito antes. Que o mal era algo que fazia você se sentir mal. Mas havia quase vinte de nós, jovens filhotes, reunidos ali em um dos vários saguões da Sagrada Bastante. Nossas aulas tinham uma atmosfera solene e austera. Qualquer tipo de manifestação era um desafio à pressão do grupo. Dizer que "o mal é algo que faz você se sentir mal" me pareceu muito infantil naquele contexto e preferi continuar em silêncio. Troquei um olhar com meu irmão e vi que ele também se lembrava de nossa conversa com Odenrick.

Minha pergunta não foi respondida. E a feita pelo arcediago Odenrick também não. Mas eu pensei muito nesse assunto durante as semanas seguintes.

O que era o mal?

Eu passava todas as noites acordado, esperando. A respiração pesada e tranquila de Eric parecia zombar de mim enquanto eu ficava lá, tenso, sem conseguir dormir, tentando ouvir algum som suspeito vindo da outra cama. Mas tudo o que eu ouvia era um ou outro carro na rua.

O tempo passava e eu não conseguia dormir.

Mas não era só a preocupação com Eric que me mantinha acordado a noite toda. Infelizmente. Algo estranho aconteceu apenas algumas semanas depois do início das aulas de crisma. Um dia, quando eu estava chegando à Sagrada Bastante, o arcediago Odenrick pediu para que Eric ficasse depois da aula. Ele fez isso com uma voz baixa e discreta, mas eu ouvi claramente.

A inveja ardeu dentro de mim como se eu tivesse mordido uma pimenta.

Foi muito difícil acompanhar aquela aula. Quando ela terminou, Eric continuou sentado em sua carteira, mas eu tive de sair da sala. Aquele tinha sido um dos momentos mais difíceis de toda a minha vida até então.

Demorei-me algum tempo na catedral, mas quando Eric não apareceu, não tive alternativa a não ser voltar sozinho para casa. Ele me deixou esperando por uma hora inteira. A princípio, ele se negou a dizer o que Odenrick queria. Por fim, deixou escapar que se tratava de algum tipo de instrução especial que somente alguns dos filhotes receberiam.

Eric era um deles.

E a inveja quase abriu um buraco no meu estômago. Um pequeno buraco negro.

Eu passava as noites pensando em como seriam essas aulas especiais. Por que Eric fora escolhido e eu não? E foi então que entendi. Enquanto estava lá na minha cama sem conseguir dormir, enquanto estava lá, esperando que meu irmão voltasse a trair nossos laços de sangue me deixando sozinho no quarto mais uma vez, eu entendi.

Eu não era único a ter percebido o que se passava com Eric.

Para o arcediago Odenrick, não existiam almas perdidas.

Para o arcediago Odenrick, existiam apenas almas desencaminhadas.

O que ele estava chamando de "aulas especiais" era a tentativa de salvar Eric do mal. Mas já era tarde demais. Embora Eric estivesse dormindo suave e tranquilamente a alguns metros da minha própria cama, eu sabia que já era tarde demais.

Infelizmente, eu não tinha nenhum plano. Não sabia o que fazer se ele tentasse escapar pela janela de novo. E quando isso finalmente aconteceu, algumas semanas depois da primeira vez, eu não fiz nada também. Durante o outono e a primavera, ao longo de toda a nossa preparação para a crisma, Eric continuou a escapulir pela janela à noite em intervalos regulares enquanto eu continuava na minha cama. Paralisado.

Eu sabia que não podia fazer nada para salvar meu irmão gêmeo do mal e das garras de Malitte.

Ou, pelo menos, nada que o arcediago Odenrick já não estivesse fazendo.

E fazendo melhor.

Eu acordo de manhã com a cabeça cheia de sonhos fragmentados.

É uma sensação ambígua.

Acordo à noite com sonhos agradáveis. Eu me esqueço deles em uma fração de segundo e volto a dormir. Os sonhos desagradáveis surgem pela manhã. E não vão embora. A forma mais eficaz de se livrar deles é tentar se lembrar conscientemente de cada detalhe.

Assim que me esqueço dos pesadelos, eu me levanto para o novo dia.

E cada novo dia traz seus riscos. À noite, quando apago a luminária ao lado da minha cama, sinto uma espécie de triunfo. Não é uma coisa da qual me orgulhe. Nem da sensação nem de sua origem. Sei que durante o dia que acabou de terminar, eu resisti às tentações e enfrentei os demônios, tomando as decisões mais difíceis e não as mais fáceis. Sei que resisti o dia todo.

Qual é a minha recompensa?

Dormir.

E o que o mundo me reserva para o dia seguinte?

Um novo dia de tentações e demônios.

Não é difícil aceitar meus sentimentos ambíguos sobre isso.

Envergonho-me ao confessar que, em certos momentos de fraqueza, já pensei que no dia em que os Choferes vierem me buscar na Casa Lakestead, minha batalha contra o mal finalmente acabará. E então, estarei livre.

Escapar da vida por meio da morte é como resistir à tentação de coçar as costas cortando fora a sua pata.

Ser bom é mais difícil do que ser mau.

Minha história é uma história de sofrimento.

Ao analisar o mal, desenvolvi três arquétipos para pensar com mais clareza. Eles, por si só, não são malignos. Os três são apenas clichês que identifiquei no mundo à minha volta. Em jornais, livros e conversas com o arcediago Odenrick e outros indivíduos pensantes. Os arquétipos são símbolos. Eles não representam diretamente nenhum bicho de pelúcia vivo, e também não tentei fazer caricatura de nenhum deles.

O primeiro é o Ditador. Ele é maligno em teoria, mas nunca na prática. Ele é intelectualizado e movido pela vaidade e egoísmo. O Ditador busca o poder, às vezes até como um objetivo por si só. No entanto, na maioria das vezes, o poder é um meio para se chegar a outros propósitos. Pode ser algo como conseguir uma vaga melhor na garagem do escritório. Ou encher de dinheiro uma conta secreta, até estourar. Coisas grandes e pequenas também. O arquétipo do Ditador existe dentro de muitos de nós. Ele pode ser um colega que acabou de ser promovido a chefe de departamento. Ou nossa prefeita que pretende concorrer a mais um mandato.

Não estou dizendo que as coisas são assim. Elas podem ser assim.

O Ditador pode passar sua vida toda sem ter uma única intenção maligna sequer. Suas ações só causam o mal em segundas ou terceiras instâncias.

O Ditador é o general de seu exército.

O Ditador é o teórico por trás de um culto.

O Ditador é o filósofo por trás dos "ismos".

O Ditador é a primeira pedra em um jogo de dominó.

O Ditador é a origem, não a intenção.

O Ditador nunca abaixa os olhos o bastante para contemplar ou assumir uma posição sobre as consequências de seus planos, que se justificam por si mesmos.

O segundo arquétipo que defini é o do Sádico.

O Sádico é um bicho de pelúcia que tem a consciência espiritual e intelectual de que seus desejos são errados. Mesmo assim, ele não consegue resistir. As ações do Sádico têm um único propósito. Seu objetivo é a satisfação. Ele vive imerso e em função dos seus sentimentos.

O Sádico pode ser, por exemplo, um taxista amargo que, ao exibir sua vida de fracassos, colocando um diploma claramente à vista ao lado de seu volante, tenta fazer com que seus passageiros se sintam culpados.

O Sádico é o torturador das guerras de tempos distantes.

A intenção do Sádico não é maligna. Mesmo que o Sádico tenha um distúrbio mental, ele é espiritual e intelectualmente igual a mim e a você.

O terceiro e último arquétipo é o menos comum de todos.

No entanto, é o mais notório e temido.

Eu sei por quê. O que eu chamo de Psicopata é o animal visto como o mais maligno de todos os três. Nada nos assusta mais do que as coisas que não entendemos. Ninguém compreende o comportamento do Psicopata. Há teorias, mas nenhuma resposta. O Psicopata sofre de um problema espiritual. Ele pode ser racional às vezes, mas é impossível saber quando ou por quê. Em um dado momento, ele se mostra cheio de empatia, mas logo em seguida, desliga-se do mundo. Ele é imprevisível.

O Psicopata é uma gentil vovó que caça e mata borboletas em segredo.

O Psicopata é o rato de escritório que rói as próprias pernas à noite.

O Psicopata é o genocida sobre o qual lemos nos jornais e que nos persegue em nossos pesadelos.

O Psicopata também não é maligno.

O Psicopata é doente.

Eu levei algum tempo até juntar a coragem para seguir Eric quando ele saía pela janela. A essa altura, nós já tínhamos terminado o ensino fundamental, feito dezesseis anos e começado o ensino médio.

Eu surpreendi até a mim mesmo.

Como em várias noites antes daquela, ouvi o farfalhar dos lençóis de Eric e acordei. Já era mais de meia-noite. Eric se esgueirou até a janela. Eu fiquei totalmente imóvel. Como sempre, eu estava angustiado. Mas, dentro de mim, senti uma coragem repentina que nunca havia surgido antes.

Não sei de onde ela veio.

Sem emitir som algum, esperei até que ele pulasse a janela. Logo depois, foi a minha vez de abandonar as cobertas e vestir minhas roupas que estavam dobradas sobre a mesa da minha escrivaninha.

Em seguida, me esgueirei atrás dele pelo telhado.

Não foi fácil segui-lo. Corri sobre os telhados que eram o escudo de Amberville contra a chuva. A brisa suave pairava pelo céu escuro e límpido, e o reflexo da luz brilhava sobre milhares de telhas negras reluzentes.

Tentei correr o mais silenciosamente possível.

Mais além do aglomerado de casas de Amberville, do outro lado da Avenida Oeste, eu podia ver as luzes de Tourquai. Algumas fachadas de seus prédios majestosos estavam iluminadas. Combinadas à iluminação dos postes na rua, aquelas luzes foram a minha salvação.

De tempos em tempos, eu conseguia avistar Eric ao longe, como um borrão em movimento atrás de alguma chaminé. Enquanto ele saltava pelos telhados, o brilho dos postes de iluminação se refletia na fivela de seu cinto. Sempre que sumia, ele acabava reaparecendo mais e mais adiante. Eu corri o mais rápido que minha coragem permitiu. Até que, por fim, eu o perdi de vista. A essa altura, já tínhamos corrido mais de vinte minutos e os prédios altos de Tourquai ainda pareciam distantes.

Eu não tinha a menor ideia de onde estava, só sabia que ainda estava em algum lugar de Amberville. Ainda assim, segui em frente. A leve brisa assoviava como uma flauta de Pã. Às vezes, um carro acelerando podia ser ouvido ao longe.

Fora isso, o silêncio reinava.

Até que, de repente, ouvi um "plunc".

Parei. Olhei na direção do barulho e avistei Eric andando por uma rua avermelhada. Ele desapareceu ao dobrar uma esquina. Ainda sobre a calçada estava a latinha de refrigerante vazia na qual ele tinha tropeçado por acidente.

Desci do telhado o mais rápido que pude. Pode parecer fácil, mas foi uma aventura, uma história de perigo, canos de parede e vizinhos sonolentos ameaçando chamar a polícia. Assim que cheguei à rua, corri a toda velocidade até o lugar onde Eric havia desaparecido. Eu dobrei a mesma esquina.

Mas só encontrei um beco sem saída de granito cinzento.

Nada do meu irmão, só esse beco.

Diante de mim, havia apenas uma parede de tijolos com dez metros de altura sem portas ou janelas. As fachadas de ambos os lados da parede também não tinham janelas, apenas algumas aberturas tão altas que Eric jamais teria como alcançar.

Ou teria?

Havia uma lixeira enorme na rua. Talvez alguém pudesse subir em sua borda e, de lá, com um ágil salto, alcançar a abertura mais baixa à esquerda na parede.

Para mim, esse tipo de acrobacia era impossível. Eric também não conseguiria realizar tal proeza. Mas eu já não tinha mais muitas certezas sobre ele.

Eu continuei lá. Perdido. Fiquei lá, encarando aquela parede de tijolos — imagino eu — por alguns minutos. O caminho de volta para casa me parecia ainda mais longo com o fardo de uma missão não cumprida.

Foi então que eu ouvi.

— Psiu.

Admito sem pudores que me assustei.

— Mas que diabos, Eric! Você não tinha acabado de chegar?

Confuso, eu olhei para os lados.

Nada. Absolutamente nada.

— Entre logo então — disse a voz.

Com um rangido metálico como o de uma enorme mola de ferro, a lateral menor da lixeira se abriu e eu entrei.

Cassino Monokowski.

A lixeira era uma lixeira apenas por fora.

Por dentro, ela era a entrada para o Cassino Monokowski.

Os gorilas acenaram para mim, cumprimentando-me. Para eles, eu era o meu irmão gêmeo.

A lixeira em si não era algo digno de nota. Ela parecia uma lixeira por dentro também. Com a diferença que sua lateral maior era uma abertura que dava acesso ao prédio contra o qual ela estava encostada. Eu passei pela abertura e fiquei parado depois de dar alguns passos para dentro do lugar.

Meu queixo caiu.

Eu nunca havia visto nada igual. Era tão grande quanto o interior da Sagrada Bastante. Ou como o Grand Divino, mas sem todas as gôndolas. O lugar era decorado com cortinas douradas que se estendiam por paredes gigantescas e tapetes vermelho-escuros que iam de ponta a ponta de cada andar. Lotado de infinitas fileiras de máquinas caça-níqueis piscantes e barulhentas e inúmeras mesas redondas de pôquer, enormes mesas de roleta e mesas altas de *blackjack* em formato de meia-lua. Entre todas essas mesas, encontravam-se longos bares, com espelhos que revelavam todos os truques que os jogadores de pôquer tentavam usar.

Era um caos bem planejado.

Cheio de bichos de pelúcia.

Apesar da enormidade do lugar, eram os frequentadores que davam o tom geral do Cassino Monokowski. Mamíferos e cobras, aves e peixes. Felinos e cães, predadores e animais imaginários. O nível de ruído era ensurdecedor. O barulho das máquinas caça-níqueis, o tilintar de copos e garrafas, o farfalhar de notas nas mesas de pôquer e o murmúrio contido da expectativa. Os cheiros me deixaram atordoado. Fumaça de charutos e cigarros. Perfume e suor. Arrogância e nervosismo.

Fui inundado por todas essas sensações, mas resisti. Abri caminho lentamente até um bar e pedi um refrigerante.

O garçom, que obviamente me reconheceu como meu irmão gêmeo, riu ao ouvir meu pedido, mas de forma amigável.

Eric estava aqui em algum lugar. O que eu diria se o encontrasse? De todas as acusações que eu tinha formulado, qual merecia ser dita em voz alta? Sem que eu me humilhasse mais do que ele mesmo? Seria melhor voltar para o mundo real e deixar a salvação de Eric nas mãos de Odenrick e da Igreja?

Mas ele era meu irmão gêmeo; nossos laços eram fortes.

Tomei um gole do meu refrigerante e senti que estava prestes a explodir.

Como um chafariz, espirrei álcool pelo balcão todo, e minha garganta ardeu com um fogo infernal. Eu só tinha dezesseis anos. Eu ainda nem tinha experimentado vinho tinto em casa.

Enxuguei aquele líquido corrosivo dos meus lábios e me preparei para gritar com o garçom quando percebi o óbvio.

Isso era o que Eric bebia. Ele já estava acostumado com o álcool. Quando pedi um refrigerante, o garçom achou que era uma piada.

Ainda confuso, senti alguém tocando no meu ombro. Eu me virei. E lá estava uma chinchila.

— Mesa vinte e três — disse ela. — É urgente.

Eu não entendi nada. Eu não respondi nada.

— É urgente — disse a chinchila, irritada. — Vamos logo!

Eu balancei a cabeça. Era inútil tentar fingir que eu estava entendendo o que ela queria de mim.

— É um cachorro, ele está ganhando há um bom tempo — disse a chinchila para me familiarizar com a situação. — Grana gorda, mesmo. Eu estava atrás de você!

Finalmente, minha surpresa já não parecia mais injustificada.

— Foi o Pombo quem o encontrou — disse a chinchila, acenando para o alto, como se esse pombo fosse o próprio Magnus.

A chinchila pôs a pata no meu ombro e me empurrou para longe do balcão. Eu continuei sem dizer nada. Isso parecia a deixar ainda mais nervosa.

— O Pombo está de olho — sussurrou ela no meu ouvido enquanto continuava a me empurrar na frente dela como se eu fosse um arado.

— Dê um jeito naquele cachorro. E rápido.

Em seguida, imagino ter chegado à tal mesa vinte e três, pois a pata sumiu repentinamente do meu ombro. Eu me virei. A chinchila já tinha ido embora. Na minha frente, vi uma mesa alta onde três animais estavam jogando cartas. Um deles era um cachorro e, na frente do cachorro, uma montanha de fichas se acumulava.

Eu não sabia nada sobre jogos de azar, mas não era idiota. Eu sabia que aquelas fichas representavam dinheiro; eu sabia que a minha tarefa — ou, melhor dizendo, a tarefa do meu irmão gêmeo — era jogar contra esse cachorro e ganhar dele.

Eu me sentei em uma das cadeiras vazias em volta da mesa. O galo que estava dando as cartas imediatamente empurrou uma pilha de fichas para mim. Em seguida, ele deu as cartas e cada um de nós recebeu duas.

O jogador à minha direita acenou com a cabeça, e o galo colocou uma terceira carta na frente dele. Eu não sabia o que isso significava.

— Carta? — perguntou o galo para mim.

Eu acenei positivamente.

Todos nós somos bons no dia em que somos trazidos pela caminhonete verde. Essa é a minha convicção. São as tentações às quais somos expostos que nos levam aos atos que possuem consequências que, se não forem bem pensadas, podem ser vistas como algo maligno. Todos carregam dentro de si as condições para se tornarem um Ditador, um Sádico ou até um Psicopata. É por isso que vivo como vivo na Casa Lakestead. Com cuidado.

Isso pode soar bombástico. Eu não me envergonho disso. Eu devotei toda a minha vida ao bem. As consequências acabaram sendo infinitamente mais extensas do que eu imaginava, mas não me arrependo de nada.

As paredes do meu quarto são azul-claras. Eu passo grande parte da minha vida nesse quarto. Esse não era o plano original, mas foi uma saída lógica.

O mal se manifesta nas experiências. Nunca nas intenções.

O paradigma clássico é o quão maligna pode ser uma intenção maligna que leva a uma boa ação. Essa linha de raciocínio pode ser invertida. Podemos nos perguntar o quão bondosa é uma boa intenção que acaba trazendo uma consequência maligna.

Para mim, isso não tem importância. Esse é o tipo de coisa que o arcediago Odenrick poderia tentar explicar. A minha definição do mal é simples.

O mal é o que a vítima sofre. E nada mais.

O Ditador, o Sádico e o Psicopata não são guiados por intenções malignas. Eles estão buscando satisfações materiais, emocionais, ou talvez apenas seguindo um instinto sem nenhum tipo de intenção legítima.

As vítimas dos arquétipos não se interessam pelas intenções. As vítimas sofrem com a maldade pura. Se a vítima conhecesse o plano do Ditador, o desvio do Sádico ou a infância do Psicopata, não encararia seu sofrimento como fruto do mal. Ela tentaria explicar a situação pelo destino, pelo azar ou por ter "entrado no caminho" de algo.

A maldade pura é um resultado, não uma intenção.

A maldade pura deve ser "injusta" pela perspectiva da vítima.

A maldade pura é uma experiência.

Já havia um seis de paus e uma rainha de espadas na minha frente. O galo me deu um oito de paus quando pedi mais uma carta. E esse foi o fim da rodada.

Meu plano era tentar descobrir as regras durante o próprio jogo. Mas não deu muito certo. Por outro lado, o cachorro parecia estar perdendo mais fichas do que eu.

O galo voltou a dar cartas. Nós empurramos as fichas para as nossas apostas. Pegamos as cartas. E, então, outra rodada começou. Eu não fazia ideia do que estava acontecendo. Mas o cachorro, como os outros animais na mesa, foi ficando mais e mais enfurecido.

A irritação era voltada contra mim.

— O que diabos você está fazendo? — latiu o cachorro.

Eu encolhi os ombros.

Mas antes que qualquer outra coisa pudesse acontecer, a chinchila apareceu de repente ao meu lado. Com um aceno discreto, me afastou da mesa e das minhas fichas. Ela me lançou a mesma pergunta feita pelo cachorro, mas em voz baixa.

— O que diabos foi aquilo?

Nós nos afastamos juntos da mesa vinte e três.

— Você está ficando louco? — perguntou ela. — Se continuasse assim por mais algumas rodadas, ia acabar sendo expulso!

Eu não respondi. Nós estávamos andando devagar para não chamar a atenção. Todos andavam devagar no Cassino Monokowski. O calor, talvez o álcool, mas, acima de tudo, a densa massa de animais nos forçava a sermos cuidadosos. Viramos à direita em um longo corredor ladeado por máquinas caça-níqueis que faziam um alarido de estourar os tímpanos.

— Pegue isso aqui — sussurrou a chinchila bem no meu ouvido, entregando-me um pequeno pacote.

Ela foi tão discreta que o pacote já estava na minha mão antes mesmo que eu pudesse me dar conta. Ele não era muito maior do que uma caixa de fósforos, todo enrolado com papel de embrulho branco e fita adesiva grossa e bege.

— É para o Otto. Ele está mais lá no fundo, na Sala do Crepúsculo.

— Otto? — perguntei.

— O que você tomou hoje? — perguntou a chinchila, irritada, e me parou bem onde o corredor de máquinas caça-níqueis terminava. — Otto Orangotango. Lá na Sala do Crepúsculo. Quer que eu o leve até lá?

Antes que eu pudesse aceitar a oferta, ela se virou e foi embora.

E eu fiquei lá, com um pequeno pacote branco na mão, sem saber o que fazer. O brilho ofuscava meus olhos, eu ainda estava atordoado pela minha experiência na mesa de pôquer e o gosto de álcool ainda ardia em meus lábios.

Seria melhor desistir e voltar para casa?

Era uma possibilidade. Os eventos estavam se sucedendo de forma incontrolável, e eu me sentia fisicamente mal pela ganância e confusão que pairavam no ar. É verdade, eu ainda não tinha encontrado Eric, mas talvez fosse melhor assim.

Eu tinha descoberto seu segredo.

Estava sentindo vergonha e nojo.

Decidi voltar para casa, mas isso não seria fácil.

Aquela fatídica noite no Cassino Monokowski foi um presságio de como seria o resto da minha vida. Doenças psicossomáticas, predestinação, religiosidade: é tudo uma questão de fé. De ter imaginação o suficiente para distorcer e encaixar a realidade na estrutura mais limitada da fé. Se eu passar o dia todo procurando sinais, é bem provável que acabe encontrando. Talvez o mesmo se aplique àquela noite no cassino. Talvez eu tenha atribuído um significado maior a ela em retrospecto do que ela realmente teve.

Ou talvez não.

À primeira vista, o Cassino Monokowski parecia ser um único e gigantesco salão. Mas ele era muito mais do que isso. O caminho de onde eu estava até a saída exigia uma verdadeira caminhada. Eu andei lentamente contra o fluxo de animais enquanto olhava para o chão, buscando evitar qualquer um que fosse "conhecido" de Eric e não meu.

Minha estratégia era simples. Tentei andar junto às paredes laterais. Imaginei que elas me levariam até a saída.

As paredes eram cobertas por panos dourados. Eles abafavam o barulho do lugar e davam um certo grau de classe àquela realidade miserável. Eu presumi que as paredes por trás dessas cortinas eram de reboco sem acabamento. Por isso mesmo, fiquei surpreso ao ver uma delas se abrindo de repente.

De dentro da abertura entre as cortinas, surgiu a cabeça de uma gazela. O chifre direito da gazela estava partido ao meio. Seus cílios eram tão grandes que cheguei a me perguntar se ele era mesmo um macho, e não uma fêmea, por alguns instantes.

— Venha! — sussurrou a gazela, apontando para trás da cortina com o casco.

Por um momento, pensei em ignorá-lo e continuar meu caminho até a saída, mas era mais fácil fazer o que ele queria.

Eu entrei atrás da cortina, onde havia uma outra sala enorme. Aqui, no entanto, as dimensões eram mais singelas. Havia bichos de pelúcia sentados em volta de mesas, jogando cartas, e o único bar se encontrava tradicionalmente ao longo da parede menor.

A gazela me empurrou de lado para que ficássemos entre as sombras a uma distância respeitável dos jogadores no recinto.

— Querido, você não é o Eric — disse a gazela.

A falta de palavras que eu vinha demonstrando até agora perdurava.

— Você não é o Eric — repetiu ele.

Ele não parecia estar bravo, no máximo surpreso. A voz dele era aguda e bem mais suave do que eu tinha imaginado.

— Somos irmãos gêmeos — eu finalmente consegui soltar.

— Mas que surpresa, querido.

Uma gazela irônica. Ele ria como o tilintar de pequenas sinetas.

Ele ficou um bom tempo me encarando em silêncio. Eu não ousei me mexer.

— Mas vocês não são muito parecidos — disse ele por fim. — A não ser pela aparência física.

Eu assenti. Eu concordei. Depois daquela noite, soube que o abismo entre Eric e eu nunca mais se fecharia.

— Preciso do pacote que está com você — disse ele.

— Você... — eu gaguejei. — Você não é o Otto Orangotango.

— Que olhos de águia você tem — riu a gazela. — Passe logo pra cá.

A gazela me atacou. Mais ou menos. Antes que eu pudesse reagir, ele enfiou o casco no bolso da minha calça, e eu tentei me afastar, aterrorizado. Eu devia estar com o pé enrolado na cortina, porque tropecei e caí para trás. Não foi um tombo forte, foi mais como se eu estivesse me sentando.

A gazela já não parecia mais se importar em ser discreta. Em seus olhos, brilhava o mesmo desejo que eu tinha visto em todos os outros animais ali. Admito que isso me assustou.

— Podemos fazer isso de duas maneiras — disse a gazela. — Você pode só me entregar o pacote. Ou posso me divertir um pouco com você antes. E aí pegar o pacote.

Eu balancei a cabeça. O fulgor nos olhos dele era tão intenso que fui forçado a desviar meu rosto.

Foi assim que encontrei minha salvação.

Eric estava vindo até nós.

Antes que eu pudesse responder, meu irmão gêmeo pôs a pata nas costas da gazela e murmurou alguma coisa que não pude ouvir. A gazela abriu um sorriso insinuante e repulsivo. Em seguida, ele recuou em meio às sombras da cortina e desapareceu.

Meu irmão me estendeu a pata. Eu a segurei e me levantei. Com isso, consumi a última migalha das minhas forças.

Nós ficamos lá, olhando um para o outro, sem saber o que dizer. Dentro do meu coração, senti um grito se formar, um pedido de socorro, e entendi que ele vinha de Eric. Era o grito de Eric que ecoava dentro de mim.

Eu fechei meus lábios. Não disse nada.

Em seguida, eu me virei e corri o mais rápido que pude, disparando até a saída. Continuei a correr quando cheguei à rua e corri pelo caminho todo até em casa, sem me importar se meus pais iriam me ouvir. Subi a escada correndo até meu quarto.

Eric acredita que eu ainda estou correndo.

Capítulo 10

Tom-Tom Corvo soltou a chave de fenda. Ela caiu no chão com um baque.

Eric Urso parou de repente, paralisado de medo. Ele podia ver que as silhuetas de Sam Gazela e Cobra Marek ainda estavam no quarto escuro a alguns metros dali.

Eles haviam invadido o Hotel Esplanada há menos de um minuto. Já era mais de meia-noite e eles não tinham visto mais nenhum sinal dos Choferes há várias horas. A barra estava limpa. Mas eles estavam invadindo a casa da morte. Se fossem descobertos aqui, nenhum policial ou promotor poderia ajudá-los; seria o fim de todos eles.

Os segundos se passaram.

O som da chave de fenda se espalhou pelo prédio escuro. Só depois que o som ecoou por todas as frestas e cantos do hotel sem que nada acontecesse, Eric ousou pôr a pata no chão.

— Vamos entrar — sussurrou para Tom-Tom, que estava mais perto dele.

O corvo acenou com a cabeça e, acompanhados pela gazela e pela cobra, foram direto até o esconderijo dos Choferes.

Alguns dias após a sensacional descoberta de que os Choferes ficavam logo ao lado de Yiala's Arch, os quatro bichos de pelúcia passaram a vigiar o Hotel Esplanada. O hotel era um prédio comum com acabamento cinza e branco, mas com uma característica peculiar. Não tinha portas nem janelas no andar térreo. A não ser pela porta secreta da garagem, que fazia parte da fachada em si, não havia nenhuma outra entrada.

— Mas nós temos de entrar lá — declarou o corvo, sabiamente. — Senão, como vamos conseguir pegar aquela lista?

— Vai dar tudo certo — respondeu Eric Urso. — Vamos ficar de vigia por alguns dias, identificar a rotina deles, aprender sobre o nosso inimigo. O Cobra vai bolar um plano. Não vai, Marek?

Cobra grunhiu. Ele não sabia se aquilo era um elogio ou uma provocação.

Eles fizeram um cronograma. Como os Choferes só trabalhavam à noite, os quatro foram forçados a alterar seus relógios biológicos. Eric devolveu os carros que havia pegado emprestado, menos a Kombi cinza. Ela era perfeita para o trabalho de espionagem, pela sua aparência neutra e comum. Eles estacionavam a Kombi na esquina do prédio e ficavam de vigia no banco do motorista, revezando-se em turnos e tomando nota de todos os detalhes.

Mas nada de diferente aconteceu.

Ao anoitecer, a porta secreta da garagem se abria e os Choferes saíam com a caminhonete vermelha. Logo antes do amanhecer, eles voltavam após mais uma jornada de trabalho. Mas entre esses dois momentos, nada acontecia.

Antes da terceira noite, Eric arrumou uma câmera com um *zoom* fantástico e lentes de visão noturna.

— Vamos descobrir quem são esses tais Choferes — disse o urso para os seus amigos. — O Tom-Tom acha que são bichos de pelúcia como a gente. Talvez possamos avistar algum deles nas janelas. Ou então, no mínimo, vamos poder tirar uma foto deles quando estiverem saindo da garagem.

— Tudo bem — disse Sam, encolhendo os ombros. — Mas por quê?

Eles estavam tomando o café da manhã na mesa da cozinha. Uma migalha de torrada com geleia de laranja estava presa no canto da boca da gazela. Com a longa língua avermelhada, ele a puxou para dentro de seus lábios.

— Eu não tenho um plano, na verdade — admitiu Eric. — Mas quanto mais nós soubermos sobre eles, melhor. Certo?

— Talvez sim, talvez não — disse Cobra. — Há casos em que a falta de informações pode ser o que...

— Além do mais, eu já estou cansado de ficar lá parado, só olhando para aquela parede — interrompeu Eric, irritado. — Mas se alguém achar que já está ocupado com outras coisas mais importantes do que mexer com a câmera, pode só deixar isso de lado.

— Você tem razão, querido — riu Sam.

Cobra suspirou. Ele sabia que seria forçado a revelar as fotografias, já que era o único capaz de fazer esse tipo de coisa.

Na manhã seguinte, eles tiveram o primeiro — e também o último — contato visual mais claro com o Chofer Tigre. Foi uma obra do acaso; a luz se refletiu no capô do carro, iluminando o assento do motorista na caminhonete no exato instante em que Cobra bateu a foto. Ele tinha posicionado a câmera sobre o volante no painel. Mas só percebeu o que havia capturado no dia seguinte, depois de revelar a fotografia.

A imagem que lentamente surgiu entre o líquido revelador foi ficando mais e mais nítida. Ele tirou o papel fotográfico da solução e o pendurou para secar, mas não conseguiu processar o resto do rolo. Do varal de secagem, o Chofer Tigre fitava não só os olhos estreitos de Cobra, mas sim sua alma. O tigre tinha um rosto enorme, seus pelos eram cinzentos e mal tratados, mas seu olhar era frio como gelo. Era um olhar sinistro; aqueles olhos já tinham visto de tudo. Durante toda a sua vida adulta, Cobra Marek enfrentou dúvidas sobre seus próprios talentos artísticos. Mas diante do olhar impiedoso do Chofer Tigre, não havia nada que ele pudesse esconder.

Cobra empalideceu de medo e espanto, e serpenteou para fora do banheiro que ele havia transformado em quarto escuro. Na noite seguinte, os quatro verificaram que havia aparentemente apenas três Choferes, o tigre e dois lobos. Era mais provável que os três agissem em turnos e que acabariam sendo substituídos por outros três algum tempo depois.

Os lobos também não eram nada amigáveis, mas apesar de seus dentes amarelos e afiados e lábios eternamente arreganhados, foi o Chofer Tigre quem garantiu a Sam, Eric, Cobra e Tom-Tom diversos pesadelos.

E foi pelo medo de serem pegos pelo Chofer Tigre que eles hesitaram por mais alguns dias antes de finalmente criarem coragem para invadir o Hotel Esplanada.

Eles entraram em um salão que era grande, escuro e estava deserto.

— Sam e Cobra, sigam pelo lado direito, nós vamos pela esquerda — sussurrou Eric, fazendo um gesto.

Eles não sabiam o que estavam procurando. A Lista da Morte podia ser apenas um pedaço de papel manchado de café sobre um criado mudo, ou um documento em uma pasta de couro guardada em um cofre. Eles também haviam cogitado a ideia de que os Choferes levavam a lista com eles na caminhonete vermelha.

Eric deu alguns passos até a porta à esquerda. Ele podia ouvir Tom-Tom logo atrás dele. A cobra e a gazela ainda estavam ao lado dele.

— Vamos fazer isso o mais rápido possível e dar o fora daqui — sussurrou Eric.

Eles agiram com toda a eficiência pelos minutos seguintes. O urso e o corvo lado a lado. Foi mais fácil vasculhar o recinto do que Eric havia imaginado. Os Choferes tinham poucos móveis e quase nenhum objeto pessoal. Os tufos de poeira mostravam que eles não eram muito afeitos à faxina, mas havia cantos onde alguma coisa poderia ser escondida. Cerca de vinte e cinco minutos depois, quando Eric e Tom-Tom voltaram para a sala onde Cobra e Sam já os esperavam, todos estavam bastante convencidos de que tudo havia sido vasculhado.

— Nada — sussurrou Cobra.

— Nada também — respondeu Tom-Tom.

— Vamos nos dividir — disse Sam.

O corpo inteiro da gazela estava tremendo. Ele já estava tremendo quando, meia hora atrás, eles estenderam uma escada até a janela do segundo andar. Aquela janela já estava entreaberta desde que eles começaram a vigiar o Hotel Esplanada. Enquanto Sam subia, a escada tremeu tanto que Tom-Tom foi forçado a usar todo o seu peso para firmá-la no chão.

— Nós não vamos achar lista nenhuma. Essa lista não existe. Ainda estamos vivos. Vamos embora daqui — pediu Sam.

Eric acenou com a cabeça. Não havia mais nada a ser feito.

Eles voltaram para a sala no canto com a janela aberta. Haviam recolhido a escada depois de terem entrado; agora, estavam realizando a manobra contrária para que pudessem descer até a rua.

— Que fiasco — murmurou Cobra Marek enquanto eles caminhavam até Yiala's Arch alguns minutos depois.

— Estamos vivos — disse Gazela. — Isso já é uma vitória, meu velho.

Capítulo 11

Na manhã de terça-feira, dia treze de maio, apenas cinco horas após a infrutífera invasão do Hotel Esplanada, batidas estremeceram a porta do apartamento de Sam.

Sam, Cobra e Eric saltaram de onde estavam dormindo como se estivessem acordando do mesmo pesadelo. Tom-Tom Corvo havia acordado a muito custo menos de meia hora atrás, vestira suas roupas e saíra para comprar comida. Assim como nos turnos de vigia à noite, havia uma tabela para organizar quem cuidaria das compras. Hoje era o dia de Tom-Tom.

Mais uma vez, batidas sacudiram a porta.

Desesperados, Eric e Cobra olharam para Sam que, com alguns resmungos envergonhados, levantou-se da cama, vestiu um roupão e se apressou até a porta.

— Vá embora! — gritou ele. — Saia daqui! Estamos fechados. Você vai ter de ir se humilhar em algum outro lugar.

Isso resultou em batidas ainda mais determinadas e, com um pesado suspiro, Sam Gazela entreabriu a porta.

Mas em vez de olhar pela abertura para o corredor das escadas, Sam foi jogado para o apartamento com extrema violência. A gazela tombou para trás e se estatelou de lado no chão com um forte baque. Eric e Cobra saltaram da cama, mas antes que pudessem ir a qualquer lugar, os dois gorilas de Nicholas Pombo já estavam lá dentro, olhando para eles. Com uma certa elegância, Pombo entrou em meio ao tumulto, encarando Eric Urso com um sorriso de desdém evidente no canto de seu bico.

— Isso não me inspira muita esperança — disse ele, seguindo até a mesa da cozinha, onde puxou uma cadeira e se sentou.

Os gorilas continuaram de pé onde estavam, um de cada lado da porta; o vermelho ficou à direita. Com algum esforço, Sam se levantou, tentando recobrar o mínimo de sua dignidade.

— Nicholas Pombo — disse ele, rindo amistosamente —, é tão bom...

— O tempo voa — interrompeu Pombo, dirigindo-se diretamente a Eric como se a gazela nem sequer existisse. — E não posso dizer que estou impressionado com o seu progresso.

A concentração de Pombo estava totalmente focada em Eric Urso. Sam foi até o balcão da cozinha com a intenção de oferecer ao pombo algo para beber; Cobra Marek estava cheio de expectativa ao lado de seu colchão, mais no fundo do apartamento, observando o transcorrer dos eventos.

— Sabe, tempo é justamente o que eu não tenho — disse o Pombo.

— Pode até parecer que não estamos fazendo nada — começou Eric, tentando se defender —, mas não é verdade, nós até já...

Nicholas Pombo ergueu sua asa com desprezo; ele não estava ali para ouvir as desculpas do urso.

— Não sou exatamente um sujeito desinformado — disse o Pombo.

— Quer alguma coisa? Uma xícara de chá, água, algo mais forte? — perguntou Sam.

— Eu sei que você se mantém informado — respondeu Eric. — Sei bem como o senhor é. Mas é que, mesmo assim...

Eric ergueu as patas. O clima na sala era de expectativa. Apenas alguns instantes atrás, Cobra havia retesado cada músculo de seu corpo curto e estreito, preparando-se para se enfiar debaixo do colchão ou em algum outro lugar onde não seria visto. Mas a cada palavra trocada entre o urso e o pombo, a cobra foi se acalmando. Ele não era o foco desta visita. Nenhum dos gorilas se movia, eles até pareciam estátuas de pedra, e Nicholas Pombo estava, como sempre, absorto nas alturas de seu próprio mundo. A única coisa que ainda mantinha o clima de tensão era Sam, que estava fazendo um escarcéu enquanto procurava gelo no *freezer*. Por sua própria conta, ele tinha decidido servir um copo d'água para Nicholas Pombo.

— E o pior de tudo — disse o Pombo — é que você não me parece estar se esforçando muito.

Essa frase saiu em um tom levemente preocupado; ele não olhou para Eric, mas sim para o chão, como se estivesse procurando alguma coisa.

— Eu não estou me esforçando? — repetiu o urso, irritado. — Estou vivendo em um pulgueiro aqui em Yok, troquei a noite pelo dia para poder...

— Você não entendeu — interrompeu Pombo. — Não me interesso pelo que você está fazendo, e sim pelos resultados que tem para mostrar.

E com uma intensidade inesperada, ele cravou os olhos no urso, que deu um passo involuntário para trás. Nas pupilas já em geral insondáveis de Nicholas Pombo, havia um desespero que Eric nunca tinha visto antes e que ele esperava nunca mais voltar a ver. Era um sentimento negro e impiedoso.

— Acho que serei forçado a me expressar com mais clareza — disse o Pombo em voz baixa.

Com um aceno quase imperceptível, o clima da sala mudou.

Quando ambos os gorilas — como se fossem robôs lentos e teleguiados — avançaram contra Eric Urso e agarraram seus braços, Sam não conseguiu controlar seu nervosismo e deixou cair o copo d'água que havia acabado de encher. O barulho estridente do vidro se partindo fez Nicholas Pombo reagir com uma velocidade incrível. Pombo girou, dando as costas para os outros.

Sam gritou enquanto pedaços de vidro e gelo se espalhavam em volta de seus cascos e, antes que seu grito se dissipasse, Nicholas Pombo sacou uma arma automática de baixo de sua asa; era algo maior do que uma pistola, mas menor do que uma carabina. Por um breve instante, Pombo apontou a arma para Sam, mas logo entendeu o que havia acontecido. Sem piscar, ele guardou a arma de volta entre suas penas e voltou a se concentrar em Eric Urso.

A cobra esperava por esse momento de confusão.

Logo depois de o copo se espatifar no chão, Cobra Marek já havia passado pelos gorilas. Ele serpenteou para fora pela porta aberta e já estava descendo a escada quando Pombo sacou sua arma. Eric olhou para Marek. Não se podia esperar outra coisa daquela cobra miserável, pensou ele. Nicholas Pombo nem cogitou mandar um gorila atrás do réptil, o que mostrava o quão insignificante ele era aos olhos do pombo.

— É importante ser claro — continuou Pombo, como se esse pequeno entreato não tivesse ocorrido. — E não sei se você entendeu bem que há um fator de tempo a ser levado em conta nesta situação.

— Claro que entendi — começou Eric, mas antes que pudesse dizer qualquer outra coisa, um dos gorilas lhe deu um soco no estômago com tanta força que o deixou totalmente sem fôlego.

O fator surpresa também intensificou o ataque. As pernas de Eric bambearam e, de repente, os gorilas eram tudo o que ainda o mantinham de pé.

— Você não tem muito tempo — disse Pombo.

O golpe seguinte acertou o urso no olho, pegando também sua sobrancelha e um pouco de sua testa. Antes que Eric tivesse tempo de cair, veio ainda mais um golpe, agora contra sua têmpora, e só então ele sentiu a dor em sua barriga. Ele tossiu, sem ver os tufos de algodão saindo de sua boca, mas Sam começou a gritar na cozinha.

— Cale essa boca, seu veado.

Foi a primeira vez que Pombo se dirigiu a outro animal na sala, e fez isso em um tom baixo, mas determinado. Sam se calou imediatamente.

Os gorilas soltaram Eric Urso que, com um forte baque, tombou ao chão.

Eric estava se esforçando para não desmaiar, mas não conseguiu. Era como se o apartamento de Sam fosse gradualmente se esvaindo enquanto a praia de Hillevie começava a surgir. Com um agradável torpor em seu corpo, ele se viu caminhando pela areia da praia, indo até um píer decrépito. Eric passou alguns dos melhores momentos de sua vida sentado sobre as tábuas surradas do píer na ponta norte da praia.

Ele se equilibrou com todo o cuidado até a borda do píer, onde se sentou com as pernas para baixo, com suas patas apenas alguns centímetros acima da água. Sob a luz da lua, o mar se estendia negro e infinito perante ele, levando consigo todos os parâmetros de tempo e distância.

E ele sabia que aquela era exatamente a mesma água que já estava ali um milhão de anos antes. O ciclo da natureza funcionava assim. A eternidade não era mais aterrorizante do que as águas que borbulhavam sob o píer; o tempo tinha a mesma morosidade inexorável. O som do mar agitado lembrava curiosamente a voz de Nicholas Pombo.

— Seria uma idiotice despedaçar você agora — Eric ouviu a água dizer —, mas seu tempo está se esgotando. E acho que se você está tendo dificuldades em encontrar a motivação adequada para esta missão, saiba que eu já poderia fazer algumas coisinhas com a sua coelha agora mesmo. O que você acha? Quer que eu a leve para o cassino hoje à noite? Pense nisso.

Se Pombo disse mais alguma coisa antes de sair do apartamento de Sam Gazela, Eric não ouviu. O urso voltou a mergulhar no abismo de sua inconsciência.

Capítulo 12

Cobra Marek voltou algumas horas depois de o Pombo ter ido embora. Ele agiu como se nada de especial tivesse acontecido. Cheio de curativos, Eric estava sentado na mesa da cozinha e Sam estava preparando o jantar com o que o Corvo havia comprado.

— Cobra — disse o Corvo —, quer saber, eu...

Mas Eric o interrompeu. Ele pediu para que Cobra se sentasse à mesa. Os quatro comeram em silêncio e, em seguida, enquanto tomavam café, começaram a discutir o que fariam agora. Depois de uma ou duas horas, eles chegaram a um acordo. A teoria de Cobra era simples. Se os Choferes não agiam de forma arbitrária, deveria haver algum tipo de comunicação entre eles e seus empregadores. Em vez de procurar a lista, que aparentemente não existia, seria melhor que a cobra, o urso, a gazela e o corvo tentassem descobrir como essa informação chegava ao Hotel Esplanada.

Sam não teve dificuldades para instalar uma escuta telefônica. A tecnologia era um de seus maiores interesses e ele tinha uma verdadeira oficina instalada no porão em Yiala's Arch. No entanto, a forma como a gazela usava suas ferramentas e equipamentos em seu "trabalho" ainda era um mistério. Sem maiores problemas, ele encontrou os fios de telefone que seguiam até o

Hotel Esplanada e, de uma forma muito simples, quase infantil, preparou um desvio para que todas as chamadas feitas e recebidas no hotel fossem registradas por um gravador no apartamento de Sam.

No entanto, parecia ser pouco provável que as ordens fossem passadas para os Choferes pelo telefone. O risco de um mal-entendido ou de espionagem seria grande demais. E como a região de Yok já não era mais atendida pelos correios, os quatro bichos de pelúcia concluíram que o mais provável era que a lista fosse entregue por um emissário. Isso levou à decisão de intensificar a vigilância sobre o hotel. Embora a primeira abordagem do grupo tivesse sido um tanto displicente, Eric agora pretendia planejar um cronograma impecável. Ninguém ficou muito feliz com o aumento dos turnos de vigia, mas todos entenderam que isso era necessário. Durante suas solitárias horas de guarda noite adentro, Sam Gazela usava tantos comprimidos que acabou causando um forte impacto nos suprimentos em seus esconderijos. Angustiado, Eric não parava de pensar, lembrando-se — e sentindo saudade — de Emma Coelho. Cobra dedicou seu tempo a tolices intelectualoides e questionamentos existenciais; questionamentos esses que, ao fim da noite, já pareciam ainda mais tolos do que a tolice em si. Já Tom-Tom Corvo, por sua vez, era quem mais sofria ao ficar sentado hora após hora, olhando para a fachada de tijolos escuros do hotel onde nada acontecia entre o momento em que a caminhonete vermelha saía do prédio alguns minutos após o cair da noite e a hora em que ela voltava, alguns minutos antes do amanhecer.

Tom-Tom era um sujeito simples, mas não gostava de ficar sozinho. Não gostava mesmo.

Ao longo dos anos, ele aprendeu a se esquivar da solidão com uma série de rituais sem sentido. Ele cozinhava, fazia faxina e até assistia à TV seguindo certos padrões predefinidos. Padrões esses que exigiam disciplina. Seus ambiciosos projetos artesanais faziam parte disso. Era tudo questão de dominar o silêncio e a solidão. No fim da noite, o sono chegava rápido como um violento gancho de direita.

E ele nunca precisava se lembrar do passado.

Mas ali, na Kombi cinza, ele se lembrava. Não havia mais nada para se fazer.

Ele se lembrava de como era apertado. De como suas asas ficavam espremidas e de como a luz entrava pelas frestas do piso.

Ele se lembrava da dor. Do medo.

Tom-Tom olhava com toda a concentração para a fachada do Hotel Esplanada logo adiante, tentando expulsar seus pensamentos desagradáveis concentrando-se ainda mais.

Mas ele era um sujeito simples.

Ele precisava de distrações.

E nunca acontecia nada na rua em frente ao Hotel Esplanada.

Ao longo de toda a sua infância, ele acreditou que os ataques eram reais. Só seu pai conseguia ouvir as sirenes, o que certamente era estranho. Mas por que seu pai mentiria? O pai era tudo o que Tom-Tom tinha. Sua mãe foi embora antes mesmo de ele ser entregue. Tom-Tom era seu único filho.

Seu pai dizia que eles vinham das florestas. Que torturavam os bichos de pelúcia e podiam fazer isso por dias. Que deveria se dar por contente quando por fim acabasse morrendo. Mas ele dizia também que Tom-Tom não precisava ter medo. Papai nunca deixaria que nada lhe acontecesse. Era por isso que eles precisavam treinar.

O piso da cozinha tinha algumas tábuas soltas. Quando seu pai ouvia as sirenes, Tom-Tom precisava correr até a cozinha e se jogar em um buraco embaixo do chão. Mas, como só seu pai ouvia as sirenes, Tom-Tom nunca sabia ao certo quando devia fazer isso. Por mais que seu pai o castigasse, Tom-Tom nunca aprendeu a ouvir as sirenes. As sirenes na cabeça de seu pai.

Era sufocante ficar sob as tábuas da cozinha. Mal havia espaço para Tom-Tom ali. Talvez fosse melhor assim. O objetivo do treinamento era ficar deitado em silêncio pelo maior tempo possível. Se ele abrisse o bico, poderia ser encontrado. E se isso acontecesse, o inimigo arrancaria as tábuas e o torturaria. Era tudo para o próprio bem de Tom-Tom.

Ele aprendeu a ficar parado em silêncio por horas.

Tom-Tom Corvo olhava para o Hotel Esplanada, tentando pensar em Cobra, Eric e Sam. Ele tentava voltar ao mundo real, à Kombi cinza e à toca dos sinistros Choferes do outro lado da rua. Mas, depois de alguns minutos, ele já estava de volta ao buraco apertado embaixo do chão.

A dor.

E se o inimigo percebesse alguma coisa mesmo assim?

E se o inimigo percebesse alguma coisa mesmo assim e começasse a procurar um esconderijo embaixo das tábuas? E se o inimigo, por exemplo, jogasse água fervente no chão, água fervente que vazaria direto pelas frestas entre as tábuas? Será que Tom-Tom conseguiria se manter em silêncio? E se fosse óleo fervente? Ou açúcar derretido? O pai de Tom-Tom era criativo na cozinha. Ele estava fazendo isso para o próprio bem de Tom-Tom.

A dor.

Quando o sol nascia e os primeiros raios de luz começavam a despontar no horizonte, a noite de vigia se encerrava. Na maioria das vezes, a caminhonete vermelha entrava na garagem uma ou duas horas antes do amanhecer; mas às vezes essa margem era menor. Os Choferes dormiam durante o dia após suas jornadas noturnas, o que também se aplicava a Eric, Sam, Cobra e Tom-Tom. Mas ninguém via a alvorada com tanto alívio quanto o corvo.

Durante o turno que acabou sendo o último em frente ao Hotel Esplanada para os quatro bichos de pelúcia, Sam Gazela dormiu demais.

Isso não era nada estranho; com a torrente de interações e contrainterações entre as substâncias em seu corpo, as chances de Sam conseguir se manter acordado por um turno inteiro de vigília eram quase sempre nulas.

Em vez de abrir a porta da Kombi em silêncio e voltar tranquilamente até Yiala's Arch e seu lindo tom verde-grama enquanto o sol raiava, Sam acordou de repente e percebeu que o dia já estava claro. Na verdade, o céu ainda estava fechado pela chuva da manhã, mas isso ainda assim exigiria uma explicação. Eric ficaria sabendo que Sam caiu no sono, e Sam não teria nenhuma desculpa para dar.

Ele desceu da Kombi e tentou organizar as ideias. Os fantasmas de seus pesadelos ainda não tinham se dissipado, o que dificultava ainda mais a criação de suas deploráveis mentirinhas inofensivas.

Ele fechou a porta do veículo e respirou fundo. Havia algumas bitucas de cigarro na calçada ao lado dele e, apenas um ano atrás, ele teria se abaixado para pegá-las. Em algum lugar ali perto, ele ouviu o barulho de uma porta de ferro sendo erguida enquanto o dono de alguma loja chegava para trabalhar. Quando Sam já estava se preparando para começar o caminho de volta até sua casa, a porta secreta no Hotel Esplanada se abriu de repente.

Mesmo depois de o dia já estar claro com o sol alto no céu.

De dentro da garagem, emergiu uma caminhonete verde, e não vermelha.

Capítulo 13

Tom-Tom estava na cozinha, procurando torradas em um dos armários sobre o balcão.

— Não dá pra acreditar! — disse o corvo.

— Mas eu juro — ganiu Sam Gazela, chateado e irritado ao mesmo tempo. — Você por acaso acha que eu estava delirando?

— Parece inacreditável — concordou Eric.

— Estou falando, era o Chofer Tigre — repetiu Sam pela terceira vez.

O corvo encontrou o pacote de torradas e puxou uma cadeira ao lado de Sam.

— Que havia se transformado no maldito Entregador Tigre? — disse Tom-Tom, com uma expressão cética, enquanto punha uma torrada no bico.

Sam ergueu as mãos. Era isso mesmo. Sem dúvida alguma. Sim, ele estava sem o capuz sinistro dos Choferes e agora trajava o típico uniforme verde dos Entregadores, que lembrava um pouco as jaquetas e quepes dos motoristas de ônibus, mas era ninguém menos do que o Chofer Tigre quem estava sentado atrás do volante de uma caminhonete verde com um dos dois lobos ao lado dele.

— Hmm... — murmurou Cobra Marek, demonstrando um laconismo inédito.

Eles se sentaram em volta da mesa da cozinha, lançando olhares incrédulos para Sam. A chuva da manhã já estava passando, e o céu estava para se abrir a qualquer minuto. Era uma manhã de terça-feira, pouco mais de duas semanas após o início do cerco ao Hotel Esplanada, e Eric já havia quase se esquecido de como era ver aquele apartamento iluminado pelo sol. O piso de tacos de madeira reluzia com um brilho oleoso, e até as marcas circulares grudentas das garrafas de cerveja na mesa da cozinha pareciam ser mais agradáveis durante o dia. Sam tinha esvaziado uma caixa de cereais com cobertura de mel, e Tom-Tom se sentou sem querer na cadeira onde a gazela havia deixado seu futuro café da manhã. Os flocos esmagados agora espalhavam um aroma doce pelo apartamento que não era de todo mau.

— Vocês que acreditem no que bem quiserem, então — disse Sam, irritado.

— Eu acredito em você — disse Eric. — Mas, ainda assim, é difícil de acreditar.

— É só que... bom, você já viu coisas antes... — disse Tom-Tom, engolindo sua terceira torrada. — Sabe, aquelas coisas que você contou pra gente. Dragões do inferno e cores e... você sabe... aquelas tais... montanhas-russas.

Sam fez uma cara de magoado. Os anéis brancos e escuros que faziam seus olhos parecerem maiores reforçavam sua inocência, e os cantos de seus olhos brilhavam como se estivessem cheios de lágrimas. Ele inclinou a cabeça de lado e coçou seu chifre quebrado.

— Eu estava há horas sem tomar nada. Pelo menos — resmungou ele. — Não seja tão ingênuo. Acredite em mim, depois de tantos anos usando um pouquinho dessa... estimulação química... você aprende a perceber a diferença entre a realidade e a fantasia. É só no mundo real que os meus energizantes acabam.

— Não, droga — rebateu Tom-Tom, agora tentando retirar o que havia dito. — Não foi isso o que eu quis dizer. É claro que eu acredito em você. É só que... não... droga, bom, eu acredito em você, então.

As palavras do corvo se esvaíram em um silêncio que poderia ser visto até como meditativo. Mas Cobra logo o quebrou.

— Não é implausível — disse ele, enquanto subia na mesa da cozinha.

Todos olharam para ele com um quê de surpresa. Até então, Cobra tinha ficado em silêncio, apenas ponderando os argumentos contra e a favor. Ele por fim tomou uma decisão, e isso sem levar em conta todo o seu desprezo pela gazela, coisa que ele já não escondia mais.

— Apesar da credibilidade altamente questionável de nossa pequena gazela aqui, que parece fazer de tudo para conseguir um pouco da atenção do nosso caríssimo líder — começou Cobra, com uma ironia venenosa, enquanto protestos irrompiam ao redor da mesa —, esse relato não é totalmente implausível. Eu poderia dizer que é até justamente o contrário; é bastante óbvio. Os Choferes e os Entregadores são apenas lados diferentes da mesma moeda. É tão estupidamente previsível que chega a ser incrível ninguém ter descoberto isso antes. Além disso, do ponto de vista do governo, é mesmo o mais racional. Um só contrato, uma só garagem, um só aluguel...

— ... e uma só transferência! — disse Eric.

Essa ideia lhe veio à mente como um raio. Ele se levantou da cadeira com tanta força que o móvel caiu para trás no chão.

— As listas! — disse ele, sem nem perceber a irritação de Cobra por estar sendo interrompido mais uma vez no meio de um de seus longos raciocínios. — Eu sei como eles processam a Lista de Filhotes no ministério. Sei como ela é transferida. Você está achando que a Lista da Morte existe mesmo e que ela é entregue da mesma forma?

Sam acenou com a cabeça, entusiasmado.

— Querido, isso não me parece nada improvável — disse ele.

— Eu não estou entendendo nada — soltou Tom-Tom.

Ele ainda estava com fome, mas não queria comer mais torradas, já que só havia mais três delas no pacote.

— Mas é...

— Mas o quê?

— É hoje.

Eric acenou com a cabeça, mas ninguém entendeu o que ele estava dizendo. Desde que os quatro haviam se trancado naquele apartamento em Yiala's Arch, nenhum deles se preocupou em ver que dia era. As noites e os dias vinham se sucedendo em um ritmo cada vez mais sombrio.

— Hoje é dia dezesseis — disse Eric. — E é no dia dezesseis que eles fazem a transferência.

Ele estava tão agitado que começou a tremer.

— Vai ser hoje à noite! — repetiu ele.

— Ele está falando da maldita Lista de Filhotes agora? — disse Tom-Tom, soltando a pergunta para a sala.

— Ele está falando das duas listas — disse Sam. — Eu acho.

— Mas nós não temos certeza — disse Tom-Tom Corvo, mais para esclarecer as coisas para si mesmo. — O Eric sabe o que eles fazem com a Lista de Filhotes, mas será que eles fazem o mesmo com a Lista da Morte? Nós não sabemos isso, não é?

— É hoje à noite — Eric repetiu para si mesmo.

— Finalmente vamos poder sair daqui — disse Cobra.

CREPÚSCULO, 3

Quando o sol se escondeu no horizonte e a última réstia de luz coloriu o céu com tons rosa-escuros e vermelho-baços, quando a chuva da noite estava se aproximando e podia ser sentida entre os arbustos e as copas das árvores, ele às vezes se sentia em paz ao se lembrar das forças que estavam fora de seu controle. Ele desceu, então, ao subterrâneo, às catacumbas construídas por gerações há muito esquecidas, onde a luz do sol nunca brilhava. Lá, ele podia vagar pelos corredores, maravilhando-se com suas infinitas galerias e criptas onde sociedades secretas antes realizavam suas reuniões, onde muitos negócios já foram fechados e onde segredos eram enterrados para todo o sempre. Em recantos ainda mais profundos da terra, ele atravessou uma rota que passava direto pelo leito rochoso, iluminada apenas pela tocha que ele trouxe consigo. O ar foi ficando cada vez mais úmido e denso pela poeira de rocha e terra; o frio lhe causava tremores e a sensação de estar em casa. Depois de andar por mais de meia hora, ele reduziu o ritmo. A respiração foi ficando mais difícil e ele passou a racionar seu oxigênio. O sistema de túneis se estendia por vários quilômetros; mas nem ele, nem ninguém, sabia qual era sua verdadeira extensão; ele foi construído, ampliado e ramificado por centenas de anos; ele não tinha apenas um, mas sim vários arquitetos, e nunca foi feito nenhum mapa do lugar.

Todos na cidade sabiam sobre os túneis, mas não muitos conheciam alguma das entradas. Ele mesmo conhecia duas, mas dizia-se haver pelo menos dez. Ele explorou alguns quilômetros em cada direção, saindo desses dois pontos de partida, mas preferiu não ir muito mais adiante. Isso não era necessário, também.

Alguns metros depois de afunilar tanto a ponto de forçá-lo a andar agachado, o túnel se dividia em três direções. Ele seguiu pelo caminho do meio, um corredor largo, mas baixo, que depois de uns dez metros desembocava em uma pequena cripta. Ele esticou seu braço com a tocha para iluminar a parede. A cabeça de um gato despontava do chão ali.

— Buu! — disse ele.

O gato não reagiu. Ele aproximou a tocha dos olhos do gato, e a pálpebra esquerda do felino pareceu se agitar com débil tremor.

"Fascinante", pensou ele.

Ele havia enterrado aquele gato ali há treze dias, e o felino ainda estava vivo. Claro, ele podia ter enterrado a cabeça do gato também, mas sua ideia era ver o que aconteceria. Aparentemente, o gato de língua solta que deixou Pombo preocupado nunca encontraria a morte, condenado a passar uma eternidade de eternidades aqui embaixo. Ele não era o único a se perguntar sobre o que realmente acontecia quando os Choferes vinham buscar alguém.

Sarcasticamente, ele pensou que o gato descobriria isso muito em breve.

Ele deu as costas para o gato e voltou por onde tinha entrado. Ele ainda estava indo devagar. O frio fazia que caminhasse lentamente, mas também contribuía para acelerar seus pensamentos. O fato de Eric Urso ter encontrado os Choferes no hotel em Yok não o preocupava. Sem nunca ter dado muita atenção ao assunto, ele já sabia há muito tempo que os Choferes se escondiam no Esplanada. Por outro lado, a visita de Nicholas Pombo ao apartamento de Sam Gazela há poucos dias era um bom motivo para redobrar a cautela. Com a pressão cada vez maior de Pombo, mais o Urso se veria forçado a agir de formas realmente criativas. E Pombo era o tipo de adversário que não seria derrotado sem as longas e repetitivas confrontações que tanto lhe desagradavam.

Ele parou. Teria ouvido um grunhido atrás dele? Poderia o gato ter se mexido o bastante para fazer esse barulho? Ficou paralisado, escutando. Em seguida, voltou a ouvir o som; era o ronco de sua própria barriga. Ele sorriu. Estava com fome.

Quando ele saiu das catacumbas, o sol já havia se posto e a escuridão dominava o céu por inteiro. Isso era um alívio. Estava morrendo de fome e decidiu ir a um dos cafés que ficavam abertos à noite, lugares que tinham se espalhado pela cidade como ervas daninhas nos últimos anos. Ele não gostava de andar abertamente pelas ruas e evitava isso ao máximo. As coisas não eram assim antes, mas agora ele havia adquirido uma natureza mais furtiva. No entanto, havia ocasiões, como a desta noite, em que ele abria uma exceção a essa regra.

Ele se arrependeu assim que entrou no café. Teve a sensação de que todos o estavam encarando e logo se enfiou em uma mesa bem no fundo do lugar. Ele pediu panquecas com calda e café, mesmo sabendo que isso não era muito saudável, mas a fome sobrepujou seu bom-senso.

Ele agradeceu aos céus por Cobra Marek. Serviços e desserviços. Manipulações e promessas. Com Marek em cena como agente duplo ao lado do urso, ele não precisava se preocupar em não ficar sabendo de qualquer coisa que viesse a acontecer.

Eles nunca chegariam a lugar algum.

Em seguida, as panquecas chegaram à mesa, e ele perdeu seu interesse por Eric Urso e pela Lista da Morte.

HIENA BATAILLE

Pior do que qualquer sofrimento, traição ou surra. Pior do que a mais violenta ansiedade e a mais grotesca humilhação; pior do que tudo isso é ter uma memória amaldiçoada. Dias e dias podem se passar, e então as nuvens se juntam sobre a cidade, o céu escurece e a chuva encharca os carros abandonados em volta do lugar onde eu vivo: enormes gotas de chuva que se espalham com indolência sobre as carcaças retorcidas dos carros. E é então que o passado abre caminho entre as membranas do tempo e, no buraco vazio em meu peito, um coração volta a pulsar. E quando acordo e tudo o que vejo ao meu redor é a imundice e a podridão, o choque entre o passado e o presente é brutal. Até me faz perder o fôlego. Este maldito lixão sempre foi meu destino, muito antes de eu chegar aqui.

Eu conheci Nicole Raposa por meio de um editor — do qual não me lembro o nome. Eu ainda não havia publicado meu primeiro livro. Minha coletânea de poemas, que batizei de *Venha... madressilva,* seria lançada na semana seguinte, e eu já estava apavorado, antecipando sua recepção. Não sei se o que me assustava mais era a ideia de ser criticado em público ou a possibilidade de ver minha obra passar em branco. Todos os olhares que eu encontrava me pareciam pérfidos e desdenhosos, e eu já estava indo embora a toda velocidade quando tropecei em Nicole Raposa.

Ela estava sentada em uma poltrona, e suas longas pernas foram o germe da minha maldição. Eu tombei como uma árvore, mas graças aos céus, ela foi a única a perceber. Juntos, nós fugimos daquele lugar. Nicole acabou sendo minha salvação e meu carrasco. Minha vida antes de conhecê-la era uma completa negação, e a coletânea de poesias representava o ápice dessa desgraça. Esses poemas foram escritos durante um período de dez anos e, quando me tranquei no porão de um prédio condenado em Yok com cigarros e destilados caseiros, o futuro era a última coisa na minha cabeça. Eu havia renegado meus amigos, traído minha família e feito o máximo para me livrar de todo o meu orgulho e dignidade. Foi só uma carcaça o que entrou naquele porão em Yok. Eu bebia até dormir. Eu fazia minhas necessidades em um canto no chão, mas depois de alguns dias, parei até de defecar, pois já não tinha mais nada dentro de mim. Foram as dores no meu estômago que finalmente me forçaram a sair daquele porão. Os poemas já estavam prontos, eu só não sei se já estavam prontos há semanas ou há apenas um ou dois dias, mas com o manuscrito debaixo do meu braço, emergi de volta às ruas. Meus olhos arderam com a luz do sol, o vento parecia estar cortando e rasgando meus pelos, e eu achava que todos aqueles que encontrava estavam me encarando. Andei por horas e horas olhando fixamente para o asfalto colorido e percebi de repente onde estava. Era o bairro de Ângela. Como eu não tinha nenhum outro lugar para ir e sabia onde ela escondia a chave, decidi entrar no apartamento vazio e consegui comer grande parte de tudo o que havia dentro da geladeira antes que ela voltasse para casa. Quando me viu, ela gritou como a macaca que era e não parou de gritar até que eu fosse embora. Eu esqueci meu manuscrito sobre a mesa da cozinha, mas não tive forças para voltar lá e discutir o assunto. Aqueles poemas não valiam a pena. Só por puro sadismo, Ângela entregou o manuscrito à Doomsbury Verlag. O resultado foi que um editor da Doomsbury me encontrou no Century Bar na semana seguinte. Ele pagou minha conta — que era a condição para que eu pudesse ir embora de lá — e, com isso, metade do adiantamento pelos meus poemas foi gasto. Quando saímos, consegui ficar sóbrio o bastante para assinar o contrato. Ainda assim, fiquei muito satisfeito; eu finalmente faria minha estreia como poeta.

Quando a crítica do meu primeiro livro de poemas saiu, eu já estava morando na casa de Nicole Raposa há vários dias. Ela cheirava a flores do campo, sabia o que eu ia dizer antes mesmo que eu dissesse e percebia perfeitamente quando eu a queria por perto e quando eu precisava de espaço. Eu ainda era um animal miserável sem nada a perder, sem caráter ou valor algum, mas a cada dia que eu passava com Nicole, alguma coisa crescia dentro de mim. Era minha autoestima.

Venha... madressilva foi calorosamente recebido pela crítica. Eu não percebia, afinal, sou um tolo de corpo e alma, mas o que me dava forças era o fato de estar morando com Nicole Raposa, e não as esfuziantes críticas nos jornais. Eu acreditava que toda essa minha confiança recém-descoberta vinha do meu livro e, encorajado pelo entusiasmo de Nicole, fui até a cidade para encher os braços de formulários. Eu já não era mais aquela hiena inerte de antes; eu estava embriagado pela minha própria força de vontade. Com minha linda raposa, passei o dia todo e metade da noite sentado, preenchendo quadradinhos e escrevendo meu nome em linhas pontilhadas. Era a primeira vez que eu decidia solicitar subsídios e procurar empregos.

Tudo passou muito rápido. Depois de vários anos levando uma vida sem sentido, tudo parecia ter mudado de um dia para o outro. Um cotidiano maravilhoso surgiu junto com Nicole Raposa. Ela morava em um espaçoso apartamento de dois quartos em Tourquai, e sua vizinhança era um universo que se abriu inesperadamente para mim. Encontrei uma padaria que vendia seus produtos em balcões na calçada, o que deixava o ar sempre com um aroma de pão fresquinho. Na esquina do parque, ficava um café onde o creme sempre vinha na forma de um coração. Nicole e eu tínhamos uma vida idílica. Mas os meses se passaram, e nós logo fomos lembrados da dura realidade por meio das insistentes cartas com as contas de água, luz e telefone. Foi quando recebi meu subsídio. Em um dia de agosto, um envelope pardo da Secretaria de Incentivos do Ministério da Cultura apareceu no chão do corredor com toda a modéstia. Nós comemoramos naquela noite com uma garrafa de champanhe, mas ficamos com a consciência pesada pela extravagância e não tomamos café da manhã no dia seguinte.

Foi uma época fantástica.

Uma boa análise retrospectiva nos enche de sabedoria para entender o que se passou e o que está por vir. Mas você precisa ser compreensivo com quem você costumava ser. O que eu fiz, sei que não poderia ter feito melhor.

Eu comecei então a preparar uma sequência para a minha primeira coletânea de poemas. Eu estava cheio de vida, fazendo não apenas um, mas dois cursos universitários, um que serviria para complementar todo o tipo de coisas que eu não tinha aprendido e um outro para avançar na vida. Os meus poemas foram ficando curtos e vazios, leves e voláteis como o ar. Nicole os lia e, sem estragar o meu prazer, era dura em suas críticas. Havia um abismo entre minha primeira coletânea de poemas e os versos alegres que eu agora estava produzindo. Esse abismo, disse minha sábia raposa, era bem mais interessante do que os próprios poemas.

Nós nos casamos. Eu não tinha nenhuma expectativa em relação à cerimônia em si. Eu não era devoto nem ateu e não tive tempo de convidar amigos ou parentes, mas, ainda assim, estava explodindo de orgulho. Em uma tenda no Parc Clemeaux, onde a chuva da tarde tamborilava contra o teto a ponto de forçar o padre a erguer a voz, eu me casei com Nicole Raposa. Era como se ela agora fosse uma propriedade minha, e fiquei envergonhado por ter essa sensação. Nós jantamos em um belo restaurante na Rue Dalida e depois Nicole caiu no sono, exausta, à meia-noite. Eu me sentei para escrever sem interrupções. Isso rendeu um longo conjunto de poemas sobre eles e elas. Os versos saíram encharcados de autocomiseração e vergonha pelo próprio sexo, mas eu não tinha a mínima ideia de onde todos esses sentimentos estavam vindo. Tempos depois, leitores mais atentos afirmaram encontrar um quê de afetação nessa coletânea, o que me deixou muito irritado. Mas os poemas eram bons. Nicole os leu assim que eu os terminei na noite seguinte e me parabenizou por ter encontrado uma saída para o que eu estava buscando inconscientemente. Eu tinha em mãos um sucessor digno para *Venha... madressilva*.

Meu segundo livro também recebeu um tratamento respeitoso. A essa altura, eu já havia concluído minhas graduações e acabado de começar um doutorado em literatura comparada. O livro se tornou o ponto de partida para um debate sobre gênero pelo qual eu perdi o interesse logo após o primeiro artigo. Requisitei um novo subsídio para o Ministério da Cultura e, quando recebi o dinheiro, Nicole e eu começamos a pensar a sério em ter filhotes.

Nós decidimos ser tão prudentes e organizados nisso quanto fomos impulsivos e apaixonados em nossa vida a dois. Eu logo comecei a planejar meu próximo livro e, ao mesmo tempo, já pleiteei um novo subsídio. Junto com a miserável bolsa concedida pelo Departamento de Literatura Comparada, esse dinheiro seria o bastante para levar a vida. Nós nos registramos na Lista de Filhotes.

Minha terceira coletânea não me causou as mesmas dores do parto que a segunda, e minha austera e sábia raposa confirmou o que eu mesmo já sentia. Algo novo estava nascendo na minha carreira de escritor, algo mais grandioso e original do que qualquer outra coisa que eu já tivesse feito. A cada dia, nosso pedido por um filhote avançava na longa lista de espera, e minha coleção de poemas crescia sem nenhuma queda de qualidade. Para Nicole, essa conexão era óbvia.

Foi então que minha vida desmoronou. A devastação foi meticulosa e definitiva. Durante os anos seguintes, amaldiçoei com fervor o dia em que esqueci meu manuscrito na mesa da cozinha de Ângela e a noite em que tropecei nas pernas de Nicole Raposa; se eu não tivesse conhecido a felicidade, eu nunca poderia perdê-la. E foi tudo resultado dos atos de um único animal. Cobra Marek.

Eu nem sabia que ele existia. Durante toda a humilhação e o exaustivo martírio pelo qual passei, eu nem sequer sabia da existência de Cobra Marek. Acabei descobrindo muito tempo depois, por acaso; mas isso não é interessante e não complementa em nada a história. O importante é o que ele fez. O crucial aqui é a forma como ele se apinhou na alcova mais escura do Ministério da Cultura, secretando amargor por cada escama de seu corpo insignificante. Minhas primeiras duas coletâneas poéticas passaram despercebidas pelos seus olhos de Argos, mas na terceira vez em que meus formulários de requisição chegaram à sua mesa, eu não escapei. E, por algum motivo, aquele réptil asqueroso decidiu me destruir. Certo dia, recebi uma carta dizendo que o meu subsídio não seria mais concedido. Ela dizia que uma nova decisão fora tomada, decretando que meu subsídio ficaria retido "por ora".

Eu não levei isso a sério. Tentei falar com um dos assistentes da Secretaria de Incentivos pelo telefone, mas sem sucesso. Depois, deixei o assunto de lado. Quando comentei de passagem minhas preocupações com Nicole, ela ficou enfurecida.

Ela começou então uma enorme empreitada. Eles não podiam estar falando sério; esse tipo de coisa não deveria acontecer com um dos poucos gênios criados pela cidade. Nicole escreveu petições e organizou debates (que não atraíam um público lá muito grande). Ela escreveu cartas para os jornais e tentou convencer outros a fazerem o mesmo (mas só uma delas foi publicada). E só quando ela ameaçou fazer um protesto em frente à Secretaria de Incentivos, uma resposta finalmente foi dada na forma de uma carta aberta escrita por um assistente — que muito depois, descobri se tratar do próprio Cobra Marek. A carta foi enviada para os editores de arte dos jornais, para o Departamento de Literatura Comparada e para a nossa casa. A carta dizia apenas: "A qualidade da poesia de Bataille é tal que subsidiá-la poderia passar uma mensagem errada ao público". Nem mais, nem menos.

Talvez eu até pudesse ter superado essa provação se aquela carta não tivesse sido escrita. Eu teria me isolado por alguns meses, mas depois criaria coragem para sair de casa. Talvez eu conseguisse voltar a olhar para os meus colegas nos olhos depois do verão e talvez até rir melancolicamente da reação exagerada de Nicole Raposa. Mas o Ministério da Cultura escreveu aquela carta, e seu conteúdo era diabólico. Todos puderam interpretar por si mesmos quais seriam os problemas das minhas poesias. Isso provou que eu tinha detratores em todos os lugares, franco-atiradores apenas esperando pelo momento certo.

Eu não retaliei. Apesar da irritação de Nicole, não retaliei; só puxei ainda mais as cobertas sobre minha cabeça e fiquei na cama. Dia e noite. Minha segunda coletânea poética merecia críticas, eu sabia disso mais do que qualquer um, eu sempre soube disso mesmo sem a coragem de admitir. A paixão que coloria a obra era fictícia; eu nunca tinha me interessado por nenhuma batalha entre os sexos. Por mais que Nicole tentasse, eu não conseguia superar o medo de ser visto. A meu pedido, Nicole comprou bebidas, as quais tomei com os remédios para dormir que havia estocado ao longo dos anos. Eles funcionavam melhor em combinação com o álcool, e eu dormi por alguns dias em uma espécie de torpor desagradável. Eu fui tão egoísta; Nicole precisava de apoio, mas eu já mal conseguia lidar comigo mesmo, e a mera ideia de reunir forças o bastante para carregá-la também me soava impossível. Quando a bebida acabou e eu por fim acordei, já era tarde da noite e uma densa escuridão preenchia o céu; eu pulei da cama e queimei o manuscrito quase terminado da minha terceira coletânea na pia. Nicole, que estava dormindo no sofá da sala, acordou com a fumaça, mas já era tarde demais. Juntos, nós ficamos ali, assistindo com toda a angústia enquanto o papel em chamas se retorcia.

Os animais da Doomsbury Verlag obviamente titubearam quando fui criticado publicamente. Mas como sabiam que eu tinha me dedicado muito à nova coletânea, eles tentaram me passar toda a confiança. Porém, quando eu lhes disse que não entregaria mais o terceiro livro, a notícia se espalhou pela cidade toda com a velocidade de um raio. Logo, eu já estava drogado de volta na minha cama, sem nenhuma ideia do que iria acontecer.

Não sei qual de todas as versões falaciosas sobre o meu estado chegou aos meus colegas no departamento da universidade, mas isso pouco importa. Eles entenderam que as minhas condições haviam mudado. Na nossa sociedade, o dinheiro domina tudo. A concessão da cátedra que há muito tempo eu já dava como certa estava agora fora de cogitação. Os veneráveis professores pediram para que um dos ratos do escritório me repassasse a decisão pelo telefone. Meus serviços já não eram mais necessários. Como eles puderam fazer isso? No sentido moral, era uma atitude desprezível e nem sei se era algo legalmente possível. Um dos professores entrou em contato comigo muitos anos depois, claramente atormentado pela carcaça de sua própria consciência, e me deixou ler a ata da reunião que eles fizeram. A ata foi escrita para ser usada como prova, caso eu decidisse protestar. Eu fui descrito como um lunático instável que, além de medíocre em minhas habilidades como pesquisador e poeta, também era agora um viciado em remédios com tendências piromaníacas. O que eu precisava era ser hospitalizado e não ser indicado a uma das poucas vagas permanentes do departamento.

Eu ainda mal havia conseguido digerir a mensagem da universidade por completo quando a verdadeira catástrofe aconteceu. De alguma forma, a notícia da recusa do meu subsídio e de que eu estava desempregado se espalhou com rapidez pela cidade; dois dias depois, nós recebemos uma carta da Lista de Filhotes. A carta dizia que, pela falta de renda, nossos nomes seriam retirados da lista por enquanto. Como um desaforo final, no entanto, fomos encorajados a fazer uma nova tentativa quando nossa situação financeira melhorasse. Eu me lembro da manhã em que recebemos essa carta; ela ainda vive em meus pesadelos. Acordei, pensando que já havia perdido tudo o que tinha. Acordei, acreditando já estar no fundo do poço. Mas, naquela manhã, eu entendi que nada no mundo era mais importante para mim do que Nicole Raposa.

Sentada na minha frente à mesa da cozinha, estava a minha amada raposa. Eu já estava acostumado a ver aquele fogo que ardia em seus olhos. Ele estava lá desde o dia em que nos conhecemos, e as injustiças das últimas semanas o inflamaram ainda mais. Mas a carta da Lista de Filhotes apagou aquela chama para sempre.

— Meu amor... — eu disse. — Vai... vai dar tudo certo.

Eu não tinha nada a dizer. Ela não respondeu. Ela continuou muda por vários dias. Nossos papéis se inverteram: ela entrou em uma espécie de coma e eu tentei ao máximo puxá-la de volta à vida. Para mim, isso era perfeito; eu finalmente pude deixar meu sofrimento de lado e me concentrar em outro animal. As tarefas cotidianas me mantinham ocupado. Eu comprava e preparava a comida, lavava os pratos e a roupa suja e tentava lhe oferecer algum consolo. Nicole fazia o que eu pedia, ela se levantava, punha a roupa, comia o que eu havia preparado e me ouvia falar. Mas ela estava em um mundo só dela onde eu não podia alcançá-la, e eu não sabia o que estava se passando pela sua cabeça.

Depois de um almoço que fizemos na nossa cozinha em Tourquai, mais ou menos uma semana depois da carta da Lista de

Filhotes, ela se levantou, foi direto até o quarto, pegou uma mala de baixo da cama e começou a guardar suas roupas. Eu fui até o quarto ao perceber que alguma coisa estava acontecendo e, quando ela começou a fazer a mala, perguntei a razão de tudo aquilo. Ela não respondeu, apenas continuou dobrando suas roupas com toda a calma para colocá-las em pequenas pilhas dentro da mala. Eu perguntei mais uma vez. Ela pareceu não me ouvir. Fiquei furioso; talvez como resultado de todo o exaustivo processo pelo qual eu estava passando. Corri até a cama e joguei a mala e todas as roupas dobradas no chão, gritando com ela a plenos pulmões. Ela olhou diretamente nos meus olhos e disse:

— Eu vou embora agora.

E eu percebi que não havia mais nada que eu pudesse fazer.

O resto da história é desinteressante. Eu me tornei o que sou hoje. Eu dei um soco em um animal quando estava bêbado e chutei um outro — não sei quem eram eles e isso não tem importância alguma. Eu voltei a ser o que era antes das semanas que passei no porão e da minha primeira coletânea poética. Eu brigava porque queria, porque gostava e depois... porque sempre tinha alguém que me pagava para isso. Muito tempo mais tarde, acabei sendo preso; durante a minha primeira estadia na prisão, fui forçado a ficar sóbrio e aprendi a me isolar. Percebi que era tudo uma questão de foco. Eu me concentrava, esquecendo-me de tudo o que havia acontecido entre os tempos no porão em Yok e a minha primeira briga bêbado. Com o tempo, vi que a prisão é igual ao mundo lá fora. Comecei a lutar de novo e a ser pago como antes. Graças a esse dinheiro, eu podia fugir das minhas memórias com a ajuda das drogas. Eu precisava delas quando não tinha as forças para me concentrar. Eu posso me esquecer de tudo, menos disto: Cobra Marek foi o animal que, sem motivo algum, cancelou meu terceiro subsídio e destruiu a minha vida. Disso, eu nunca me esquecerei.

Capítulo 14

Eric não parava de mexer na chave em seu bolso.

Ele estava com o corvo, a gazela e a cobra no banheiro masculino que ficava ao lado da Sala da Ordem, no nono andar do imponente prédio do Ministério do Meio Ambiente, situado entre a Avenida Gabriel e a Place de la Libération, no coração de Tourquai. Eric deixou a porta entreaberta apenas o bastante para poder espiar pela fresta estreita. A lua já estava no céu; não deveria faltar mais do que meia hora para o fim da chuva da noite. O prédio do Ministério do Meio Ambiente estava deserto, a não ser pelos guardas que deveriam patrulhar os andares todas as noites. Mas os guardas não estavam nem aí. Eric já havia ouvido Edda reclamar inúmeras vezes que a empresa de segurança adorava mandar o boleto de cobrança no final do mês, mas que os guardas quase nunca saíam da área da recepção à noite, muito embora o contrato previsse pelo menos duas rondas diárias de inspeção.

O corredor ao longo das salas de reunião estava escuro, a não ser pelo brilho azulado das luzes de algumas plantas aqui e ali. Elas ficavam penduradas no teto, como sóis particulares para seringueiras, palmeiras e samambaias que, sem isso, já teriam ressecado e morrido em meio à escuridão causada pela falta de janelas. O carpete azul-escuro que ia de ponta a ponta das paredes criava um ar sutil de sisudez.

— Eles têm algum horário fixo para as...? — sussurrou Sam, já perdendo a paciência, mas sendo imediatamente interrompido por Eric.

— Alguém está vindo — disse o urso.

Ao mesmo tempo, todos eles pararam de respirar por alguns longos momentos. Eles ouviram uma porta se fechar e um barulho metálico, como o de uma tranca sendo aberta, e então o som de passos. Graças ao carpete que abafava qualquer ruído, era impossível determinar se os passos estavam vindo na direção deles ou não.

Tom-Tom foi o primeiro a voltar a respirar, parecendo um peixe fora d'água, todo ofegante, o que deixou Eric irritado.

O corvo estava fazendo barulho demais.

Por outro lado, Eric não queria fechar a porta por completo. Ele concluiu que não saber o que estava acontecendo representaria um risco maior do que a eventualidade de serem descobertos.

Foi então que todos os quatro ouviram. O zumbido de um *walkie-talkie* ao longe e uma voz.

— Estou no nono andar agora. Na escuta? Isso, no nono.

Surpreso, Eric se virou e encontrou o olhar penetrante de Cobra.

— Eles nunca saem da recepção, hum? — sibilou Cobra.

Eric fez um gesto pedindo silêncio para o réptil.

— Todos pra dentro das cabines! — sussurrou o urso, empurrando gentilmente o corvo para que ele entendesse.

Cobra foi o mais rápido, mas, em vez de entrar em uma das cabines, serpenteou a toda velocidade pelo chão e se enfiou em um pequeno cesto de lixo perto da pia, onde se escondeu embaixo de um papel toalha amassado. Havia duas cabines dentro do banheiro, e foi por mero acaso que o corvo entrou na que ficava mais ao fundo, enquanto Sam e Eric se enfiaram na que ficava mais perto da entrada.

— Você e eu, juntinhos no banheiro. É uma fantasia realizada — suspirou Sam sem nem tentar ser muito sutil. — Pena que as circunstâncias sejam tão... toscas.

A gazela riu, fechando a cabine e sentando no assento abaixado do vaso enquanto Eric se posicionava para espiar pela fresta entre a porta e o batente.

— Shiu... — sussurrou Eric.

— Falando sério... — disse Sam, sem abaixar a voz — qual é a pior coisa que poderia acontecer? Sermos expulsos pelo guarda?

A gazela não tinha medo de ser encontrada. De todas as suas contravenções ao longo dos anos, invadir o banheiro masculino do Ministério do Meio Ambiente não era lá grande coisa. Cobra certamente já havia inventado alguma desculpa para si mesmo que pioraria a situação dos outros, e Tom-Tom era idiota demais para sequer pensar em mentir. Além disso, o corvo não se deixaria ser preso ou interrogado; em situações difíceis, ele perdia o controle, e o azar seria todo do guarda. O único que realmente não podia ser encontrado era Eric.

A porta do banheiro se abriu, e o guarda entrou.

Eric fechou os olhos. Quando brincava de esconde-esconde com Teddy em seus tempos de criança, ele achava que podia ficar invisível fechando os olhos. Ele esperou, sem ter a mínima ideia de como enfrentar a situação. "Aqui estou eu, escondido", pensou Eric, "dentro da cabine de um banheiro masculino, com um michê homossexual drogado muito famoso entre o público masoquista da cidade".

Eric Urso abriu um leve sorriso; as coisas dificilmente piorariam muito mais.

Os poucos passos do guarda até a cabine eram decididos. E Eric já estava imaginando a pata na maçaneta do outro lado da porta quando um zumbido inesperado veio do *walkie-talkie*. O som ecoou pelas paredes do banheiro azulejadas até a metade.

— Prossiga. Câmbio — respondeu o guarda.

A pata dele ainda estava na maçaneta da porta.

— A comida já está pronta — disse o seu colega lá da recepção.

— Já? Entendido.

— Eu não vou esperar. Você pode descer quando quiser.

Em seguida, a comunicação se encerrou e, por alguns intermináveis segundos, o guarda hesitou antes de tomar sua decisão. Com passos rápidos, ele saiu do banheiro e fechou a porta.

Eric não abriu os olhos. Ele não sabia mais há quanto tempo estava segurando a respiração, mas já estava prestes a desmaiar. Ele soltou os ombros, abriu a porta e saiu da cabine.

— Droga, eu já estava quase querendo que alguma coisa acontecesse — disse Tom-Tom Corvo enquanto saía da cabine ao lado.

Todos eles estavam tomados por uma empolgação estranha, até mesmo Cobra, que serpenteou para fora do cesto de lixo. Eric lançou uma resposta murmurada para o corvo que ninguém ouviu e então voltou ao seu posto atrás da porta para espiar a Sala da Ordem do outro lado do corredor.

A lua cheia já estava alta no céu quando o emissário finalmente chegou.

Tom-Tom estava dormindo dentro de uma das cabines, e Sam e Cobra estavam perto da pia tendo uma conversa em voz baixa sobre nada em específico. Quando o elevador sinalizou sua chegada no corredor sul com o pesaroso toque de sua campainha, Eric já estava logo atrás da porta, mas todos os outros três ouviram o barulho.

Sam e Cobra se calaram.

Certamente não era o guarda quem estava no elevador. Apenas alguns momentos depois, eles o viram: era uma espécie de felino. Um terno cinza bem passado e óculos com armação de aço escondiam seus traços mais singulares, contribuindo para o seu anonimato. Ele foi direto até a Sala da Ordem, onde deixou sua maleta no chão enquanto procurava uma chave em seu bolso. Ele destrancou a porta, pegou a maleta e entrou na sala, de onde saiu menos de meio minuto depois. Ele foi embora antes que a tensão no ar pudesse tornar tudo ainda mais empolgante.

Eric continuou na porta, espiando.

— Por que ainda estamos aqui? — perguntou Sam, impaciente. — Ele já foi embora!

— Aquela era a Lista de Filhotes — murmurou Eric.

Ele mal havia terminado de dizer essas palavras quando o som do elevador anunciou um novo visitante. Esse, no entanto, tinha uma aparência bem diferente.

Para começar, ele demorou um tempo até aparecer no corredor norte. E, quando finalmente chegou lá, era como se estivesse perdido. Com passos lentos, ele vagou pelo lugar por um bom tempo. Era um camelo molambo com sapatos tão gastos que o salto do pé direito já nem existia mais. Suas calças estavam sujas como se ele estivesse dormindo com elas há várias semanas, e sua camiseta que descia até as coxas estava coberta de manchas de fuligem ou óleo. Quando ele finalmente pegou uma chave para a Sala da Ordem de uma corrente em volta de seu pescoço, todos entenderam que só havia uma única possibilidade: esse animal havia nascido com furos nos bolsos.

O camelo entrou na Sala da Ordem e saiu logo em seguida. Tudo aconteceu muito rápido, mas ao contrário da incursão anterior do engomado servidor público com sua pasta, desta vez não foi possível verificar se o camelo havia trazido alguma lista.

— Agora? — sussurrou Sam.

— Não, vamos esperar até ouvirmos o elevador — respondeu Eric.

Ele colocou a pata involuntariamente no bolso e apertou a chave. Era a chave que ele tinha feito quando criança, a chave que ele fez com o molde tirado do chaveiro de sua mãe. E se ela não funcionasse? E se, depois de todos esses anos, aquela fosse a chave errada? Ou e se o ministério tivesse simplesmente trocado as fechaduras? Coisas muito mais estranhas já haviam acontecido.

— E agora?

A impaciência de Sam não era gratuita. Todos os quatro já sabiam dos riscos que estavam correndo agora. Se o camelo tivesse mesmo deixado uma Lista da Morte... uma Lista da Morte de verdade trancada lá dentro da Sala da Ordem, o Chofer Tigre poderia chegar a qualquer momento para pegá-la. E ninguém, nem mesmo Tom-Tom, tinha qualquer intenção de trombar com aquele tigre.

— Agora — disse Eric.

Ele abriu a porta do banheiro e rapidamente cruzou o corredor escuro. Sem hesitar, sem pensar, ele enfiou a chave na fechadura da Sala da Ordem e a girou.

A tranca se abriu.

Ao entrar na pequena sala que, como sua mãe sempre disse, tinha apenas uma mesa e um mata-borrão, ele imediatamente avistou os dois envelopes. Um era todo certinho, com letras datilografadas na frente, e o outro parecia ter sido amassado, jogado numa poça e ficado no sol para secar antes de chegar ali. Eric sentiu a presença de Cobra logo atrás deles e percebeu intuitivamente que não havia tempo a perder. Tentando não demonstrar muito desespero, ele correu até a mesa e pegou o envelope amassado enquanto, ao mesmo tempo, Cobra já estava se enrolando nas pernas da mesa com a intenção de fazer o mesmo. Eric deu alguns passos para o lado e abriu o envelope. Nunca ninguém perceberia que aquele envelope havia sido aberto e fechado de novo; o tratamento relapso do camelo impediria isso.

Lá dentro, Eric encontrou uma folha de papel com uma lista com nomes, dezoito deles, todos datilografados em uma coluna. Eric os leu.

O que estava escrito lá era impossível.

Não foi só o nome de Nicholas Pombo que Eric encontrou na Lista da Morte. Havia um outro nome ali que ele conhecia mais do que bem. O pânico e o espanto deixaram Eric Urso atordoado. Ele respirou fundo, tentou se recompor e ergueu a cabeça.

— É verdade — disse Eric Urso, sem se mexer. — A Lista da Morte existe, sim.

Capítulo 15

O quarto estava sendo banhado pelos delicados raios de sol que entravam pelas alvas cortinas fechadas. Na enorme cama de casal, as grossas cobertas e uma dúzia de travesseiros amassados criavam um cenário lunar branco com altas montanhas e ravinas profundas. Repousando nesse reino de maciez, estava o corpo delicado e nu de Emma Coelho. Ela estava deitada de bruços, com um cobertor grosso entre as pernas e o rosto virado para a direita, na direção das janelas.

As paredes do quarto eram brancas, as tábuas envernizadas de carvalho do chão de madeira haviam ficado mais escuras desde que eles se mudaram, e a cama era a única peça de mobília do quarto, a não ser pelo tapete branco e redondo e uma poltrona estofada onde Eric Urso estava sentado, vendo sua mulher dormir. Aquele quarto na Rua Uxbridge tinha um aroma de sono e bem-estar, embora Eric não reparasse nisso há vários anos. Mas hoje, depois de passar duas semanas enfurnado em Yiala's Arch com três outros machos, esse aroma era mais do que tangível; ele o penetrava, enchendo-o de melancolia.

Ele não podia ver o rosto de Emma da poltrona onde estava sentado, mas podia ver seu corpo, e isso fazia seu coração fervilhar de ternura.

Eric Urso estaria sentado ali, observando em segredo sua mulher adormecida?

Era inegável.

Os pensamentos estavam passando por sua cabeça em um andor lento e evasivo. Memórias e associações, cenas e palavras, tudo em um só emaranhado incompreensível. Ele só foi deixando tudo acontecer. Ele aprendeu com sua professora de yoga a deixar seus pensamentos irem e virem como nuvens passando pelo céu da manhã. Ele nunca entendeu muito bem o que isso queria dizer, mas fez o que ela o ensinara. E então lenta, mas claramente, ele mergulhou ao longo dos anos até sua infância, o que em geral é o que acontece quando alguém simplesmente libera seus pensamentos. A manhã e o quarto se esvaíram e desapareceram até que só restasse o cheiro de uma respiração familiar.

Um hálito doce e abafado como sempre é o hálito de um bicho de pelúcia. O ar quente que sai da barriga, com fragmentos de algodão que nunca viram a luz do sol. Da boca de Teddy, vinha um hálito morno e estagnado com um toque de grama e mel, mas que dava a Eric uma sensação de segurança. Sempre que tinha pesadelos, ele podia atravessar o quarto com poucos passos e pular na cama de Teddy, onde seu hálito estaria esperando no travesseiro, expulsando qualquer fantasma e demônio que o assombrasse. Ou na sala de aula, quando Teddy se virava para cochichar algo em seu ouvido, e Eric sentia seu hálito a alguns milímetros de distância; era como se, juntos, eles pudessem enfrentar o mundo todo.

Sozinho, ele era forte.

Juntos, eles eram mais fortes ainda.

Durante toda a sua infância, Eric Urso sempre quis se aproximar de seu irmão gêmeo. Essa proximidade com Teddy era o mais importante, era o que lhe dava forças para se libertar de sua mãe e ter a ousadia de enfrentar seu pai. Mas, a cada ano, Teddy foi se tornando cada vez mais distante.

Talvez seja por isso que os momentos de proximidade física com seu irmão gêmeo perduraram por todos esses anos. Seu hálito, claro, mas também as tardes em que eles se deitavam um na barriga do outro e a sensação de fazer parte de alguém lhes serviam de escudo contra a realidade sempre à espreita do lado de fora da casa na Rua Hillville. Eles costumavam trocar massagens antes de dormir à noite, com toques duros e decididos, ou com um gentil tatear de dedos. Até as lutinhas, que Teddy sempre vencia por ser mais forte, deixavam uma sensação de proximidade terapêutica, apesar dos hematomas e pelos arrancados.

Eric amava seu irmão gêmeo. Precisava dele. Mais do que amava e precisava de qualquer outro animal do mundo. É sob a luz da traição de Teddy que a adolescência problemática de Eric deve ser analisada; traição essa que nenhum dos dois realmente poderia comprovar. Não foi um conflito aberto. Teddy foi se isolando gradualmente em seu próprio mundo de ideias peculiares que ele se recusava a compartilhar. Ser deixado de lado o magoou. E, em suas tentativas de compensar a solidão à qual foi relegado — e que ele temia mais do que qualquer outra coisa —, Eric buscou afeto em ambientes onde o afeto só era oferecido em troca de alguma outra coisa.

Eric amava Teddy. Eric fazia tudo o que Teddy pedia. O único problema era que Teddy pedia tão poucas coisas. Mas quando ele pedia... ah, quando ele pedia... era um prazer tão grande. Por mais pitorescos que fossem os pedidos de Teddy, Eric os atendia. Era como se ele ficasse esperando no frio em frente a uma casa fechada por semanas e semanas a fio até que, de repente, alguém abria a porta e o convidava para entrar e se sentar diante de uma bela lareira. Era como voltar para casa. Uma sensação de segurança. Onde não havia dúvidas ou preocupações.

Quando Eric percebeu pela primeira vez que nem tudo na vida de seu irmão Teddy estava indo como deveria?

Essa pergunta pode ser respondida de duas formas.

A primeira é: nunca.

A segunda é: no mesmo dia em que eles começaram a ir à escola e Eric teve a chance de comparar seu irmão gêmeo aos outros animais da mesma idade. Mas como ele tentava não julgar os hábitos mais singulares de seu irmão em termos de certo ou errado, a vida continuou.

Às vezes, chegava a ser absurdo. Em seus anos de juventude, não era incomum ver Teddy fazendo e dizendo coisas bem pouco ortodoxas. Eric defendia o irmão, recusando-se a dar importância a essas peculiaridades; juntos, eles pareciam dois lunáticos. Mesmo sem saber o que aconteceria se reconhecesse para todos que havia algo de errado com o irmão, essa possibilidade o assustava.

Boxer Bloom era um cão fundamentalista, um conservador que chegava a ser quase reacionário em todas as questões, exceto as políticas, onde parecia ter posições mais liberais. As excentricidades de Teddy Urso se tornaram mais patentes ao longo dos anos. Boxer foi ficando mais e mais irritado, e a compreensão que Edda Rinoceronte oferecia ao filhote só não era maior do que seus esforços para apaziguar as coisas.

— Eu não posso comer isto — disse Teddy de repente, certa noite, enquanto toda a família estava na cozinha da Rua Hillville jantando.

Os gêmeos tinham acabado de fazer catorze anos e estavam na oitava série. Teddy e Eric haviam passado suas últimas semanas das férias de verão no acampamento de iatismo em Hillevie. Quando eles voltaram para casa, com toda a família já em Amberville, Boxer Bloom tentou se esforçar ao máximo para fingir que tudo estava bem. Ele tentava se convencer de que Teddy teria passado por uma metamorfose mágica ao longo do verão e que tudo finalmente seria... normal. Mas ele já estava perdendo as esperanças. E não tinha nada a ver com a comida. A ideia de que eles seriam forçados a conviver com a instabilidade emocional e os pensamentos compulsivos de Teddy por mais um ano extrapolava todos os limites de Boxer. Quando Teddy empurrou seu prato de lado e ficou olhando de um jeito estranho para a mesa, algo dentro de Boxer Bloom explodiu.

— Como assim não pode comer? — murmurou ele, contendo sua raiva.

— Papai, não é bem assim — disse Teddy, que, como Eric, percebeu o quanto seu pai estava irritado. — Eu... eu só não posso.

— É só um ensopado de batatas com costeleta de vitela e molho de tomate, coisa que sua mãe passou horas preparando — disse Boxer. — E que você já comeu centenas de vezes antes.

— Bom, talvez não *tantas* vezes assim... — interrompeu Edda.

— Por que só agora decidiu que não gosta disso? — disse Boxer, fulminando seu filhote com o olhar.

— Ele não precisa comer se não quiser, não é? — disse Eric. — Ele já comeu as batatas e o molho. Talvez já esteja satisfeito.

— Não tem nada a ver com isso — disse Teddy.

— Ora essa! — esbravejou Bloom. — Então qual é o problema?

— Não é certo matar um bezerro — disse Teddy, quase aos sussurros.

Boxer deu um soco na mesa e se levantou. Ele parecia enorme ali de pé, olhando para eles, com uma de suas patas apontada para a cara do filhote.

— E o que você quer dizer com isso?! — gritou Bloom.

Mas, logo em seguida, antes que Teddy tivesse tempo de responder, já com lágrimas escorrendo pelas bochechas, Eric saltou de repente contra seu pai.

A mãe gritou; o pai soltou um berro e cambaleou para trás até a sala de estar. Eric se agarrou à barriga dele em uma espécie de abraço desesperado.

— Chega! — gritou Eric. — Já chega!

Eric não estava preocupado com a costeleta de vitela ou com seu irmão maluco. Uma sensação de impotência vinha se acumulando há várias semanas dentro dele, por tanto tempo quanto Bloom tentou se convencer de que tudo ficaria bem. E, agora, tudo estava sendo extravasado em uma violenta explosão.

Em defesa de Boxer Bloom, devemos reconhecer que ele não tentou se livrar à força de seu filhote. Ao recuperar o equilíbrio, ele só ficou completamente imóvel até que Eric o soltasse. E eles ficaram assim, olhando um para o outro; o filhote com uma postura abertamente agressiva e o pai cada vez mais surpreso. Antes que eles pudessem se recompor o bastante para dizer qualquer coisa, Teddy se levantou da mesa. O som fez com que Eric se virasse e visse seu irmão subindo as escadas às pressas.

— Há certos limites — disse Bloom categoricamente. — Há limites para quando as coisas vão longe demais e escapam do nosso controle.

Eric se virou mais uma vez e olhou bem nos olhos do cão.

— O seu amor deveria ser incondicional — disse Eric, em um sussurro quase inaudível —, mas nunca foi.

Em seguida, ele deu as costas para o pai e subiu as escadas atrás de Teddy.

Emma Coelho se virou na cama.

Eric Urso teve um sobressalto e voltou ao presente na mesma hora. Ele olhou para a coelha e viu que ela estava procurando um cobertor para se proteger do frio, agora deitada de costas. Ela puxou uma das fartas cobertas brancas sobre seu corpo, desaparecendo mais uma vez de seu campo de visão. Lágrimas desciam pelo rosto de Eric sem que ele nem percebesse. Em silêncio, ele se levantou. Fazia pouco mais de duas semanas desde a última vez em que eles se viram. Mas hoje, depois de pôr a Lista da Morte de volta naquele envelope amassado, ele se sentiu tentado a ir para lá e não para Yiala's Arch. Tentado a vê-la, a acariciar com todo o cuidado a testa da coelha adormecida.

Sua intenção era apenas sair do quarto e deixar tudo como estava, mas ele não conseguiu. Não nesse momento. Ele se levantou e deu alguns passos até a cama. Ela virou a cabeça, retorcendo seus bigodes pelo sonho que estava tendo. Era estranho, pensou Eric, que ele ousasse amar alguém assim. De novo. Assumir uma posição tão vulnerável, correndo o risco de se magoar tanto. De novo. Depois de tudo o que já tinha acontecido com Teddy.

Eric olhou para sua esposa adormecida e sorriu. Ela não o magoaria. E era essa certeza, essa confiança, que o permitia ter essa ousadia. Ele a amava porque ela era digna de ser amada e ele podia ver isso com mais clareza do que qualquer outro animal.

Com cuidado, ele saiu do quarto, sem pisar na tábua ao lado do batente da porta, aquela que sempre rangia. Ele desceu até a sala de estar com passos rápidos e atravessou o corredor, conseguiu abrir e fechar a porta sem fazer ruído algum e, apenas alguns instantes depois, já estava na rua mais uma vez em sua Kombi Volga cinza.

A Lista da Morte existia.

Ela não era feita pelos Choferes.

E Nicholas Pombo estava na lista.

A lista era composta por nomes, datas e nada mais. Em alguns dias, ninguém era levado, enquanto em outros, mais de um animal estava na lista. Como era o caso do dia vinte e um de maio.

Era esse o dia em que os Choferes deveriam buscar Nicholas Pombo.

Isso era dali a quatro dias.

Mas havia mais um nome agendado para o dia vinte e um de maio. Um outro bicho de pelúcia seria levado desta vida dentro de quatro dias.

Teddy Urso.

Capítulo 16

A esperança aquecia o peito de Cobra Marek.

— Posso ir para casa agora?

Eric Urso estava sentado em um banco do minúsculo balcão onde Cobra estava apinhado. Todas as butiques de Springergaast agora tinham esse tipo de bar, bem no meio de uma explosão de produtos coloridos e cartazes promocionais que, segundo alguns gênios das agências publicitárias, talvez alguém da própria Wolle & Wolle, impulsionavam as vendas. O urso e a cobra haviam pedido uma xícara de café e um bolinho de amora cada um. Ao redor deles, sacos de biscoitos e salgadinhos, doces, rótulos de refrigerantes e até mesmo frutas frescas disputavam sua atenção. Havia um aroma de café moído na hora e croissants fresquinhos no ar. Eric decidiu fazer esta reunião em Springergaast, na Praça Almirante Pedro, a algumas quadras de Yiala's Arch, porque queria ficar a sós com Cobra. Além disso, esta butique recebia poucos clientes.

— Calma, ainda não — disse ele.

— Eu já imaginava — suspirou Cobra, desapontado.

A noite anterior havia alterado todos os planos. Ao ver o nome de Teddy na Lista da Morte, Eric percebeu que sua missão não se resumiria a salvar só a vida de Emma.

Sua primeira reação foi de choque. Mas Eric soube intuitivamente que não podia mostrar nenhuma fraqueza diante de Cobra e se forçou a agir como se nada além do esperado estivesse naquela lista. Mas e se Cobra não estivesse lá e Eric pudesse dar livre vazão aos seus sentimentos? Não fosse pelo réptil, talvez ele até tivesse esmorecido.

— Você já pensou naquilo que eu pedi? — perguntou o urso.

— No quê?

— Como salvar um animal da sentença de morte de alguém que está para morrer.

— Se você me acha inteligente o bastante para pensar em algo assim, certamente deve saber que sou inteligente o bastante para deduzir do que tudo isso se trata — respondeu Cobra, irritado.

Eric encolheu os ombros.

— Presumo que sim — disse ele.

— Pombo ameaçou a sua querida Emma. Se os Choferes levarem o Pombo, os gorilas dele vão pegar a sua coelha.

Eric encolheu os ombros de novo. Ele estava apenas concordando.

— E? — perguntou o urso. — O que eu posso fazer?

— Não tenho a mínima ideia — respondeu Cobra, com tanto desinteresse que Eric teve de se esforçar para não se sentir provocado, percebendo que era justamente essa a intenção do réptil.

— Você poderia subornar os gorilas, não? — sugeriu o sibilante Marek.

— Subornar os gorilas?

— Sim, sei lá, oras...

— Você já trabalhou no Cassino Monokowski, já trabalhou para Nicholas Pombo, e está me sugerindo subornar os gorilas?

— Com toda a sinceridade e o devido respeito, não dou a mínima para o que você vai fazer — disse Cobra.

Eric ficou calado. Ele pensou que tudo aquilo devia ter algum motivo, pois era bem óbvio que Cobra estava tentando provocar alguma reação. Talvez isso até tivesse algo a ver com a Lista da Morte. Talvez Cobra, por ser tão sensível à fraqueza dos outros animais, tivesse percebido algo de diferente na Sala da Ordem, algo que teria piorado ainda mais a situação do urso. E talvez Cobra estivesse tentando revelar isso com suas provocações. Os dois sabiam que toda e qualquer informação era crucial em disputas de poder.

Os dois deram uma mordida em seus bolinhos de amora enquanto calculavam seus próximos movimentos.

— Você acha que o Tom-Tom poderia fazer alguma coisa? — perguntou Eric.

— O que ele poderia fazer?

— Bom, no fundo ele é um maluco — explicou Eric. — Talvez ele possa dar um jeito neles.

— Se você usar a gazela também, talvez não seja impossível — disse Cobra.

Eles deram mais uma mordida; era um bolinho bem massudo, mas saboroso.

Os gorilas tinham bons motivos para temer o corvo enfurecido. Mas mesmo que Tom-Tom e Sam pudessem espantar alguns gorilas, eles nunca conseguiriam enfrentar todos os capangas de Pombo.

— Se conheço bem aquele pombo — disse Cobra —, ele também deve ter prometido uma bela recompensa para quem puder provar que deu cabo da sua coelha. Deve ter um contador em algum escritório vagabundo da cidade com um cheque na gaveta da mesa só esperando por alguém que traga essa prova. Sendo assim, você vai ter de cuidar não só dos capangas dele, mas também dos caçadores de recompensas.

Eric suspirou. Cobra estava certo, é claro, e ele sabia disso.

— E quais são as chances de completarmos nossa missão? — perguntou Eric.

— De tirarmos o nome de Pombo da lista, você diz?

Eric acenou com a cabeça. No fundo, ele só queria poder contar a verdade sobre Teddy, mas essa confissão não traria nada de positivo. Então, ele acenou mais uma vez.

— Não sei — disse Cobra. — Nós provamos que a lista existe. Eu não acreditava muito que isso seria possível.

— Eu sabia que a lista existia — disse Eric.

— Você não tinha como saber — disse Cobra.

— Mas tirar alguém da lista? Salvar alguém...?

— De todas as lendas sobre a Lista da Morte — respondeu Cobra —, existem sim algumas que versam sobre esse tipo de coisa. E não me refiro apenas àquela história do arcediago.

Enquanto o café esfriava e Eric comia seu bolinho e os restos do de seu colega, Cobra começou a contar a história de Cavalo Carl e do almirante Pedro.

Cavalo Carl foi o herói que, mais de duzentos anos atrás, uniu as quatro partes da cidade depois de quase um século de guerra civil, alianças temporárias e violações de acordos.

— Hoje em dia, todas as crianças leem sobre Cavalo Carl na escola, mas poucas delas sabem — comentou Cobra com todo o desdém — que, como recompensa pelos seus esforços, Cavalo recebeu a chance de anistiar um animal por ano da Lista da Morte.

— Não, calma lá — protestou Eric. — Eu nunca ouvi falar disso...

— Como eu disse — esbravejou Cobra Marek, irritado pela interrupção —, estou falando de mitos e lendas. A veracidade do ocorrido não está em questão. Mas acho compreensível que as autoridades tentem impedir a disseminação de histórias como essa. Não consigo imaginar nenhum departamento se beneficiando com a lenda de Cavalo Carl...

E, então, ele continuou:

Cavalo Carl logo percebeu que a possibilidade de anistiar alguém poderia ser usada na disputa de poder que surgiu entre os líderes das quatro partes da cidade. Carl criou uma nova tradição. Um pequeno conselho de juízes, generais, políticos de alto escalão e um ou dois latifundiários mais importantes poderia eleger um animal para ser eliminado da Lista da Morte a cada ano. O animal mais votado seria retirado da lista, e todos os envolvidos no processo poderiam gozar daquela sensação de poder; um poder sobre a vida e a morte ainda maior, se comparado ao que eles tinham antes da unificação da cidade.

Tudo correu de acordo com os planos de Cavalo Carl até o ano em que os nomes de David Coruja e do almirante Pedro apareceram na Lista da Morte. O almirante atuava no comando de uma frota quase insignificante em Hillville há vários anos, mas ainda era muito jovem, e o fato de seu nome estar na lista foi uma grande surpresa, tanto para ele como para todos os outros. Pedro entrou em pânico, requisitou e recebeu uma dispensa de sua frota e então devotou todo o seu tempo à tentativa de influenciar os animais que poderiam lhe conceder seus votos. No entanto, no dia da divulgação do escolhido, foi revelado que o juiz David Coruja havia recebido mais votos do que o ex-almirante Pedro.

Pedro ficou furioso. Ele exigiu uma reunião com Cavalo Carl. Carl lhe concedeu uma audiência e expressou seus sentimentos pela decisão, mas explicou que não poderia fazer nada sobre o caso. O resultado era definitivo, o animal anistiado seria David Coruja, pois a decisão sempre foi tomada dessa forma. Pedro então perguntou a Carl por que ele não poderia anistiar ambos os animais.

Cavalo Carl deu um longo suspiro. Isso seria impossível.

— Por que impossível? — perguntou Eric Urso em uma voz alta demais.

— Porque era impossível — repetiu Cobra Marek, irritado mais uma vez com a interrupção.

Muito bem...

O ex-almirante Pedro tomou então a decisão mais lógica possível sob tais circunstâncias. Ele seguiu em marcha militar diretamente de sua audiência com Cavalo Carl até David Coruja e cortou a cabeça do juiz com um sabre. Em seguida, ele levou a cabeça até a floresta e a enterrou. Pedro concluiu que, com isso, a anistia seria concedida ao segundo animal mais votado.

Mas o ex-almirante Pedro estava enganado. Na verdade, o poder que Cavalo Carl tinha para anistiar um animal por ano foi cancelado imediatamente.

— Cancelado por quem? — perguntou Eric.

— A história não explica isso — disse Cobra.

A Lista da Morte passou a ser secreta, ninguém mais soube com antecedência os nomes que estavam nela (e cem anos depois, ninguém mais sabia se a lista de fato existia), e foi assim que o sistema dos Cocheiros, e depois dos Choferes, foi introduzido.

Cobra Marek ficou em silêncio. Após um longo intervalo, Eric se pronunciou.

— Isso pelo menos indica que alguém prepara a lista. Sendo assim, deve haver alguma chance de influenciá-la.

— Talvez essa seja uma das possíveis interpretações — concordou Cobra.

— Então vamos pra casa, precisamos decidir o que fazer agora — disse Eric.

Cobra acenou com a cabeça. Eric desceu do banco, Cobra deslizou para fora do balcão e eles deixaram Springergaast.

A noite do dia dezoito de maio foi mais uma noitada de álcool, carteado e conversas bizarras na cozinha em Yiala's Arch. Bem a tempo para a chuva da noite, as garrafas já estavam abertas. Corvo mostrou toda a sua destreza embaralhando as cartas com as penas mais longas de seus dedos enquanto Cobra serpenteava sobre a mesa da cozinha, preparando-se para a primeira mão. Sam foi ao banheiro preparar um coquetel de remédios antes de entrar no jogo, e Eric acendeu as velas e serviu bebidas para todos.

Tom-Tom Corvo só se fingiu de bêbado. Quando os outros não estavam olhando, ele ia até a pia da cozinha, jogava a vodca fora e enchia o copo com água. E depois grasnava alto e mole só para manter as aparências. Ele não queria beber; ele vinha se sentindo estranho e sensível de um jeito incômodo nos últimos dias; hoje mesmo, ele tinha acordado com lágrimas escorrendo pelo seu bico. Ele sabia o que estava causando isso, mas tentou ao máximo empurrar suas memórias de volta ao profundo abismo do esquecimento.

Eric Urso, por outro lado, estava completamente bêbado. Mais bêbado do que nunca, aliás. O plano dele era ir devagar, ele queria conduzir seus colegas embriagados ao longo da noite e guiá-los de volta a uma rota navegável de pensamento quando eles por fim perdessem o controle.

Mas não foi bem isso o que aconteceu.

Quando a bebida fez efeito, derrubando todas as suas barreiras emocionais, Eric caiu primeiro em uma profunda resignação, o que lhe pareceu bastante confortável, já que era uma boa desculpa. "O que você pode fazer?", perguntava a resignação. Ele estava enfrentando a morte, e nenhum mortal era capaz de vencer a morte. Mesmo depois de encontrar a Lista da Morte, ainda parecia muito pouco provável que eles pudessem salvar a vida de Nicholas Pombo. A única coisa que eles tinham eram algumas informações sobre os Choferes e a tão temida lista. Era crucial que nenhum deles comentasse nada disso com ninguém, disse Eric, ansioso. Era crucial que esses seus amigos idiotas na cozinha de Sam Gazela ficassem de boca fechada.

— Pessual... — esboçou Eric Urso — é houra de decidir... Agora!

Mas ninguém sequer tentou interpretar seus resmungos, o que foi até melhor. Os dois animais que Eric mais amava no mundo estavam com a vida em risco, e ele só tinha três dias para fazer alguma coisa a respeito disso. Ele estava sentindo muita pena de si mesmo e acreditava ter todo o direito de mergulhar em sua autopiedade.

Mas quanto mais ele bebia, mais difícil ficava se prender a essa angústia quase patética. A vodca o despertou. Era tudo tão injusto, pensou ele. Era como se alguma força maior estivesse pregando uma peça nele, como se alguém realmente quisesse vê-lo sofrer, deixando que ele encontrasse o nome do próprio irmão na lista. Dane-se o Pombo, pensou o urso. A raiva espantou a solidão e ele se sentiu mais forte. Dane-se o Pombo, pensou ele de novo, e dane-se o destino também.

Eric se levantou da mesa. A cadeira dele tombou para trás e todos se calaram e olharam para ele. Eric não tinha absolutamente nada a dizer. Ele olhou para cada um deles e se sentiu inundado de amor. Eles estavam ali por sua causa; eles eram leais. Seu coração de urso se transformou em uma esponja encharcada de álcool, e seus olhos logo se encheram de lágrimas. Eles eram seus amigos. Seus confidentes.

— Eric, o que diabos nós vamos fazer agora? — perguntou Tom-Tom.

Eric Urso se virou lentamente para Tom-Tom e tentou em vão se concentrar.

— Pois então, não sei mais o que diabos nós podemos fazer — repetiu o corvo.

Mas que desgraçado, pensou Eric, perplexo, enquanto todos os seus belos sentimentos evaporavam. Esse corvo está duvidando da minha inteligência?

— Acho que podemos botar o Noah Camelo na parede — disse Sam, agora perto do escorredor de pratos.

A gazela estava lavando pratos? Eric apertou os olhos para tentar enxergar Sam melhor. De fato, ele estava lavando os pratos. Isso já não era um exagero?

— Noah Camelo? — perguntou Cobra.

— Ele deve ter pegado aquela lista com alguém — disse Sam na defensiva, imaginando que Cobra tivesse achado a ideia idiota.

— Está falando daquele camelo sarnento do ministério? — perguntou Tom-Tom.

— Você sabe quem ele é? — indagou Cobra.

Todo esse falatório indo e vindo pela cozinha deixou Eric confuso. Ele notou que alguma coisa estava para acontecer, alguma coisa importante, mas ele não sabia o quê. Noah Camelo?

— Noah e eu... nos conhecemos — explicou Sam —, por assim dizer... — completou ele, hesitante.

— E você só diz isso agora? — soltou Cobra Marek, quase gritando.

A irritação do réptil era incomensurável.

— Mas isso é uma coisa boa, não é? — perguntou Tom-Tom.

Talvez três dias fossem o bastante, pensou Eric.

NOAH CAMELO

eu não entendo, eu não entendo, eu não entendo como alguém pode querer causar tanta dor, tanta dor, tanta dor e as lágrimas não me ajudam, porque estou congelando porque está frio, eu estou sempre com frio, mas eu não estou congelando porque está frio, estou congelando de medo, estou congelando até o meu enchimento e esse frio dói tanto, dói tanto

eu vi Sam Gazela chegando, eu o vi chegando pela janela do corredor, eu o vi chegando pela janela do corredor e isso me deixou quase feliz, porque mesmo sabendo, mesmo sabendo que ele era perigoso, nós éramos amigos, ele e eu éramos amigos, ele e eu já tínhamos nos encontrado uma vez há muito tempo, e eu sabia que ele era perigoso, eu sabia quem ele era e o que ele gostava de fazer, mas eu achava que era só conversa fiada, porque os bichos falam muito e os bichos falam demais, e eu abri a porta quando ele tocou a campainha e eu o convidei para entrar e se sentar na cozinha e talvez tomar um café ou uma cerveja, porque você deve ser gentil com os seus amigos

mas ele pegou um garfo e cravou na minha perna, atravessando a calça e o algodão, os dentes de metal do garfo atravessaram a minha perna de um lado até o outro e eu fiquei preso na mesa e nem sei dizer o quanto isso me machucou, o quão horrível foi a dor, mas mesmo assim, eu quase não senti nada porque estava com tanto medo, tanto medo que meu corpo todo começou a tremer, mas eu não gritei, embora eu devesse ter gritado, mas eu chorei baixinho e olhei para Sam Gazela, que eu achava que era meu amigo e eu não entendi, eu não entendi, eu não entendi nada

ele me interrogou e me ameaçou e disse que, se eu não falasse, ele me queimaria, do nada, ele disse que iria me queimar e eu vi nos olhos dele que ele queria mesmo me queimar, não importando o que eu dissesse, e foi então que eu quase fiquei feliz, porque eu entendi porque ele tinha cravado aquele garfo na minha perna, ele queria alguma coisa, ele queria saber o que eu sabia, e esse é o tipo de coisa que acontece o tempo todo, era compreensível e eu não dava a mínima para quem matava quem, então eu falei, contei a ele tudo o que eu sabia sobre onde eu tinha ido antes e para onde eu fui depois de ter entrado no ministério e então tudo ficou como deveria, ele tinha conseguido o que queria e poderia ir embora de novo, sair dali de novo e eu nunca mais queria ver a cara dele de novo

mas ele não foi embora

ele fez coisas comigo que eu nem consigo falar, porque são medonhas demais e nenhuma palavra poderia descrevê-las, coisas tão horríveis que você não pode nem imaginar e quando eu penso em tudo o que ele me fez, eu vou para um lugar totalmente escuro dentro de mim, porque eu não quero contar o que ele me fez, aquele Sam Gazela, mas ele fez várias e várias vezes e ele nunca se cansava e eu gritava e eu chorava e eu desmaiei e sonhei e acordei e ele ainda estava lá e disse que tinha pensado em uma coisa nova que ele queria testar e às vezes ele ria e às vezes ele fazia cara de sério e nem sei se ele estava mesmo olhando para mim e a dor era... a dor era tão violenta que eu quase não conseguia sentir nada, mesmo sendo tão forte que me fez desmaiar

mas o pior não foi a dor, não foi o que ele fez comigo o que mais me machucou, e sim o momento logo antes do que ele fez, um pouquinho antes de ele dizer que queria testar algo novo

eu não entendo, eu não entendo, eu não entendo como alguém pode querer causar tanta dor, tanta dor, tanta dor e as lágrimas não me ajudam, porque estou congelando porque está frio, faz sempre frio, frio no fundo do meu enchimento e está ardendo, o frio, está ardendo e está pegando fogo e dói demais, dói demais, dói demais

eu gritei e eu gritei que eu diria tudo o que ele quisesse saber e que não havia nada que eu me recusaria a falar se ele me perguntasse e eu berrei e gritei que faria tudo o que ele mandasse e diria tudo o que ele quisesse, se você parar, parar, parar, eu digo, digo, digo, mas ele me mandou calar a boca e me mandou ir para o inferno, ele disse que não dava a mínima para o que eu sabia, e o meu desespero foi ainda maior...

e eu gritei e eu gritei
e falei e falei
e desmaiei e acordei e desmaiei e acordei
e, finalmente, desmaiei de novo

eu não entendo, eu não entendo, eu não entendo como pode doer tanto, tanto, tanto, e as lágrimas não me ajudam, porque estou congelando porque está frio, a vida é sempre fria e a vida sempre será fria até que o fogo me alcance e me incendeie e me consuma e me extermine e só então eu vou parar de sentir frio, talvez eu pare de sentir frio... talvez

TEDDY URSO, 3

Eu sou livre. Eu tenho uma vida livre.

Tenho onze pinturas em molduras estreitas de madeira branca penduradas no corredor do meu andar. Arte abstrata. Feitas com muita água e alguns tons pastéis. Eu não gosto delas. Por mim, elas não estariam aqui. Mas, se esse fosse o caso, talvez eu estivesse tentando facilitar demais as coisas para mim.

Essas pinturas, especialmente as duas penduradas antes da minha porta, contando a partir da escada, me irritam muito. A irritação estimula o raciocínio. E o raciocínio me aprimora.

Se as pinturas me agradassem, eu estaria estagnado.

Minha sala é meu universo. Meu quarto e meu banheiro.

Eu almoço e janto com os outros no refeitório do andar de baixo.

Eu vou até a cidade toda semana. Eu faço longas caminhadas pela cidade. Gosto de ficar atualizado. Sei que estão apresentando uma comédia de Bergdorff Lagarto no Teatro Zern. É uma peça dramática que se sustenta nos esforços individuais dos atores. Semana sim, semana não, eu visito minha mãe e meu pai. Eu ligo antes para avisar que vou aparecer. Não quero pegá-los de surpresa em um momento inoportuno. Sei que meu pai se irrita com as minhas visitas. Eu gostaria que ele viesse me visitar.

Mas, agora, ele prefere não vir.

Eric às vezes vem me ver em casa.

Meus pais nunca vêm.

O mais absurdo da vida que levo hoje em dia é a postura altamente defensiva que eu assumo quando tento descrever a vida que levo hoje em dia.

Isso diz muito sobre a sociedade.

Eu não deveria ter de me defender.

Por outro lado, entendo que seja um tanto estranho eu ser casado e responsável pela maior agência de propaganda da cidade enquanto levo essa minha vida no meu próprio universo.

O prefeito indicou nossa mãe como diretora do Ministério do Meio Ambiente na mesma semana em que me formei na faculdade.

Minha mãe trabalhou a vida toda no Ministério do Meio Ambiente. Nos setores de transportes e energia, ela foi responsável pela manutenção das estradas da cidade e por questões ligadas à reciclagem.

Mesmo para nós que éramos próximos dela, essa indicação foi uma surpresa.

E muitos animais eram próximos dela.

Eu era o animal mais próximo dela.

As duas vidas de minha mãe eram tão bem separadas que tive dificuldades para enxergá-la como uma diretora de departamento. Para mim, suas melhores qualificações eram suas habilidades com guisados e assados. Mas, para ela, esse sucesso político já era algo esperado. Os outros bichos de pelúcia da cidade também viram a indicação de Edda Rinoceronte como uma boa escolha. A prefeita Leoa sabia o que estava fazendo. Sua missão mais importante era indicar diretores com apoio popular para os departamentos. Quanto mais populares fossem suas decisões, maiores seriam suas chances de reeleição.

Nós comemoramos a indicação de minha mãe naquela noite. Era uma quinta-feira no começo de junho. Eu, meu irmão, minha mãe e meu pai. Nós fomos para a cozinha e meu pai trouxe uma garrafa de champanhe depois do trabalho. A notícia já estava nos jornais, e meu pai ganhou um desconto no champanhe.

Eu não me lembro do que nós comemos.

Eu sorri por educação, ergui meu copo e brindei.

Eu estava profundamente desanimado.

Eu tinha me candidatado a um estágio no Ministério do Meio Ambiente. Por muitos anos, minha mãe foi coordenadora da Divisão de Planejamento que tratava das questões de planejamento urbano e alocação de recursos. O escritório dela era em Lanceheim. Eu me candidatei a uma vaga na Unidade de Energia em Tourquai, acreditando que meu futuro estava no ramo da pesquisa energética avançada.

Agora, isso seria impossível.

Com minha mãe como diretora do Ministério do Meio Ambiente, a minha ficha de inscrição seria questionada. Minhas competências seriam detalhadamente analisadas. Mesmo que eu fosse qualificado para a vaga, sempre haveria margem para dúvidas.

Eu bebi o champanhe, muito confuso.

O que eu iria fazer agora?

O tempo me ajudou a responder essa pergunta, mas naquela noite, senti o peso de um destino amargo. Eu sonhava há muitos anos com uma carreira no Ministério do Meio Ambiente, um lugar grande o bastante para mim e para minha mãe.

Meu pai fez um pequeno discurso.

— Para conquistar alguma coisa, você precisa abrir mão de outra — disse ele.

Os olhos dele brilhavam. Eu nunca o havia visto chorar antes. Mas uma lágrima de orgulho estava descendo pela sua bochecha.

— Mas não sei do que você abriu mão — continuou ele. — Com certeza não foi da sua família. Nem dos seus amigos. Ou de suas habilidades na cozinha. Talvez tenha sido o contrário, e você só alcançou essa conquista justamente por se recusar a abrir mão de qualquer coisa.

Ele pretendia dizer mais alguma coisa, mas minha mãe se levantou e o calou com um abraço.

Eric aplaudiu.

Eu aplaudi também. Isso cortou um pouco a ironia do meu irmão. Meu sorriso, no entanto, ainda era contido.

Depois disso, lembro-me apenas de uma noite agradável na cozinha. Lembro-me de deixar de lado minha decepção para ficar feliz por minha mãe. Lembro-me de que Eric e meu pai finalmente conseguiram se entender. Nós enchemos nossa mãe de parabéns e lhe desejamos todo o sucesso nas coisas grandes ou pequenas. Não voltei a me lembrar da situação em que minha mãe havia me colocado em momento algum até a hora em que apaguei a luminária do meu criado mudo. Fiquei pensando por um tempo, mas logo caí no sono.

Eu não era mais aquele urso perdido de antes.

Eu agora tinha plena consciência de mim mesmo.

Estas palavras do final da minha adolescência ainda são verdadeiras. É assim que eu me via e ainda me vejo:

Eu sou um bicho de pelúcia incapaz de cometer qualquer maldade. Eu sou um animal que visa sempre, até onde é possível, fazer o bem.

E era só isso.

Nada muito extraordinário.

Por outro lado, pouco comum.

Essa epifania sobre mim mesmo ganhou força durante meus anos no colegial, mas foi só no último ano que essas intuições se solidificaram como certezas.

Quando eu finalmente entendi a situação, não consegui entender como eu não havia entendido antes.

Eu sempre fui o mesmo, mas, durante a infância, eu não tinha controle sobre os meus atos. Outros animais — meus pais, professores ou outros adultos — decidiam por mim. Além disso, eu ainda não sabia diferenciar o certo do errado. Eu cresci achando que havia uma espécie de código não escrito de ética que nos serviria de apoio em casos difíceis, e que alguém só poderia ler o livro com esse código depois de adulto.

Eu acreditava que a minha abordagem intuitiva para discernir o certo do errado deixaria de ser necessária e que toda a ansiedade criada pelos conflitos entre as minhas próprias convicções e as normas da sociedade eram só uma parte da adolescência.

Que tudo se esclareceria quando eu crescesse.

Que era uma questão de maturidade.

Pobre animal.

Eis aqui alguns exemplos:

Eu não passo em sinais vermelhos.

Eu não conto "mentirinhas inofensivas".

Eu refiz uma das minhas últimas provas depois de ver de relance as respostas do meu colega ao lado, pois já não sabia mais o que eu tinha visto e quais eram as minhas próprias respostas. Embora as chances de eu ter visto alguma coisa fossem muito, muito pequenas. Embora ele nunca tivesse se saído melhor que eu em qualquer outra prova.

Não sou obcecado pela verdade; sei bem como guardar minhas posições para mim mesmo. Eu não abordo estranhos para acusá-los de viver em pecado. Mas eu sofro — e não hesito em usar a palavra "sofrimento" — pela forma como meu esforço para ser bondoso e verdadeiro restringe a minha vida.

Quando olho para trás, vejo que sempre foi assim.

Eu conversei com minha mãe, meu pai e Eric sobre o assunto. Cada um deles teve uma reação diferente.

Falei com meu pai em uma manhã quando ele estava com tempo livre, sentado e lendo o jornal enquanto o café esfriava ao seu lado. Era assim que ele gostava de tomar café. Frio. Tentei ao máximo expressar meus sentimentos. A imparcialidade de meu pai era quase paralisante. Esse sempre foi um dos traços mais característicos de sua personalidade, e achei que ele entenderia.

Mas ele não entendeu.

Ele olhou para mim como se eu fosse louco. Ele resmungou que a vida não podia ser controlada. Que os princípios eram uma ferramenta de sobrevivência. Que termos como "bem" e "mal" sempre deveriam ser analisados em contexto. Depois disso, ele perdeu o interesse pela sua própria linha de raciocínio e voltou ao seu jornal e seu café.

Minha mãe também não entendeu.

Nós estávamos a caminho do mercado central em Amberville em um domingo, um mês depois de eu ter me formado.

— Eu tinha planos para o futuro — expliquei —, mas eles não deram certo. Tudo bem. A minha missão é mais importante do que qualquer outra coisa.

— Qual missão, querido? — perguntou minha mãe.

Eu contei tudo a ela. Sobre ser bom e no que isso implicava. Sobre a ilusória simplicidade da minha promessa. Sobre como isso exigia esforço em tempo integral e que talvez fosse difícil me dedicar a qualquer outro tipo de coisa.

Minha mãe não entendeu.

Eu tentei explicar três vezes, mas, nessas três vezes, ela mudou de assunto e falou sobre as beterrabas que nós estávamos indo comprar.

Eric entendeu tudo. Isso não foi nenhuma surpresa. Nós éramos antíteses um do outro; se ele não entendesse, isso sim seria estranho.

Eric entendeu tudo, mas não concordou com nada.

Fazer Eric se interessar pelo bem era como despertar em um réptil o interesse por lavar roupa suja.

Depois do verão, candidatei-me a um trabalho em uma agência de publicidade.

Foi meramente por acaso. Um velho amigo de meu pai me falou sobre uma vaga de assistente. O salário era maior que o de um pesquisador já estabelecido no ramo energético. Enviei meu currículo sem grandes expectativas. Nunca entendi por que eles decidiram me chamar para uma entrevista. Dois dias depois, eles ligaram para me oferecer o trabalho. O amigo de meu pai tinha exagerado na parte do salário, mas não muito. Foi combinado então que eu começaria a trabalhar na agência Wolle & Wolle no dia primeiro de outubro.

O escritório de Wolle Lebre e Wolle Sapo ficava no distrito de Lanceheim. De todos os distritos da cidade, Lanceheim era o maior; lugar ocupado por austeros conjuntos de escritório e largos quarteirões comerciais cheios de luzes. Lanceheim tinha grandes áreas verdes com casarões de família ao norte e arranha-céus de apartamentos abarrotados com garagens subterrâneas a oeste. A agência de publicidade Wolle & Wolle ficava na Place Great Hoch cor de ameixa, a uma quadra da Estrela e não muito longe da faculdade de publicidade e propaganda onde Lebre e Sapo se conheceram.

O cargo que assumi era de assistente de Wolle Sapo, o Wolle mesquinho e avarento da bem-sucedida dupla.

Eu achei que isso não teria grande importância.

Eu achava que a minha missão nesta vida era fazer o bem. Que o emprego era algo que eu podia fazer ao longo do dia e então voltar para casa à noite. E nada mais.

Mas as coisas não foram assim. Não mesmo.

Eu conheci Emma Coelho na periferia do meu universo.

Em uma galáxia vizinha.

Ela era um anjo. Quando fecho meus olhos, eu a vejo toda de branco na minha frente. Flutuando escada acima.

Teria sido pela Wolle & Wolle? Se esse fosse o caso, acho que Emma deveria se sentir tão desconfortável lá quanto eu.

Foi isso o que nos uniu. Nós dois estávamos no lugar errado ao mesmo tempo. Forçados a estar no lugar errado por motivos diferentes.

No fundo, Emma Coelho nunca quis trabalhar em uma agência de publicidade. Ela desprezava o mercado publicitário. A arte era a razão de sua vida e aquilo com que ela sonhava. Foi em seu estúdio em Tourquai que ela me mostrou pinturas minimalistas em que, com os melhores pincéis de pelos naturais e aquarelas, ela criava florestas, pradarias, campos e montanhas encantadas.

Depois daquela noite, o meu fascínio se transformou em adoração.

Na imaginação de Emma Coelho, existiam florestas primitivas e deltas com largas desembocaduras e ricos perfumes.

Ninguém me ouvia como ela.

Com a cabeça de lado, seus olhos grandes seguiam cada um dos meus pensamentos. De ponta a ponta. Eu nunca tinha conversado com alguém assim.

Isso me deixou feliz.

Mas me deixou triste também. Quantos anos eu já não teria desperdiçado sem ter uma amiga como ela?

Isso me fez pensar.

Meu emprego como assistente de Wolle Sapo me deu independência. Eu criei rotinas baseadas em responsabilidades que eu mesmo definia. Isso me agradava. Elas consumiam meu tempo, não meus pensamentos. Assim sendo, eu podia me dedicar a questões mais relevantes.

Eu me preocupava.

Eu era praticamente o único a dar tanto valor à bondade que deveria ser buscada por todos.

Certa vez, enquanto estávamos sentados um de frente para o outro, com os olhos de Emma cravados nos meus, eu lhe expliquei minha crença de que todos os animais eram bons ao saírem da fábrica, mas que, desde o primeiro dia, somos expostos a tentações.

Expor o bem às tentações é o principal desafio e motivação do mal. O mal se sustenta fazendo com que bichos de pelúcia do bem cometam erros.

O que me preocupava era a disparidade de forças dessa batalha. Eu desenvolvi uma série de axiomas para esclarecer a relação entre o bem e o mal.

O mal tem uma clara vantagem.

Por exemplo:

O mal não pode existir sem o bem. O mal busca um equilíbrio, uma simetria. O mal é algo social, pois só existe em uma relação antagônica. O bem é autossuficiente. Ele não precisa de nada nem de ninguém. Eu posso ser bom por mim mesmo. Mas, para agir com maldade, é necessário que haja uma outra parte envolvida.

O mal é ativo, o bem é passivo. O mal está sempre buscando formas para alcançar seu objetivo. Se uma tentação não basta, o mal cria outra. O bem não busca nada, pois já sabe de antemão como fazer o bem. O mal é dinâmico, mutável e intelectualmente estimulante, enquanto o bem, em termos mais simples, é tedioso. O bem não possui muitas defesas na batalha contra todas as tentações do mal. O mal é incompreensível e absurdo. O bem não oferece nenhuma recompensa a curto prazo.

Sob a luz de todas essas suposições, perguntei a Emma Coelho se ela achava possível que um animal inteligente fosse bom. Ou, em outras palavras, se o bem só poderia ser alcançado pelos ignorantes.

Emma Coelho balançou sua linda cabeça e enrugou seu nariz de plástico.

Ela não tinha a resposta. Mas seus olhos brilharam com uma possibilidade.

Eu a enchi de mais perguntas.

As boas ações sem intenções genuinamente boas são inúteis? As boas intenções que causam sofrimento são maldades disfarçadas? Se o bem é uma questão de fé, seria a bondade algo impossível para agnósticos e ateus? Existe uma conexão mais clara entre o bem e a harmonia espiritual? Existe uma conexão entre o mal e a ansiedade? Se essa conexão não existe, como o bem pode conquistar seus adeptos?

Emma Coelho olhou nos meus olhos. Ela não tinha respostas, mas, junto com ela, eu ousava formular essas perguntas.

As respostas não existiam, e, junto com Emma, eu me sentia seguro o bastante para ousar admitir isso.

No dia em que Emma conheceu minha mãe, nós comemos um risoto de cogumelos com ervas e molho *béarnaise* na nossa cozinha em Amberville. Como acompanhamento, minha mãe serviu a compota de abóbora que era sua especialidade. Naquela mesma tarde, minha mãe assou um delicioso pão de cenoura e teve tempo para temperar o queijo fresco com dill. Ela se esforçou de verdade.

Meu pai achou que o creme de baunilha com limão e açúcar de confeiteiro estava um pouco amargo quando a torta de ruibarbo foi servida.

Emma achou que havia comida demais.

Eric, como sempre, não estava em casa.

Já tentei várias vezes me lembrar da conversa que tivemos aquele dia na cozinha, mas não me recordo de uma palavra sequer.

Mas lembro que Emma estava tensa.

Aos olhos dela, não era a minha mãe que, com um avental em volta de sua volumosa cintura, mexia o risoto, e sim a lendária dirigente pública, Edda Rinoceronte.

Vários meses depois, Emma deu a entender que esperava outra coisa. Até hoje não sei bem o que ela quis dizer. Talvez ela esperasse candelabros e lustres de cristal, empregados e discussões políticas. Nós nunca discutíamos política na nossa pequena cozinha na Rua Hillville. Nossos assuntos eram comida, esportes e eventos cotidianos.

Emma não se interessava por política. Com isso, suponho que ela não entendia nada sobre o assunto. Será que ela disse alguma besteira sobre política naquele dia? Algo que desagradasse meu pai ou minha mãe? Será que fiquei envergonhado? Espero que não. A vergonha de ter vergonha é insuportável para mim.

Eu amava Emma Coelho. Não deveríamos ter vergonha de quem amamos.

O amor me pegou de surpresa. Sorrateiro, o amor esperou e me atacou bem quando eu menos esperava.

Eu estava indefeso.

Nos primeiros dias, não tive coragem de dizer nada. Nós cumprimos nossos papéis como sempre. Ela perguntou sobre a minha noite e eu respondi que havia sido boa. Ela me perguntou se eu queria deixar a janela aberta ou fechada. Respondi que preferia fechá-la.

Mas a resposta veio com uma alegria que não pude conter. O amor me deixava bem disposto e empolgado. Não levei muito tempo até expor a ela os meus sentimentos.

Eu tinha medo de sua reação.

Naquele dia na cozinha com minha mãe e meu pai, ela era a única ali com medo. Por que ela não deixou que seus olhos brilhassem, revelando todo o seu calor e alegria? Quando minha mãe lhe perguntou sobre suas ambições e mencionou que eu havia dito alguma coisa sobre suas pinturas, por que ela não disse nada?

Às dez horas, Emma foi embora.

E foi como se ela nunca tivesse nos visitado.

Minha mãe e eu nos sentamos na sala. Nós ouvimos meu pai no andar de cima. Ele costumava ficar na mesa do quarto deles e trabalhar até tarde da noite. Às vezes, eu precisava conversar a sós com a minha mãe. Essa era uma necessidade que ela criou em mim, algo tão latente quanto a minha necessidade de comer e dormir. A proximidade espiritual que eu sentia com ela era abastecida por essas conversas.

Como sempre, cada um de nós abriu uma garrafa de água mineral e as pusemos na nossa frente em cima da mesa de café.

— Teddy, ela é maravilhosa — disse minha mãe, enquanto ouvíamos os passos do meu pai no andar de cima.

Em seguida, tive uma epifania. Quando ouvi minha mãe elogiar Emma Coelho, o senso comum se manifestou em meio ao meu torpor de paixão. Por um instante, eu pude ver a minha amada de forma objetiva. Como minha mãe a via.

Eu fechei os olhos.

Mas ainda me restava uma sensação de incerteza. Eu percebi que Emma Coelho podia ser vista por um prisma diferente, sob outra luz que não o brilho róseo do amor. Compreendi que a essência da minha paixão era a falta de distanciamento. Esse tipo de egoísmo e devoção aos próprios sentimentos era uma das várias tentações do mal. Sem esse distanciamento, eu me sentia agradavelmente livre de qualquer responsabilidade.

Isso me deixou com medo.

Eu me consolei pensando que, por ter consciência desse perigo, ele se tornaria inofensivo. (Tempos depois, compreendi que essa ideia também foi mais um subterfúgio do mal na tentativa de desvirtuar a minha missão.)

Eu tentei me conter. Quando Emma Coelho chegava de manhã, eu ficava de olhos fechados.

Mas as emoções mais profundas são também as mais difíceis de esconder.

Emma Coelho era como uma droga. Eu não conseguia viver sem aquela mistura de alegria e medo que ela injetava em meu coração.

Um dia, nós fizemos um longo passeio pela praia em Hillevie. Emma veio falar comigo de surpresa.

— Temos uma coisa para comemorar — disse ela.

Ela não disse o que era. A brisa vespertina ganhou força quando entramos no mar. As orelhas dela pendiam sobre suas bochechas. Ela se segurou em mim para não cair. Eu a segurei também. Eu podia sentir o aroma úmido e salgado do mar e da lã molhada de Emma. Em pouco mais de quinze minutos, a chuva da tarde banharia Mollisan Town enquanto nós estávamos aqui, caminhando a salvo em Hillevie, vendo todas aquelas nuvens escuras passando sobre nossas cabeças.

— Teddy, eu dei meu aviso prévio — disse ela.

Ela estava reluzindo de alegria. De alegria.

Eu entrei em pânico. Se ela não estivesse me segurando, eu teria caído com tudo na areia fria da praia.

— Emma Coelho, quer se casar comigo? — perguntei.

Eu já vinha pensando em dizer isso. Mas me contive. Tentei ser ponderado e estratégico. Mas não havia mais tempo para isso. Uma gaivota grasnava no céu sobre o mar.

— Emma Coelho, quer se casar comigo? — eu repeti.

Ela até brincou comigo sobre isso depois. Para Emma, foi a minha necessidade por controle que me fez chegar a esse ponto quando percebi que não a veria mais no trabalho.

Ela estava tão linda naquela praia em Hillevie. Feliz como um filhote por finalmente ter decidido se dedicar às artes.

E eu estraguei o clima com a minha proposta. Por que não fiquei calado?

— Emma Coelho, quer se casar comigo? — eu disse pela terceira vez.

Seu largo sorriso se abriu ainda mais. Com um aceno de cabeça, ela sussurrou:

— Sim, obrigada.

Foi encantador.

Logo em seguida, percebi que eu jamais poderia me casar.

Isso tinha a ver com o meu pai.

Eric e eu crescemos sob uma poderosa figura paterna. Boxer Bloom não serviu de modelo apenas para nós; ele serviu de modelo para muitos. Inúmeras histórias eram contadas sobre ele. E a que eu mais gostava e que mais me tocou de todas elas era sobre orgulho, dignidade e respeito. Sobre a postura de um bicho de pelúcia em seu local de trabalho.

Quando entrei na Wolle & Wolle, a comparação entre mim e meu pai foi inevitável.

Meu pai se formou como professor. Logo após seus estudos, ele começou a trabalhar na escola primária de Amberville, onde acabou ficando. Ele lecionava aulas de química e física e ficou conhecido pelo raro tratamento igualitário que dava a todos os seus pupilos. Ele se tornou um modelo vivo para o sistema de ensino, provando que era possível tratar a todos da mesma forma: gatos e chimpanzés, raposas e texugos.

Sendo assim, foi estranho quando o reitor Coruja chamou meu pai para tratar de um assunto pessoal que transformaria a vida de ambos.

Nessa época, Eric e eu ainda não estávamos na escola, pois éramos novos demais. Certa noite, enquanto corrigia provas em seu escritório, meu pai foi surpreendido por batidas na porta. Ele parou o que estava fazendo e olhou pela janela. Uma tempestade castigava as ruas. Ele gostava de trabalhar até tarde, porque à noite tinha mais sossego. Em seguida, ele pediu que o visitante entrasse. Para o seu espanto, era Bo Coruja quem estava do outro lado da porta.

— Bloom, será que podemos conversar? — disse o reitor Coruja.

É claro que meu pai podia conversar com o venerável reitor. Bo já trabalhava em Amberville quando meu pai ainda era estudante. Meu pai empurrou as provas de lado e se preparou para ouvir. Era a primeira vez que Bo Coruja vinha falar com ele depois do expediente.

— Você dá aula de física para o Nathan, não dá? — perguntou Bo Coruja.

Nathan era o filhote de Bo Coruja, um castor que fora entregue ao reitor e sua esposa quando eles já eram velhos. O filhote deles estava tendo aulas com meu pai no último ano do colégio e enfrentava muitos problemas com física.

Pensativo, meu pai acenou com a cabeça e respondeu:

— Com a sua ajuda, Bo, estou certo de que o Nathan passará na prova.

— Infelizmente, isso não é o bastante, Bloom — suspirou a coruja. — O Nathan quer entrar na academia de artes. Para tanto, ele precisa ter boas notas em todas as matérias, inclusive física. Só "passar" não é o bastante.

— Então ele terá de se esforçar mais — declarou meu pai.

No entanto, meu pai achava praticamente impossível que Castor Nathan tirasse nota máxima em física. Nathan não tinha a mínima noção ou afinidade com a matéria.

— E vamos nos esforçar, sim — garantiu o reitor. — Você pode ter certeza de que eu e o Nathan faremos tudo ao nosso alcance para que ele vá bem.

Meu pai acenou com a cabeça.

— Mas o que realmente me deixaria contente, Bloom — continuou o reitor —, é que *você* fizesse tudo ao seu alcance também.

Meu pai disse que faria o possível. Segundo ele, a maioria dos alunos respondia muito bem às suas aulas.

Mas ele interpretou mal as intenções do reitor. A ideia de dar ao castor uma nota que não correspondesse aos seus esforços era tão absurda que meu pai sequer chegou a cogitá-la.

O reitor Coruja teve de ser bem mais explícito, beirando a vulgaridade. A conversa acabou com Coruja ameaçando abertamente meu pai. Se Nathan Castor não tirasse nota máxima em física, meu pai seria demitido.

Meu pai voltou desolado para casa aquela noite. A princípio, ele não quis contar à minha mãe o que tinha acontecido. Ver um animal que ele admirava há tanto tempo agir dessa forma o deixou profundamente perturbado.

Ele nem sequer pensou em ceder às ameaças.

Por volta da meia-noite, ele se abriu. A reação de minha mãe foi bem pragmática.

— Mas nós não vamos mais poder morar aqui — disse ela.

Minha mãe logo entendeu que meu pai não pretendia atender ao pedido de Coruja. Portanto, ele seria demitido. As parcelas mensais da hipoteca da nossa casa em Amberville ainda eram altas, e a carreira de minha mãe ainda não havia decolado.

— Não, imagine, não tem perigo — disse nosso pai com toda a ingenuidade. — É claro que o reitor Coruja não faria uma coisa dessas.

Meu pai estava convencido de que o reitor se arrependeria.

Meu pai estava convencido de que o reitor ligaria na manhã seguinte para se desculpar. E meu pai explicou à minha mãe que aceitaria as desculpas, afinal, todos nós reagimos de forma impensada às vezes.

Obviamente, Bo Coruja não pediu desculpas.

Muito pelo contrário.

Ao perceber que Boxer Bloom não tinha mesmo a intenção de fazer o que ele queria, Coruja cometeu um grande equívoco. O que o levou a isso? Ninguém sabe. Meu pai acreditava que talvez isso tivesse a ver com um instinto de proteção exagerado, já que Coruja recebeu Nathan muito tarde em sua vida.

Bo Coruja contratou alguns babuínos para ameaçar meu pai.

Os babuínos quebraram as janelas da nossa casa, escreveram palavrões na porta e importunaram os alunos do meu pai. Essa estratégia não funcionou. Meu pai não ficou com medo. Na verdade, isso apenas aprofundou a empatia de meu pai pelo reitor. Por motivos óbvios, isso irritou ainda mais a coruja.

Por fim, os macacos nos ameaçaram.

Eles ameaçaram minha mãe, Eric e eu.

Essa foi a gota d'água para meu pai. A raiva e o medo o fizeram tomar uma decisão insensata. Ele desafiou os babuínos para um duelo. Não sei como foi isso, como ele conseguiu falar com eles, mas foi o que aconteceu. Minha mãe viajou para o campo e nos levou para a casa de nossa avó.

Quando os macacos vieram, eles eram mais de vinte. Eu quase posso vê-los andando lado a lado em duas fileiras pela Rua Hillville. Posso até imaginar a silhueta solitária de meu pai no meio da rua em frente à nossa casa, esperando. Desesperado e furioso. Alto e forte, lá estava ele, observando a aproximação dos macacos.

Quando já restava menos de cem metros entre eles, meu pai gritou:

— Agora chega! Este será o último dia de suas vidas!

Os macacos diminuíram um pouco o ritmo.

Uma sensação de incerteza se espalhou entre eles. Lá estava um cão solitário que parecia ter plena convicção de que poderia derrotar todos eles. Essa cena é uma das memórias mais claras que eu e meu irmão guardamos para o resto da vida. Mesmo que nenhum de nós estivesse lá para presenciá-la.

Os babuínos suspeitaram de uma emboscada.

Eles não conheciam o distrito de Amberville, e um deles pensou que Bloom podia ter mobilizado toda a vizinhança. O rumor se espalhou entre eles. Talvez outros bichos de pelúcia estivessem à espreita em suas casas, esperando um sinal de Boxer. A qualquer momento, todos eles poderiam invadir a rua para ajudá-lo. Afinal, quem seria louco o bastante para desafiar tantos macacos sozinho?

Quando um dos macacos na fileira da frente parou, todos pararam. A incerteza aumentou. Agora já havia menos de cinquenta metros entre meu pai e os babuínos.

Meu pai soltou um grito enfurecido.

— Agora eu vou pegar vocês!

E, com essas palavras, ele avançou correndo contra eles.

Os macacos ficaram estáticos, petrificados. A cena era absurda; eles não conseguiam acreditar. O mais covarde deles se virou e fugiu. Em poucos segundos, meu pai já tinha a vantagem moral. Ele correu ainda mais rápido e gritou a plenos pulmões:

— Agora eu vou pegar vocês!

A realidade superou a imaginação. Um a um, todos começaram a se virar para seguir o primeiro desertor. Meu pai desacelerou o passo de forma imperceptível, apenas para não alcançar os mais corajosos deles.

Ou os mais lentos.

Ele parou assim que chegou ao lugar onde os macacos começaram a fugir. Ele ficou olhando para eles ao longe, sabendo que nunca mais lhe trariam problemas. Os macacos se envergonhariam desse dia. Eles nunca teriam coragem de contar a história como ela realmente aconteceu. O reitor Coruja foi derrotado, e seu filhote receberia a nota que de fato merecesse. Independentemente de qual ela fosse e de quais consequências ela traria.

"Agora eu vou pegar vocês."

Eric e eu transformamos essas palavras em uma lenda, contando a história várias e várias vezes. Nós a contamos tantas vezes que a realidade acabou virando um conto de fadas. Uma história do bem contra o mal. De integridade e honra. De decadência e corrupção.

Alguns dias depois de enfrentar os macacos, meu pai recebeu uma ligação de Jason Cavalo, do Ministério da Cultura.

O cargo do reitor Coruja foi oferecido ao meu pai.

Meu pai aceitou.

E assim foi o epílogo dessa história: o reitor Coruja sumiu e não foi mais visto por muitos anos. Tempos depois, surgiram rumores de que ele estaria trabalhando nos arquivos da universidade de Lanceheim. Seu filhote, Nathan, é motorista de ônibus até hoje.

Em resumo, no outono de minha vida, acredito que é impossível passar incólume pelo mundo. Além das constantes tentações que o mal nos oferece, todos nós em algum momento somos colocados em uma situação na qual fazer o bem simplesmente não é uma alternativa.

A minha escolha foi a seguinte:

Fazer o mal para alguém que eu amava para manter minha integridade. Ou salvar esse animal, mas sendo falso.

Eu não podia me casar com Emma Coelho.

Eu pedi a mão dela em abril. Nós marcamos o casamento para o final de agosto, o que nos daria tempo para os preparativos. O amor que eu sentia por Emma nunca foi tão forte.

O mesmo se aplicava à minha convicção de que esse casamento era uma loucura.

Nossas mães estavam muito felizes com a nossa futura união. Elas começaram a discutir quais músicas seriam cantadas, que animais seriam convidados e quais flores seriam compradas. O arcediago Odenrick foi contatado, a banda, contratada e os vestidos, encomendados. Minha mãe em pessoa cuidaria da comida.

Meu pai foi mais equilibrado e participou apenas esporadicamente do processo. O que foi até melhor, já que Emma Coelho era órfã de pai. Sempre foi difícil para ela falar sobre o pai, então nunca insistimos muito no assunto. Mas eu percebi que ela pensou muito nele durante toda essa fase.

Eu acompanhei as preparações com certo distanciamento.

Eu deveria ter cancelado tudo, mas não consegui.

Isso estava além do meu alcance.

Eu queria amar a minha coelha na saúde e na doença. Eu queria passar o resto da minha vida ao lado dela com todo o amor e verdade deste mundo.

Mas não seria possível.

Nós éramos apenas bichos de pelúcia. Mesmo contra a nossa vontade, acabaríamos nos magoando, brigando, ou talvez até sendo infiéis. Jovens e inexperientes, nós aceitamos esse compromisso por confiar no amor. Mas, por toda a parte, na literatura ou na vida real, uma união para a vida toda só parecia possível por meio da complacência mútua ou de um desinteresse similarmente mútuo entre as partes.

E nenhuma dessas duas opções seria aceitável para um animal que escolheu o caminho do bem.

A ideia de investir nesse casamento sabendo que em cinco, dez ou vinte anos eu poderia acabar traindo as convicções de minha juventude era inconcebível.

Eu deveria ter explicado tudo isso para Emma. Mas ela estava tão empolgada em se casar quanto a própria mãe. Não tive coragem de partir seu coração.

Três semanas antes do casamento, eu tive uma ideia enquanto eu dormia. Ela surgiu com a mesma facilidade com que um carrapato se encalacra nos pelos de um animal. E livrar-se dela seria igualmente difícil.

Três semanas para o casamento. Eu não sabia como explicar à minha mãe que teria de voltar atrás. Emma tinha feito alguns comentários na noite anterior, aos quais não dei muita atenção. Ela disse que estava empolgada para conhecer o meu irmão Eric. Ela me perguntou se ele era mais novo ou mais velho.

Eu a ouvi fazendo a pergunta.

Eu nem pensei mais no assunto.

Mas enquanto eu dormia, a ideia surgiu.

Capítulo 17

A Avenida Oeste vermelho-sangue segue até Hillevie à beira-mar. No ponto onde a civilização começa a rarear e a floresta ganha corpo, as Avenidas Sul e Norte se afunilam em pequenas estradas em meio aos campos que, depois de alguns quilômetros, transformam-se em trilhas por onde ninguém passa há décadas.

Apenas algumas centenas de metros além dos limites da cidade, a Avenida Leste verde-menta leva até um enorme portão de madeira. Em cima desse portão, há uma placa de quatro metros entre dois postes bem altos onde alguém escreveu "lixão" com piche. Esse portão fica aberto desde o começo da chuva da manhã até o fim da chuva da tarde. Quem chega antes ou depois disso é forçado a bater no portão ou apertar a buzina para que alguém o abra. Mas não é muito provável que alguém escute alguma coisa, e os lixeiros que pilotam os caminhões de coleta em geral se atêm ao horário pré-definido.

O lixão era um lugar aterrorizante. O sol nunca brilha entre as montanhas de lixo que um dia já abarrotou as ruas da cidade. Depois do portão, a estrada se dividia em três caminhos. Não havia nenhuma placa para guiar os visitantes, mas quase nunca aparecia alguém no lixão que já não soubesse para onde ir.

Os caminhões que transportavam lixo inflamável pegavam o caminho da direita. Se a carga fosse de sucata de aço ou ferro, era preciso seguir pela esquerda. Em ambos os casos, era preciso atravessar estradas sinuosas até um contorno vários quilômetros mais adiante no depósito. Os lixeiros pisavam fundo para escapar do fedor que piorava cada vez mais conforme eles se embrenhavam no lixão, mas era difícil manter qualquer velocidade em meio às curvas da estrada e havia sempre o risco de uma avalanche entre as montanhas de lixo.

No contorno para dejetos inflamáveis, os lixeiros erguiam a caçamba de seus caminhões para que o lixo escorresse por um gigantesco buraco, onde toneladas de cinzas e fuligem não conseguiam esconder o fato de que aquelas brasas eram alimentadas dia e noite por novos carregamentos de lixo. No contorno para aço e ferro, ficava o Buraco. Essa era a gigantesca fossa sanitária do próprio Magnus, e nunca nenhum lixeiro ficou por lá tempo o bastante para ouvir a sucata batendo no fundo do Buraco depois de esvaziar a caçamba de seu caminhão.

A estrada do meio levava, através de túneis e curvas bizarras, até a parte de cima do lixão e uma favela composta por algumas dezenas de casebres e barracos decrépitos. Lá no alto, com vista para o aterro e a zona leste de Lanceheim, viviam os moradores do lixão. Bichos de pelúcia que sabiam como atravessar as montanhas de lixo sem causar desmoronamentos, que já não sentiam mais o fedor da podridão, que mantinham os incineradores sempre acesos e as estradas utilizáveis e que há muito tempo já tinham se esquecido de como eram as coisas em Mollisan Town.

No centro desse assentamento disfarçado entre o lixo, vivia Rata Ruth, a rainha do lixão. A casa de Rata Ruth era um autêntico templo do lixo, construída com pedaços de madeira, cacos de vidro e jornais compactados. Em cima do telhado, despontava uma árvore de Natal de plástico com quatro metros de altura que ela havia encontrado muitos anos atrás, e pela qual ela agora nutria grande afeição. Centenas de luzes vermelhas, brancas e verdes piscavam dia e noite entre os galhos da árvore.

Os lixeiros que acreditavam ter alguma coisa de valor em suas cargas seguiam pela estrada do meio até o assentamento do lixão. Na praça em frente à casa da rata, havia uma espécie de estacionamento onde eles paravam seus caminhões e esperavam pelo capataz e príncipe não coroado do lixão, uma hiena que atendia pelo nome de Bataille. Era ele quem os recebia, um duro negociador que sabia muito bem que a única alternativa às suas magras ofertas eram os depósitos nas pontas sul e norte do lixão. Ainda assim, todos preferiam falar com Bataille em vez de Ruth. Em geral, a rata dormia durante o dia, e nas poucas ocasiões em que era acordada por engano para receber os lixeiros apavorados, não havia negociação alguma. Caso quisessem sair do lixão com vida, a única coisa a fazer era entregar todos os itens de valor que pretendiam vender e fugir o mais rápido possível. Hiena Bataille encontrava um certo prazer nas negociações em si; Rata Ruth achava mais divertido simplesmente apavorar os lixeiros.

Dois motivos poderiam levar alguém a morar no lixão. Animais que haviam sido expulsos da sociedade, por vontade própria ou dos outros, vinham para cá como um refúgio final. E bichos de pelúcia com defeitos de fábrica que eram jogados fora com outros dejetos e lixo em geral. Esses animais defeituosos que nunca chegaram a entrar na caminhonete verde dos entregadores compunham grande parte da população local. Eram aves desbotadas, roedores sem dentes, bichos de pelúcia sem bigodes, braços, pernas ou rabos, e todos eles trabalhavam para Rata Ruth. Em geral, os tipos que chegavam ao lixão depois de viver na cidade não eram aceitos tão facilmente. Na maioria das vezes, esses animais se viam forçados a viver sozinhos em algum lugar do lixão em volta das fogueiras ou acabavam sendo convencidos a voltar para Mollisan Town.

Ruth era um bicho de pelúcia descartado. Ela estava sem a pata direita e a perna esquerda quando saiu da fábrica. Em vez de ser entregue a algum ansioso casal da Lista de Filhotes, ela foi jogada na caçamba de um caminhão de lixo e despejada no lixão.

Ruth tinha dois traços característicos desde jovem. Um era que ela parecia não sentir falta de sua pata nem da perna. Ela saltitou a vida toda com as pernas que tinha e não era mais rápida ou mais lenta que seus colegas da mesma idade. Outro fato intrigante a respeito da rata era o seu desinteresse por reconhecimento. Ou, para dizer de forma mais direta: ela parecia não dar a mínima para os outros. A jovem Rata Ruth deu as costas para o mundo, e não porque no fundo ela o temia. Ela simplesmente não se importava e ponto final.

Logo, os adultos do lixão começaram a brincar que a falta da perna e da pata de Ruth era o menor de seus defeitos. Sua falta de necessidades sociais era muito pior. Ela seguia sempre seu próprio caminho e, quando estava com alguém, era só por pura coincidência. Ela não era antissocial, mas só agia segundo as suas regras e por conta própria, e, com o tempo e seu jeito de ser, ela ganhou respeito entre todos.

Não foi Ruth quem pediu para ser coroada como rainha do lixão depois da morte do antigo rei. O título, assim como a cerimônia, foi algo criado pelos próprios habitantes do lixão sem que nada fosse autorizado por nenhuma secretaria nem nada. Eles precisavam de um líder que só um sistema hierárquico poderia oferecer. Em um lugar como o lixão, era importante saber a sua posição no mundo. E ter um rei ou uma rainha dava um toque de sofisticação que animava as coisas.

— Eu? — perguntou a confusa Ruth quando eles vieram falar com ela depois de os Choferes terem levado o antigo rei em uma manhã de inverno logo cedo. — Bom, por que não?

E, então, tudo foi decidido.

Rata Ruth tinha apenas vinte e seis anos quando foi coroada rainha do lixão, cargo que lhe rendeu visibilidade entre os lixeiros do mundo lá fora também. Isso a forçou a assumir um papel ativo no dia a dia do lixão, coisa que ela fez com o mesmo tipo de dedicação inexistente que pontuava todas as suas empreitadas. Na casa que os animais defeituosos insistiram em construir para ela, a maior sala de todas foi preparada para a realização de audiências. Eles sabiam que essa rainha não demonstraria grande interesse pelos súditos, e então fizeram um trono para ela. Sentada em uma poltrona rosa velha de estofado florido com remendos de retalhos de jeans e com um descanso de pé que antes já havia sido um aspirador de pó, Ruth passou noites e noites dormindo, tomando cerveja morna e escutando seus capatazes. Eles lhe falaram sobre os deveres dela, que se resumiam ao cotidiano do lixão. Ela havia reduzido o número de capatazes para apenas três — durante o reinado anterior, eles eram oito. Um deles ficava de guarda na estrada para o incinerador, um outro cuidava do Buraco e da estrada que levava até lá, e um terceiro, o mais próximo dela, Hiena Bataille, era responsável por vigiar o portão de madeira e a sinuosa e traiçoeira estrada que levava até a residência da rainha no assentamento do lixão.

O reino que Rata Ruth havia herdado era muito próspero. O Ministério do Meio Ambiente calculou aproximadamente um valor máximo dos aluguéis no lixão para que os animais pudessem se virar, e se virar muito bem, aliás. Os dirigentes do ministério tinham grande respeito pelo trabalho realizado no lixão e sabiam que a cidade poderia entrar em colapso se o lixão fosse fechado. O que eles não sabiam é que o comércio de itens de segunda mão era apenas uma atividade secundária entre os moradores.

Os chefões do submundo da cidade já estavam acostumados com os altos preços cobrados pelo rei do lixão para dar sumiço em certos animais. Ainda assim, eles logo sentiram falta do antigo monarca quando a rainha do lixão estabeleceu as novas regras. Ela concluiu que poderia cobrar o quanto quisesse; o lixão era um dos poucos lugares onde os Choferes não eram temidos. Um animal partido ao meio sempre podia ser costurado de volta em um hospital. Até mesmo uma cabeça decepada poderia receber novo enchimento e ser substituída. Mas qualquer animal com dívidas pendentes nos cassinos, que não respeitasse os chefes dos gângsteres e seus gorilas, só precisava ser lembrado do lixão e seu incinerador para logo entrar na linha.

Rata Ruth não era boba.

Hiena Bataille surgiu do nada. Certa manhã, ele apareceu sentado na carcaça de um Volga na estrada que vai até o Buraco. Suas patas estavam balançando a esmo sob a borda do teto do veículo, e um chapéu de aba estreita preto e sujo cobria sua cabeça. Ele estava fumando um cigarro, vendo o sol nascer, e pareceu não se incomodar com o grupo de animais que em pouco tempo se reuniu em volta dele.

Ele estava tão maltrapilho, e seus pelos, tão desbotados, que ninguém lhe deu especial atenção naquela manhã. Talvez fosse possível notar que ele era um sujeito agressivo — pelo visto, ele havia chegado ao lixão por conta própria — mas ele não parecia estar em condições de entrar em uma briga. Os bichos nem se deram ao trabalho de chamar um capataz, concluindo que poderiam se divertir um pouco com ele.

— Quem é você? — perguntou um galo mais corajoso.

Era um galo azul-celeste de crista branca que estava de olho em um cargo de capataz, o que lhe garantia motivos pessoais para agir com esse tipo de arrogância.

A princípio, a hiena pareceu não ter ouvido a pergunta. Ele ficou lá, imóvel, fumando seu cigarro enquanto os delicados raios de sol acariciavam seus bigodes.

— Quem quer saber? — disse ele por fim.

Sua voz era grave e áspera. Amigável, mas impondo respeito. Ele se virou para o galo, e aquela foi a primeira vez que os animais viram os olhos da hiena. Eles brilhavam como espelhos negros, rejeitando a entrada de qualquer observador.

— Sou eu quem quer saber — respondeu o galo, sem se deixar intimidar pela postura desafiadora que a hiena agora apresentava.

— E quando faço uma pergunta, gosto de ser respondido — rebateu o galo, sem hesitar.

— Sim, faz sentido — murmurou a hiena com sua voz sombria, quase como se estivesse falando sozinho. — Ouvi dizer que vocês por aqui tratam os forasteiros de um jeito especial.

— E você veio para cá mesmo assim? — ironizou o galo.

A hiena deu uma última tragada em seu cigarro e o apagou contra o teto do carro onde estava sentado. Ele franziu as sobrancelhas e seu descontentamento repentino causou desconforto entre todos os animais espalhados em volta do carro.

— Saiam daqui e me deixem em paz — disse ele. — Estou certo de que vamos encontrar alguma forma de conviver quando for conveniente.

— Conviver? — repetiu o galo com uma voz afetada. — Vocês ouviram isso? Ele quer "conviver" e "quando for conveniente". Escute aqui, a única coisa conveniente pra você vai ser...

Mas o galo não conseguiu pensar em nenhuma ofensa convincente porque não tinha muita certeza sobre o significado daquela palavra.

— Deixem-me em paz — repetiu a hiena.

Dessa vez, não foi um pedido e sim uma ordem direta. E por uma fração de segundo — um segundo que poderia ter salvado a sua vida — o galo até pensou em fazer o que aquele forasteiro estava pedindo. Mas, em seguida, o galináceo percebeu que já era tarde demais, que o destino o trouxera até aqui e que o destino sempre sabia o que estava fazendo. Ele se sentiu forçado a prosseguir até o fim. Ele deu um passo à frente e chutou a porta do carro. O som que reverberou pela lataria, um estrondo imponente, o deixou surpreso. A acústica da carcaça vazia daquele carro fez o galo superar seu medo ao ouvir por si mesmo o quanto suas pernas eram fortes.

— Vá embora! — disse ele à hiena. — Já temos bocas demais para alimentar por aqui.

O resto aconteceu em apenas um minuto. Ainda assim, um minuto que seria relembrado por muitos anos.

A hiena saltou de cima do teto do carro enquanto ao mesmo tempo sacava uma garrafa que deveria estar escondida sob seu casaco surrado. O vidro refletiu o sol, e o galo, assim como todos ali, identificou intuitivamente a garrafa como uma arma, algo com que a hiena poderia atacá-lo. Mas foi a outra pata da hiena que disparou como uma bala, enganchando-se no pescoço do galo em um aperto brutal. Em um breve instante, a hiena tirou a tampa da garrafa com os dentes e, assim que o galo abriu o bico para tentar tomar fôlego — o braço em volta de seu pescoço mal o deixava respirar —, a hiena enfiou a garrafa com toda a força na garganta da ave. Todos ficaram embasbacados ao lado dos dois, assistindo ao conteúdo da garrafa escorrer para dentro do galo.

Quantos deles realmente entenderam o que estava acontecendo? Poucos. Talvez alguns. Mas não muitos.

A garrafa ainda levou um tempo até ficar vazia. A julgar pelos espasmos e trancos cada vez mais frenéticos do galo, o líquido que estava descendo por sua garganta devia ter um gosto horrível. Mas, embora o galo estivesse se debatendo para todos os lados, tentando desesperadamente se soltar dos braços da hiena, ele não teve nenhum sucesso. A cena foi até ridícula, já que todo o esforço do galo não parecia sequer incomodar a hiena, que era muito mais forte.

A garrafa levou talvez meio minuto para se esvaziar. Uma eternidade. Quando faltavam apenas mais alguns tragos que o galo pelo visto já não conseguia mais engolir, a hiena jogou a garrafa no chão e, de um bolso em seu casaco, sacou um isqueiro.

Foi só então que todos os animais entenderam.

E, no momento seguinte, quando eles viram a chama amarelo-avermelhada do isqueiro, alguém começou a gritar. Um grito que logo se tornou polifônico. Durante os instantes que se seguiram, enquanto a hiena levava o isqueiro sem misericórdia alguma até o bico do galo, quase todos gritaram. Alguns chegaram a debandar do local.

A hiena havia enchido o galo até o bico de álcool. Quando a chama entrou em contato com os vapores da bebida, o bico do galo se incendiou e, no momento seguinte, uma espécie de explosão interna foi ouvida, mas, a essa altura, todos já haviam desviado seus olhares do animal em chamas e só o forte cheiro de vísceras queimadas passou a ideia daquele martírio.

Assim que a rainha do lixão soube desse incidente, imediatamente pediu para que trouxessem Hiena Bataille até ela e perguntou se ele estaria interessado em ser um de seus faxineiros.

Bataille aceitou sem hesitar e, não muito tempo depois, assumiu seu posto como um dos capatazes do lixão.

Capítulo 18

Cobra Marek serpenteou por um cano até a tampa de uma das várias latas de lixo que ficavam em frente à entrada de Yiala's Arch.

— Agora já chega.

Desse jeito, ele estava quase no mesmo nível de Eric Urso, e os dois trocaram olhares irritados. Já havia escurecido há algumas horas; Tom-Tom e Sam estavam esperando no carro, e não havia mais tempo a perder. Dentro de dois dias, os Choferes viriam buscar Pombo e Teddy. A última coisa que Eric Urso queria era ficar tagarelando nesse beco verde e estreito que fedia a urina.

Ele disse justamente isso.

— Não temos tempo pra papo-furado agora. Posso ouvir as suas reclamações no caminho até lá.

— Nós não vamos até lá. Ainda mais a essa hora da noite.

— Como eu disse, podemos conversar sobre isso no carro.

— O que levou você a querer me envolver em tudo isso? — perguntou Cobra com seus olhos fixos no urso, sem vacilar. — Você se lembra por que achou importante que eu participasse deste trabalho?

Eric pensou em sua resposta. Várias tiradas sarcásticas lhe pareceram tentadoras, mas ele não ganharia nada discutindo.

O verdadeiro motivo era o seu interesse pela inteligência e mente analítica de Cobra. Mas suas lembranças dos talentos de Cobra agora lhe pareciam um tanto exageradas. Qual havia sido a verdadeira contribuição de Cobra Marek até agora além de suas constantes reclamações?

— Você se lembra? — cutucou Cobra. — Você me forçou a vir aqui porque eu percebo coisas que você não compreende. E esta é uma dessas coisas.

Eric ergueu as patas. Ele não sabia mais o que dizer; ele estava sem argumentos.

— Nós não podemos fazer mais nada! — disse ele.

— Nós podemos deixar as coisas como estão — disse Cobra. — E é melhor deixar as coisas como estão.

É claro que Cobra poderia ficar em casa, mas, ao mesmo tempo, Eric percebeu que era exatamente isso o que aquele réptil ardiloso queria. E ele não iria conseguir assim tão fácil. Ninguém gostava de ir até o lixão no meio da noite, muito menos Eric. Mas eles iriam, sim, até lá; todos os quatro teriam de ir. Era uma decisão irracional, mas, para Eric, isso não era algo negociável.

— Nós vamos lá agora — disse Eric com firmeza. — Eu escutei o que você tinha a dizer e espero que agora você escute o que eu estou dizendo.

— Isso é uma estupidez — disse Cobra.

— Não temos outra alternativa.

— E se o camelo mentiu?

— Nem você nem eu acreditamos nisso — disse Eric.

Sam Gazela estava eufórico quando voltou para casa naquele final de tarde. Cobra tinha ido à Springergaast para comprar cigarros, e Tom-Tom e Eric tinham acabado de fazer um bule de café e estavam sentados, lendo os jornais da noite.

— Vocês não vão adivinhar! — disse Sam, batendo os cascos de alegria.

Ele estava esfuziante com suas risadinhas, como pequenas sinetas tilintando pela sala. Eric deixou seu jornal de lado e lançou um olhar intrigado para a saltitante gazela que se sentou à mesa da cozinha.

— O Noah se lembrou de mim — disse Sam com todo o orgulho. — Eu sabia que ele ia se lembrar.

— O Noah se lembrou de você — repetiu Tom-Tom que, já contaminado pela empolgação de Sam, soltou um riso amigável, para o seu próprio espanto. — Mas só Magnus sabe se isso é bom ou ruim.

— Querido, só vou lhe dizer uma coisa: ele abriu a porta — declarou Sam.

— Só não sabemos se ele voltará a abrir da próxima vez — rebateu Tom-Tom.

Sam riu para si mesmo.

— Mas ele vai mesmo se lembrar de você de novo?

— Vai, sim — prometeu Sam. — Tenho certeza que vai.

— Eu nem quero saber como — disse Eric.

— Acho que desta vez, meu querido, você tem razão mesmo — respondeu Sam.

— Eu quero saber — protestou o corvo com desdém.

— Pense melhor, querido — disse Sam.

Eles riram como se tivessem ouvido uma piada. Eric estava impaciente.

— E? — disse ele, levantando-se e indo até a cafeteira para pegar uma xícara de café preto e forte.

— Mil desculpas, querido — disse Sam, tentando se recompor. — Foi mais ou menos assim. O camelo me disse onde pegou a lista.

— Fácil assim? — grasnou Tom-Tom, rindo como uma garotinha.

— Fácil assim — confirmou Sam, lançando um sorriso malicioso para o corvo, o que fez Tom-Tom cair na gargalhada mais uma vez.

— E? — gritou Eric, tentando se fazer ouvir.

— Desculpe — repetiu Sam, recompondo-se. — Noah pegou a lista no lixão. Ele vai até o lixão e pega o envelope com as listas.

— Com a Ruth? — disse Eric.

Sam encolheu os ombros.

— Querido, você já viu alguma coisa sair daquele lixão sem ser pelas mãos da Ruth?

— A Ruth... — Eric repetiu para si mesmo. — Óbvio.

Eric Urso havia se encontrado com Ruth em algumas ocasiões ao longo da vida.

Em uma manhã há pouco mais de vinte anos, Eric e Tom-Tom Corvo receberam a missão de escoltar uma doninha aterrorizada do Cassino Monokowski até o lixão. Ele não tinha a mínima ideia do que estava por trás do acordo entre a doninha e o cassino. Naquela época, Eric estava tomando quase tantos remédios quanto Sam Gazela, e até as coisas que lhe eram explicadas muitas vezes não pareciam fazer muito sentido.

Tom-Tom levou a trêmula doninha até o carro onde Eric estava esperando. Eles se sentaram no banco de trás. Eric seguiu o mais rápido possível até a Estrela, continuou pela Avenida Leste e, sem pisar no freio, chegou ao portão de madeira do lixão em pouco menos de vinte minutos. Lá, ele buzinou três vezes conforme as instruções. A limusine Volga preta do Cassino Monokowski era sempre vista pelas redondezas do lixão — assim como as limusines pretas de alguns outros estabelecimentos —, e os portões logo se abriram. Na trifurcação da estrada logo depois do portão, estava um pato de óculos escuros (muito embora o sol ainda não tivesse nascido), que acenou para que Eric seguisse adiante. Ele pegou a estrada do meio, uma ravina entre as sinistras montanhas de lixo e sucata, estreita e profunda. Eric continuou sempre em frente pela estrada até que, de repente, foi forçado a cravar a pata no freio porque uma rata estava no meio do caminho.

A doninha e o corvo no banco de trás foram jogados para a frente, mas Tom-Tom se levantou rapidamente e soltou um grito apavorado:

— É a Ruth!

Eric sabia quem Ruth era, mesmo sem nunca ter visto a jovem rainha do lixão. Pombo sempre falava sobre ela com respeito e irritação em iguais proporções.

— O que diabos ela está fazendo aqui no meio da estrada? — sussurrou Tom-Tom com um nervosismo que contagiou Eric. — Você quase atropelou a rata.

Essa última frase foi apenas uma declaração arquejante que, em meio ao silêncio dentro do carro, soou mais como uma acusação.

— Jogue esse bicho pra fora — disse Eric.

— O quê?

— Jogue esse bicho pra fora! — repetiu Eric.

Tom-Tom entendeu, abriu a porta de trás e jogou a doninha para fora. Logo em seguida, Eric engatou a ré e começou a voltar. Ele voltou de ré o mais rápido que pôde por mais de um quilômetro antes que a ravina se abrisse em uma passagem larga o bastante para que ele pudesse dar meia-volta, e eles seguiram em silêncio até o portão de madeira que os dois rezaram para não estar fechado quando eles lá chegassem. Mas ele estava aberto e, enquanto voltavam pela Avenida Leste, o sol começou a despontar no horizonte, e eles riram dessa aventura que rendeu vários meses de conversas sobre a manhã em que Eric quase atropelou Rata Ruth.

A segunda vez em que Eric Urso se encontrou com a rainha do lixão havia sido há mais de quinze anos em uma enorme e lustrosa mesa de reuniões, na Sagrada Bastante.

Eric considerava a ligação que antecedeu esse encontro como um dos pontos altos de sua vida, provando que ele não havia apenas se superado nos sentidos gerais, superficiais e materiais, mas sim deixado verdadeiramente a sua marca nos recônditos mais profundos da história contemporânea.

Ele e Emma estavam jantando tarde da noite na cozinha na Rua Uxbridge quando o telefone tocou. Intrigada, Emma encolheu os ombros e balançou a cabeça. Eric se levantou da mesa e atendeu ao telefone no corredor.

— Eric — disse uma voz autoritária —, peço desculpas por estar ligando tão tarde, mas... ah, perdoe-me. Aqui é o arcediago Odenrick.

— Eu reconheci a sua voz, arcediago — disse Eric. — Há quanto tempo!

— É verdade — disse Odenrick. — Ainda assim, tive o privilégio de poder acompanhar sua carreira de longe.

— Bom, nem tudo o que escrevem por aí é verdade — respondeu Eric, com falsa modéstia.

— Não diga isso para a sua mãe — brincou Odenrick. — Ela tem um orgulho insano de você.

— Não se preocupe. Ela só lê e ouve o que ela quer ler e ouvir. A seletividade é um dos maiores talentos dela.

— Acho que você está subestimando sua mãe — respondeu o pinguim Odenrick, com um quê de brincadeira.

— Tenho certeza de que não — disse Eric. — E ao que se deve esta ligação?

Odenrick era um pinguim pragmático, um animal que dava muito valor ao seu tempo, e gostou da abordagem direta de Eric.

— É sobre A Mão Amiga — explicou o arcediago. — Temos uma vaga em aberto no conselho de diretores; a velha Goldman ficou doente, foi no verão passado na verdade, mas ela só foi buscada algumas semanas atrás. Foi muito trágico, é claro, mas, enquanto estávamos reunidos discutindo um possível sucessor, o seu nome foi cogitado.

— Sério mesmo? — disse Eric.

— Pois saiba que fiquei muito orgulhoso — disse Odenrick. — Afinal, nos conhecemos desde que você era filhote.

— Então quer dizer que...

— Nós adoraríamos que você entrasse para o conselho, Eric.

Quando Eric Urso voltou à cozinha, onde Emma Coelho o esperava, era como se suas patas mal tocassem no chão; ele estava voando alguns centímetros acima do piso. Emma só tinha ouvido algumas partes da conversa, então Eric lhe deu a notícia. De todas as associações de auxílio da cidade, nenhuma era mais influente e respeitada do que A Mão Amiga. E o arcediago da cidade presidia seu conselho há mais de cem anos. Só a nata da sociedade era aceita entre os diretores, apenas os bichos de pelúcia mais íntegros eram escolhidos.

— E, agora, eu fui escolhido — disse Eric Urso.

Em geral, Emma Coelho demonstrava um interesse morno pelas conquistas de Eric; ela buscava sua realização em arenas diferentes das de seu marido. Mas o convite para o conselho da Mão Amiga fez com que até ela ficasse impressionada.

A primeira reunião do conselho aconteceu alguns meses após a ligação do arcediago, e foi com grande reverência que Eric atravessou os longos corredores da Sagrada Bastante até a sala do conselho, que possuía uma enorme mesa de carvalho e austeras cadeiras duras de encosto alto.

A primeira coisa que ele viu ao entrar foi Rata Ruth.

Nenhum dos outros animais o surpreendeu, era mais ou menos o que ele já esperava. A prefeita Sara Leoa estava sentada ao lado do arcediago. Mas Ruth? Durante os anos seguintes — o conselho se reunia aproximadamente a cada quatro meses —, Eric percebeu que Ruth tinha raízes tão fortes entre a nata da sociedade quanto o arcediago ou a prefeita. Ela raramente participava das discussões; ficava sozinha durante os intervalos e sempre ia embora antes dos almoços, ou jantares — que eram menos frequentes. Mas, mesmo assim, ela era consultada com o devido respeito sobre todos os assuntos, e ninguém nunca torcia o nariz quando Ruth e suas operações eram discutidas.

Eric presumiu que todos os vários membros do conselho sabiam que Ruth apoiava os chefões do crime da cidade. Ainda assim, ela era aceita ali e podia gozar de todo o glamour social que o conselho oferecia. Eric não era ingênuo, muito menos moralista, mas, entre os diretores da Mão Amiga, havia bons exemplos de ambos os tipos. Quando Eric, em seu devido tempo e com todo o cuidado, tentou discutir a questão de Ruth em separado com certos membros do conselho, as respostas foram evasivas.

Eric percebeu que, graças aos anos de experiência trabalhando entre as sombras, todos os membros do conselho se viram forçados a adquirir um pragmatismo inflexível. Eles reconheciam a importância da coleta do lixo e sabiam que, se Ruth não se encarregasse desse malcheiroso trabalho, alguém seria forçado a fazê-lo. Mas esse era mesmo o único motivo para a rata ser aceita no conselho? Eric tinha suas dúvidas.

E agora, por uma via totalmente inusitada, ele estava chegando a uma das possíveis explicações.

Noah Camelo trabalhava para Rata Ruth.

Rata Ruth não era apenas a rainha do lixo orgânico e industrial da cidade, ela era responsável também pela coleta da vida em si. Era Rata Ruth quem preparava a Lista da Morte. A verdadeira origem do respeito que os estimados membros do conselho nutriam por ela advinha pura e simplesmente do fato de que todos eles morriam de medo dela.

E eles tinham um bom motivo para isso.

A cobra e o urso ficaram parados em silêncio, um de frente para o outro, no beco estreito. Já era tão tarde que estava começando a esfriar. Um cheiro de *spray* de cabelo descia de uma das janelas abertas e, na tampa da lata de lixo onde Cobra subiu, via-se um chiclete rosa mascado que alguém havia grudado ali.

Os dois animais se analisaram.

Cobra sabia que o amor por Emma Coelho era o ponto fraco de Eric Urso. É bem verdade que Cobra nunca sentiu algo sequer próximo do amor, mas ele era um artista: ele já havia concebido romances policiais baseados em crimes passionais, diversos poemas que tinham a luxúria como ponto de partida e centenas de estudos artísticos de animais nus com lápis carvão. No entanto, levar o amor tão a sério quanto Eric Urso era simplesmente ridículo.

— Talvez seja uma boa hora para pôr as coisas em perspectiva — disse Cobra Marek. — Todo esse caso do Pombo é... é claro que havia bons motivos para reunir a velha turma e relembrar onde todos nós chegamos na vida, mas, agora, o mais importante é a nossa segurança. Emma Coelho é especial, mas, com todo o respeito, estou certo de que um urso como você poderia encontrar... outras alternativas... e, acho que da minha parte, posso...

— Já chega! — disse Eric, erguendo a pata, o que fez mesmo com que Cobra se calasse. — Já chega. Nós temos de ir agora. Talvez algum dia a gente possa sentar e discutir tudo isso, só eu e você. Mas não hoje. Não temos tempo. Vamos logo.

Eric esperou com toda a paciência enquanto Cobra Marek desceu a contragosto da lata de lixo e serpenteou até o carro onde a gazela e o corvo já estavam há muito tempo.

CREPÚSCULO, 4

Eles estavam sentados na sala de reuniões e não puderam ver o sol descendo no horizonte. Sim, havia uma fileira de janelas que davam para a rua, mas ele havia fechado as duas pesadas cortinas para que ninguém pudesse ver nada por dentro ou por fora. Ele gostava de deixar a sala escura e sombria, gostava da austeridade; as paredes revestidas de carvalho e as cadeiras de couro sem braços em volta da enorme mesa de reunião criavam uma atmosfera plácida e solene. Sob a mesa, ficava um tapete grande e bege com o lindo emblema. Ele protegia o piso de madeira envernizada de qualquer risco que pudesse ser causado pelos pés das cadeiras. Hoje em dia, ele fazia quase todas as suas reuniões nesta sala, fossem grandes encontros ou, como nesta noite, uma simples conversa a sós com uma velha amiga. Receber outros animais em seu próprio escritório lhe parecia algo íntimo demais. Nem sempre foi assim, mas agora era. Seu pequeno e abarrotado escritório era sua ponte de comando secreta, lugar ao qual ele não ousava levar ninguém que pudesse, por algum descuido, deparar-se com... com qualquer coisa que não deveria ser vista por ninguém a não ser ele mesmo.

Ele ficou de costas para a mesa de reunião onde Rata Ruth estava sentada na ponta oposta. Ele serviu água mineral em dois copos. A bancada lateral tinha duas geladeiras bem grandes. Os copos de cristal na prateleira acima estavam sempre impecáveis. É nos pequenos detalhes que a preguiça se revela mais facilmente e onde mora a arrogância; ele exigia que todos os copos, pratos e talheres na bancada lateral fossem lavados todos os dias. Não por ele, mas por consideração aos seus convidados.

Mas, para Rata Ruth, isso pouco importava.

Mesmo com ela sentada a cinco metros de distância, ele podia sentir o fedor das roupas dela. Bom, ele esperava que fosse das roupas pelo menos. Os pelos ásperos da rata estavam cobertos por uma camada de imundice — ele não encontrou outra palavra para isso —, e o nariz da roedora era torto, coisa que realmente o irritava. Por que ela não podia endireitá-lo para acabar com isso de uma vez? Mas, levando em conta o grau das mutilações que a acompanhavam desde a fábrica, um nariz alguns milímetros torto certamente não era algo que causasse grandes preocupações à rata.

— O que você quer? — perguntou Ruth em um tom agressivo que não o surpreendeu.

Ele encheu os dois copos com toda a calma, virou-se e os levou até a rata. Ele se sentou o mais longe possível dela, tomando cuidado para não parecer descortês, e lançou um sorriso indulgente para a roedora.

— Precisamos ter uma conversa séria — respondeu ele por fim. — Às vezes, isso é necessário.

A rata deu de ombros.

— Você está confortável, não está? — perguntou ele.

Ela deu de ombros mais uma vez, mas balançou a cabeça ao mesmo tempo, como se para dizer que não estava entendendo aonde ele queria chegar com tudo isso.

— Eu sei que você está confortável — continuou ele, em grande parte para si mesmo —, porque você ainda está aqui.

A rata analisou o copo com água mineral sobre a mesa diante dela. Seus olhos pequenos e observadores eram insondáveis. Ele nunca conseguiria entender o que estava se passando na cabeça dela naquele momento.

— E fico contente em ter você aqui — disse ele. — Isso me passa segurança. Confiança. O egoísmo é uma motivação previsível. E não tenho tempo para esse tipo de dúvida.

— Hmm — respondeu Ruth.

Ele a encarou demoradamente. Ela não se deixaria intimidar.

— Fico contente em ter você aqui — repetiu ele — porque você é confiável.

Ele estava frustrado com a indiferença da rata. Ele sentiu um desejo repentino de colocá-la em seu devido lugar, fazê-la reagir, mostrar a ela quem estava no comando. Mas, ao mesmo tempo, percebeu que esse desejo era idiota, apenas a expressão de uma fraqueza indigna de sua posição. Ele se levantou da mesa, sentindo a necessidade de liberar um pouco de energia, e passou a andar de um lado para o outro em frente à parede. A rata não se virou, embora ele estivesse andando atrás dela. Ele não soube dizer se isso era um sinal de imprudência ou autoconfiança.

— Você já conhece o Eric Urso, não? — perguntou ele, retoricamente.

— Não... — disse ela.

— Deve conhecer sim — rebateu ele, irritado, parando a uma curta distância dela para poder fulminá-la com os olhos. — Ele é aquele urso que faz parte da Mão Amiga.

— Não me lembro de nenhum urso — respondeu ela.

— Mas como assim...? — continuou ele. — Você é lerda da cabeça ou o quê? Ele é membro do conselho há vários anos. Ele se senta três cadeiras à direita de você.

Ela deu de ombros.

— Às vezes, eu nem sei mais por que você faz parte daquele conselho...

— Nem eu — rebateu Ruth.

— Você está lá porque eu quero! — gritou ele.

— Sim, é isso mesmo — disse Ruth.

Ela estava sendo irônica? De repente, essa dúvida veio à sua cabeça. Ele respirou fundo algumas vezes e se acalmou. Voltou a se sentar em uma cadeira ao lado dela.

— Eric Urso irá falar com você — disse ele em um tom de voz normal. — Amanhã ou talvez depois de amanhã, ou depois ainda. Eu não tenho certeza. Mas ele vai procurar você com certeza, e não deve demorar.

— E?

— Não sei que tipo de plano ele acha que tem ou com o que ele pretende ameaçar você...

— Ele está pensando em me ameaçar?

Pela primeira vez durante a conversa, a voz da rata demonstrou alguma emoção. Ela parecia surpresa.

— Isso eu não sei — ele interrompeu. — Não sei o que ele vai fazer, mas sei o que ele vai perguntar. Ele vai querer saber sobre a Lista da Morte.

A rata olhou direto nos olhos dele. Não havia nada nas pupilas da roedora além da mais pura escuridão.

— E? — disse ela.

— E, a despeito do que ele tenha a dizer, a despeito do que ele fale ou ameace fazer, a despeito do que ele queira ou exija, sei que você vai cuidar isso.

— E?

— Sim, e caso ele consiga chegar até você — disse ele —, o que por si só já não é algo garantido, escute-o e depois o mande embora. Com toda a gentileza e cortesia. Você e eu sabemos muito bem que a Lista da Morte não existe.

A rata continuou em silêncio.

— A Lista da Morte não existe — repetiu ele.

Ele ficou encarando Ruth por algum tempo. Mas logo se cansou. Ruth apenas cumpriria suas ordens como sempre.

— Você já pode ir — disse ele.

Houve um breve momento de hesitação, mas, depois, ela se levantou da cadeira e o deixou sozinho na sala de reunião.

Capítulo 19

Eric Urso dirigia em silêncio pela avenida verde-menta.

Cobra Marek estava no banco do passageiro, sem dizer muita coisa também. Contrariando a regra, nesta noite em especial, o falatório do réptil seria até bem-vindo entre seus colegas, mas o orgulho de Cobra estava ferido, e ele decidiu puni-los com seu silêncio. Ele estava lá, rígido como uma vareta, olhando para o tapete de borracha sujo de barro seco e esfarelado. Perdido em seus pensamentos, ele tentou criar um verso iâmbico tendo como ponto de partida os padrões do barro no tapete.

Isso não deu muito certo.

Tom-Tom estava sentado atrás de Eric. O corvo pensou no quanto se sentia seguro ali no carro, vendo a cidade passar pela janela; muito mais seguro do que se estivesse sentado em qualquer um dos prédios, vendo os carros passarem.

Sam estava ouvindo as batidas em seu peito. Desde ontem pela manhã, o coração dele vinha batendo em dobro: tum, tum, tu-dum. Ele tomou um punhado inteiro dos comprimidos rosa que supostamente eram bons para o coração, mas, a não ser por um forte cansaço, ele não sentiu nenhum efeito. Mesmo sem nunca haver falado com Rata Ruth, Sam já a havia visto diversas vezes. Ela lhe dava arrepios, ela era um mau presságio ambulante. Ir até o lixão no meio da noite, enquanto a rata estava acordada, era uma ideia muito ruim.

— Tu-dum, tu-dum — disse seu coração.

O plano de Eric era tão simples que mal merecia ser chamado de plano.

A ideia dele era sair da Avenida Leste algumas esquinas antes do lixão e seguir pela estrada na periferia de Lanceheim até os limites da cidade. O portão de madeira, a entrada principal do lixão, era vigiado à noite. Por outro lado, Ruth e seus capatazes não se preocupavam com ladrões que pudessem chegar a pé; ninguém nunca conseguiria escalar as montanhas de lixo à noite. Claro, até havia uma cerca em volta de toda aquela área, mas só porque os animais de Lanceheim exigiram uma divisão mais clara entre eles e o lixão. Em vários pontos, a cerca já havia sido derrubada e nunca mais foi erguida.

Eles iriam estacionar em uma das esquinas ao norte do portão de madeira. Encontrar um buraco na cerca e entrar. Seguir em uma manobra evasiva rumo ao nordeste e só então continuar pelo sul, pegando a estrada do meio. Depois disso, eles subiriam pela estrada até a Cidade do Lixo onde ficava a casa de Rata Ruth. Eric não tinha a ilusão de que seria possível chegar até a casa da rata sem ser avistado. Mas, se eles chegassem perto o bastante, com certeza poderiam conseguir uma reunião com a rainha. E então, com uma conversa franca, olho no olho, Eric Urso — esse ingênuo urso publicitário — estava certo de que o diálogo seria possível. De que ele poderia convencê-la a tirar os nomes de Teddy e Pombo da lista.

Mas ele ainda não havia pensado em como fazer isso.

Ele mesmo sabia como seu plano soaria. Como pura idiotice. Assim sendo, ele não se deu ao trabalho de compartilhar suas ideias com Sam, Tom-Tom ou Cobra.

Os bairros ao nordeste de Lanceheim eram compostos em maior parte por casas de família com jardins pequenos e mal-cuidados. Nas vastas colinas que mais ao leste se transformavam em uma esparsa floresta de pinheiros, espalhavam-se casas térreas velhas e de pintura descascada. Era comum ver carros batidos, bicicletas enferrujadas e misteriosos sacos pretos de lixo nos jardins. É o tipo de lugar para morar enquanto se procura algo melhor.

Sob o brilho dos postes de luz, Eric Urso seguiu lentamente noite adentro. Ele estava procurando um bom lugar para estacionar e não queria atrair muita atenção. Por fim, ele encontrou uma vaga na frente de dois prédios de apartamentos estranhamente construídos no meio de um pequeno desfiladeiro, e estacionou ao lado de um Volga GTI vermelho.

— A partir daqui, nós vamos a pé — avisou ele.

Eric desligou o motor antes que alguém pudesse comentar essa surpreendente declaração.

— A pé? — disparou Cobra por fim, mas Eric já havia descido do carro.

— A pé?! — repetiu Cobra, agora virado para o banco de trás. — Ele só pode estar brincando!

— Ele não está brincando — respondeu Sam laconicamente.

— Vai ser bom respirar um pouco de ar fresco, droga — disse Tom-Tom, empolgado.

O corvo desceu também, juntando-se a Eric na rua.

— Você sabe que isso é uma estupidez — disse Cobra para Sam.

Eles estavam sozinhos no carro.

— Claro, meu velho. Em comparação ao seu estilo de vida normal e saudável... — respondeu Sam.

— Passear pelo lixão no meio da noite pode trazer um fim prematuro às nossas vidas normais e saudáveis — redarguiu Cobra. — Se você estiver cansado da sua vida...

— Tudo na vida é bom, menos o que é ruim — disse Sam, enquanto também descia do carro.

Eric, Sam e Tom-Tom começaram a andar rumo ao leste. Eles ouviram a porta do carro sendo aberta e depois fechada de novo e, logo em seguida, os quatro estavam indo juntos até o lixão sob o mesmo silêncio que até há pouco reinava dentro do carro.

Hiena Bataille os avistou de longe.

Os animais do lixão tinham vários postos de observação. Mas não eram torres comuns. Muito pelo contrário. De longe, era quase impossível notar que havia alguma coisa de diferente nessas pilhas de sucata que despontavam aqui e ali, alguns metros acima do resto daquele bizarro panorama de lixo.

Como em várias outras noites, Bataille estava profundamente envolvido em uma conversa com Louise, uma *terrier* mal-humorada marrom-clara com olhos deformados, sobre uma espécie de conceito com o qual eles nunca concordavam. Há muitos meses, eles vinham discutindo a relação entre os instintos inatos e os desejos inatos, mesmo que sem muita dedicação. Eles estavam sentados em espreguiçadeiras remendadas com retalhos de lona preta. Ao longe, estendiam-se as ruas abandonadas de Lanceheim e, para Bataille e Louise, os quatro bichos de pelúcia que se aproximavam das montanhas de lixo eram tão evidentes quanto uma armada inteira em mar aberto. Mas muito menos ameaçadores, claro. Bataille nem sequer parou de falar.

— Será que eles estão vindo pra cá? — perguntou a *terrier* quando a hiena fez uma pausa.

— Eles quem? — perguntou Bataille.

Louise acenou na direção de Lanceheim.

— Você reconhece algum deles?

— Não a essa distância — respondeu a cachorra, balançando a cabeça.

— Certo — disse Bataille. — Mas isso não importa muito, não é?

Louise deu uma risadinha.

— Esse é o seu plano?— perguntou Cobra.

Como ninguém respondeu, ele continuou com um tom de voz forçado e cheio de indignação.

— Nós vamos atravessar o lixão, encontrar a rata e convencê-la a mudar a lista? Esse é o plano?

Tom-Tom bufou.

— Droga, não seja ridículo, Marek — disse o corvo. — Está mais do que óbvio que esse é o plano do Eric.

— Por favor, Eric — disparou Cobra com ironia —, explique para a gente qual é o seu plano. Quero ouvir.

Eric Urso estava andando alguns metros na frente dos outros e, por fim, encontrou uma abertura na cerca. O buraco ficava mais ao norte do que ele supunha, mas estava lá. Eric acenou com a cabeça.

— Vamos entrar por aqui — disse ele, apontando.

Sam apressou o passo e se aproximou do urso.

— Você tem certeza disso tudo? — sussurrou a gazela.

Eric fingiu não ter ouvido nada e não respondeu; ele já estava dentro do lixão. Ele escalou com todo o cuidado uma montanha de lixo onde era preciso ficar de olho para não pisar em alguma coisa que pudesse se desprender e deslizar. As luzes de Lanceheim não iluminavam muito mais do que alguns metros daquela área, e a lua passou a servir como única guia enquanto eles escalavam lenta e cautelosamente uma outra montanha de lixo. Sempre que alguém pisava e derrubava alguma coisa, todos os quatro ficavam estáticos até o som se dissipar. Só depois que o silêncio voltava a reinar, eles retomavam a escalada. Todos eles já tinham ouvido histórias sobre o que acontecia com os animais que tentavam entrar no lixão sem serem convidados.

Eles foram subindo mais e mais e, depois de meia hora, quando chegaram ao topo da montanha e olharam para os sinistros contornos do lixão que parecia se estender até o infinito sob o luar, os quatro estavam totalmente sem fôlego.

Sem dizer uma palavra sequer, Eric apontou para uma direção e eles começaram a caminhar rumo ao sul. Eric percebeu que seria forçado a descer até a estrada da esquerda e escalar uma outra montanha de lixo antes de chegar à estrada do meio que levava até a Cidade do Lixo. A julgar pela escalada que eles haviam acabado de fazer, esse trajeto levaria pelo menos algumas horas. Mas a noite ainda seria longa e não havia outra opção. O desespero acumulado ao longo do dia em seu coração agora eclodia em uma violenta explosão, e seus passos sobre aquele lugar traiçoeiro eram cada vez mais pesados.

— Nós estamos marchando direto para uma armadilha — sussurrou Cobra para Sam, que estava andando ao lado dele. — E você sabe muito bem disso.

Sam não respondeu.

— O que eles estão fazendo? — perguntou Louise.

Ela estava em cima de um banquinho ao lado de Hiena Bataille, o que lhe permitia sussurrar direto no ouvido da hiena. Bataille deu de ombros e balançou a cabeça enquanto abaixava lentamente o telescópio pelo qual estava olhando.

— Estão indo para o sul — disse ele —, em direção à estrada da esquerda.

— Não é melhor a gente dar um jeito neles? — perguntou Louise.

— Pode apostar que sim — respondeu Bataille.

— Quem são eles? — indagou Louise.

— Três estranhos e um animal que eu odeio mais do que qualquer outro neste mundo — respondeu Bataille.

Essa resposta surpreendente deixou Louise Terrier desconfortável. Bataille de mau humor era um perigo para todos.

Quando os quatro bichos de pelúcia chegaram ao topo do precipício que descia até a estrada da esquerda, eles já estavam no lixão há quase uma hora. Eles continuavam em silêncio, e a apreensão crescia a cada passo junto com o cansaço. O lixão estava deserto e tranquilo, o que os acalmou até certo ponto, mas, às vezes, toda essa placidez chegava a ser estranha. Em um dado momento, Sam achou ter visto alguma coisa se movendo ao longe, mas guardou essa observação para si mesmo, temendo que Cobra tentasse usar isso contra Eric.

Até Cobra já parecia não ter mais o que falar.

— Vamos descer aqui — sussurrou Eric, apontando para a estrada.

Os outros acenaram com a cabeça. Era bom ver que Eric aparentemente sabia para onde ir e o que fazer. Com todo o cuidado, eles começaram a descer até a estrada da esquerda. Tudo era mais fácil agora, não só porque a essa altura eles já estavam mais acostumados a se equilibrarem sobre os traiçoeiros amontoados de lixo, mas também por se tratar de uma descida.

Assim que chegaram à estrada, eles descobriram que o penhasco que despontava do outro lado dela era muito mais íngreme; uma muralha vertical se erguia diante deles.

— Vamos tentar andar um pouco — sussurrou Eric para Tom-Tom, que estava mais perto dele enquanto acenava para o leste, na direção do lixão.

Os quatro começaram a caminhar, contentes por estarem de volta a um terreno mais sólido. O luar que os guiou montanha acima não chegava ao estreito vale por onde a estrada da esquerda passava, e eles se viram forçados a andar ainda mais devagar. Depois de algumas centenas de metros, o penhasco na ponta norte do lixão parecia cada vez mais alto, e eles agora estavam cercados por enormes muralhas escarpadas de lixo pelos dois lados. Aqui e ali, entre a escuridão, despontavam alguns dejetos dos quais eles tentavam desviar.

E, então, eles ouviram uma voz.

Fraca e distante, mas muito clara. Os quatro bichos de pelúcia ficaram estáticos. Em seguida, o estardalhaço eclodiu.

O som que de súbito rompeu violentamente o silêncio fez a terra tremer sob eles. Tom-Tom caiu de joelhos, cobrindo a cabeça com as asas. Sam correu para fora da estrada e se prensou de costas contra a muralha de lixo enquanto olhava para o lugar de onde o barulho viera. Cobra serpenteou o mais rápido que pôde na outra direção, para longe do estouro, e continuou seguindo em frente. Eric ficou totalmente imóvel, tentando entender o que estava acontecendo.

E, mesmo presenciando aquilo com os próprios olhos, foi muito difícil para ele acreditar no que viu. Uma enxurrada torrencial de lixo estava desmoronando pela face sul da montanha. Metal e madeira, plástico e reboco, objetos retorcidos e coisas que ele sequer conseguia identificar, tudo misturado em um único caldo que descia pela montanha e rapidamente começava a encher a estrada atrás deles. Ele se virou assim que entendeu o que estava para acontecer. Na frente deles, uma avalanche similar composta de lama e quinquilharias vinha avançando pela estrada. Era uma armadilha. Tudo aconteceu tão rápido que nem Cobra teve tempo de escapar.

E, então, restou apenas o silêncio.

Eric conseguia ouvir a própria respiração, rápida como corredeiras agitadas atravessando um cenário deserto, mas, fora isso, nada mais. Cobra estava uns dez metros mais adiante, Tom-Tom continuava ao lado do urso e Sam estava alguns metros à direita.

— Agora? — disse uma voz bem distinta em algum lugar em meio à noite.

Instintivamente, os quatro colegas se viraram. O silêncio era absoluto. Em seguida, o som de várias patas e garras correndo irrompeu na ponta sul da ravina. Eric se virou para trás e olhou para o alto.

— Não queremos fazer mal a ninguém! — gritou o urso.

Ele tentou avistar algum dos animais que tinha acabado de ouvir, mas as paredes da montanha eram altas e íngremes demais.

— Tem alguém aí? — gritou ele.

Agora, a impressão era de que havia bichos de pelúcia correndo por toda a parte lá no alto. Cobra e Sam já estavam perto de Eric e Tom-Tom no meio da estrada, e todos eles estavam juntos, olhando para o céu escuro onde as estrelas brilhavam.

— Tem alguém aí? — gritou Eric de novo. — Nós viemos para falar com a sua rainha!

As palavras do urso não tiveram resposta. Correndo pelos lados da ravina, os bichos de pelúcia lá no alto nem ouviram nada, ainda indo de um lado para o outro, assumindo suas posições. Para quê?

— Tem alguém aí? — gritou Eric pela terceira vez. — Eu sou Eric Urso. Estou aqui para falar com Rata Ruth.

Lentamente, o silêncio se instaurou na ravina. Sam Gazela estava bem perto de Eric e sussurrou algo no ouvido do urso.

— Este é o nosso fim mesmo, não é? Nós vamos morrer?

Eric não respondeu. Ele não sabia a resposta.

Capítulo 20

Eric foi içado do fundo da ravina.

Lá do alto, uma cadeira começou a descer em câmera lenta. Foi uma experiência quase absurda; nenhum deles conseguia ver o braço do guindaste ou seus cabos, apenas uma enorme poltrona que descia vagarosamente do céu negro-acinzentado em meio à noite. Todos eles a avistaram mais ou menos ao mesmo tempo. Sem fazer nenhum som, ela pousou a alguns metros dos quatro.

— Sente aí, urso — disse uma voz áspera que ecoou pelo fundo da ravina.

Eric olhou para cada um de seus amigos e todos acenaram com a cabeça. Eles confiavam nele. Até Cobra parecia mais otimista.

— Você vai conseguir — disse Tom-Tom, dando um tapinha no ombro de Eric. — Claro que vai, droga!

Sam concordou com um aceno, e Eric caminhou até a poltrona e se sentou. Logo em seguida, a cadeira começou a ser içada, e Eric Urso, apreensivo e agarrado aos braços do móvel, desapareceu noite adentro.

Seus três colegas ainda na estrada da esquerda puderam ouvir o tumulto que irrompeu assim que a poltrona finalmente chegou até aqueles que a aguardavam lá no alto. A cobra, o corvo e a gazela ficaram completamente estáticos, apenas ouvindo a algazarra dos animais do lixão enquanto iam embora levando Eric. Pouco depois, o silêncio voltou a reinar.

Um silêncio desconfortável.

Sam olhou para Cobra, que estava balançando lentamente a ponta verde de seu rabo para a frente e para trás.

— Eu nem vou dizer nada — disse ele. — Eu nem vou dizer nada.

Sam pegou um punhado de comprimidos azul-claros do bolso de sua calça e os ofereceu gentilmente aos amigos. A cobra e o corvo recusaram, um com desdém e o outro com cortesia e educação e, em seguida, a gazela — não sem certa dificuldade — engoliu sozinha todas as cápsulas.

Os animais levaram Eric na poltrona até a Cidade do Lixo. O plano do urso era tentar memorizar o caminho para poder voltar sozinho depois, o que exigia grande concentração. Eles o levaram por túneis e passaram sobre uma ponte. Era como se eles estivessem andando em círculos entre as montanhas de lixo em um mundo escuro que fedia à podridão e onde ele não conseguia identificar nada do que via.

Quatro bichos de pelúcia carregavam a poltrona sobre os ombros. Eric sentiu o forte cheiro deles e pressupôs que eram cavalos de vários tipos, ou talvez dromedários ou até burros. Em volta deles, uma dúzia de figuras se movia entre as sombras da noite e, depois de alguns minutos, Eric identificou Hiena Bataille como o líder daquele grupo. Ele já havia ouvido falar de Bataille. Até então, o urso vinha conseguindo manter certa compostura, mas, agora, uma angústia muito mais forte o dominou. Ele abandonou sua esperança de memorizar as várias curvas à direita e à esquerda e apenas fechou os olhos. Imagens de Teddy e Emma invadiram sua mente. Mas, por mais que ele tentasse e tentasse impedir, seus pensamentos voltavam insistentemente a se concentrar em Bataille. Será que tudo o que ele ouvira a seu respeito era mesmo verdade?

Uns quinze minutos depois, os sons em volta dele foram ficando mais e mais altos. Eric abriu os olhos e percebeu que estava se aproximando da Cidade do Lixo da qual ele tanto ouvia falar, mas nunca havia conhecido. Sob o luar — certamente ainda faltava coisa de meia hora para que a lua cheia voltasse a ficar minguante — surgiram os contornos de barracos feitos de lixo. As paredes e telhados tinham inclinações em ângulos bizarros, ou então pareciam estar prestes a afundar entre o solo argiloso de lixo. Mas Eric percebeu que, quanto mais ele avançava pelo território, mais altas eram as montanhas à sua volta.

Ao ver a casa de Rata Ruth, Eric percebeu que eles haviam chegado ao centro da Cidade do Lixo. A residência real era composta por uma massa de barracos inclinados em vários ângulos que se interligavam uns aos outros por uma rede de galerias que lembravam jardins de inverno. Cacos de vidro de várias cores revestiam esses corredores em um mosaico que reluzia com esplendor sob o luar.

Os animais que trouxeram Eric na poltrona entregaram o urso a dois morcegos que o levaram pelos corredores multicoloridos. Era uma visão caleidoscópica; o alto virava o baixo e o baixo virava o alto e, por várias vezes, Eric tropeçou sem querer pelo caminho. O lugar fedia a esterco e ansiedade. Por sorte, a hiena havia ficado do lado de fora, e a agitada multidão de animais que recebera Eric no pátio em frente à residência — que o lembrou das turbas enfurecidas sobre as quais ele leu nos livros de história muitos anos atrás — já estava totalmente em silêncio.

Eles atravessaram construções que pareciam vazias e relegadas ao esquecimento. Entre os corredores de vidro, Eric era cegado pela luz, mas entre as trevas dos barracos, o urso mal conseguia ver onde estava pondo as patas. O piso era irregular e, às vezes, seus passos pareciam esmagar alguma coisa. Enquanto passavam, Eric pensou ter ouvido alguns sussurros aqui e ali, murmúrios de bichos de pelúcia escondidos em meio à densa escuridão, mas já acostumados às trevas, o que lhes permitia ver o urso sem que ele os visse.

Foi só quando eles chegaram ao saguão da rainha que Eric conseguiu identificar os contornos à sua volta. Ele foi levado através de uma abertura na parede oposta. Bem na frente dele, do outro lado da sala, estava o trono de Ruth. Ele percebeu uma grande agitação assim que chegou, e viu de relance vários rabos e patas traseiras saindo às pressas pelas portas do outro lado da sala.

Ruth estava jogada em seu trono com um ar entediado e mal ergueu os olhos para ver os recém-chegados. Eric, que já estava acostumado a encontrá-la nas reuniões da Mão Amiga, ficou chocado ao perceber o quão confortável ela parecia estar. Mesmo sendo aquela rata suspeita que, por conta de sua mera presença, causava estranheza entre todos os membros em volta da mesa de reunião, aqui ela estava em seu lugar certo. Rata Ruth exalava uma aura de poder que Eric nunca chegou a imaginar, e tinha uma espécie de benevolência passiva — impressão essa que ele teve assim que chegou ao saguão e foi reforçada ao longo de sua conversa com ela — que o pegou totalmente de surpresa. Ainda assim, ela era ninguém menos do que a rainha do lixo.

— Ruth — disse ele —, peço desculpas por...

Ele não soube muito bem como continuar.

Espantada ao ver alguém falando diretamente com ela, a rata estreitou os olhos. Ao reconhecer Eric, Ruth ficou surpresa e fez um sinal, pedindo que seus morcegos dessem um passo ao lado para que o urso não ficasse prensado entre eles.

— Eric Urso?

Ele acenou com a cabeça.

— Peço desculpas por aparecer aqui assim, no meio da noite — disse ele —, mas preciso tratar de um assunto com você. E não posso esperar.

Mais do que tudo, isso pareceu divertir a rata. Ela se endireitou no trono, fazendo um sinal para que Eric se aproximasse enquanto ela se inclinava um pouco para a frente, como alguém faria para falar com um filhotinho. Eric deu alguns passos adiante, e os morcegos o seguiram. O urso fez o máximo para fingir não ter reparado nisso.

— É sobre uma... — disse ele, olhando à sua volta mais uma vez, analisando a escuridão que se estendia ao longo das paredes do saguão. — É sobre uma lista.

A rata tinha um ar de desinteresse.

— Uma lista? — repetiu ela.

— Uma lista — confirmou Eric.

Mas ao perceber que ela não tinha a mínima ideia do que ele estava falando, Eric tentou ser mais claro com um sussurro:

— A Lista da Morte.

Os olhos da rata se estreitaram. Ela se inclinou para trás, como se o filhotinho que ela via naquele urso fosse ainda mais ingênuo do que ela imaginara.

— Deixem-nos a sós — ordenou ela.

Ambos os morcegos se viraram e desapareceram antes que Eric tivesse tempo de reagir. A julgar por toda a comoção que irrompeu entre sombras em volta das paredes, o lugar devia estar cheio de outros animais. Quando o silêncio voltou, Ruth olhou para ele com um ar autoritário enquanto erguia uma sobrancelha.

— E então? — disse ela, mas sem deixar que seus pequenos olhos baços e negros confirmassem ou negassem absolutamente nada.

E lá estava ele, sozinho e indefeso, no ponto mais profundo de toda a Cidade do Lixo. Sentada em seu trono, a rata transparecia um poder avassalador, mas, ainda assim, Eric não sentiu medo algum. Continuou tenso, sem saber se tudo isso não era uma estratégia dela para criar uma falsa sensação de segurança.

— Eu sei que você prepara a Lista da Morte — disse Eric.

— Como é?

Essas palavras saíram com uma indiferença que fez Eric tremer.

— Eu fiquei sabendo que é você quem está por trás da Lista da Morte — repetiu ele.

Ruth continuou encarando o urso e então explodiu de repente em uma forte gargalhada. Na verdade, foi mais como uma rápida sucessão de bufos sem uma gota sequer de alegria, mas, ainda assim, uma gargalhada.

— Essa é a coisa mais idiota que eu já ouvi! — bufou a rainha. — Por que Magnus deixaria alguém como eu decidir sobre a vida e a morte?

— Não é bem essa a impressão que você passa — disse Eric, esperando que seu tom de voz fosse convincente o bastante. — Eu só sei do que eu sei.

— Bobagem! — bufou a rata.

— Noah Camelo — disse Eric.

— Quem? — rebateu a rata, endireitando-se no trono.

— O seu emissário andou abrindo a boca. E você nem precisa se dar ao trabalho de castigá-lo, ele já recebeu o que merecia.

— Nunca ouvi falar de nenhum camelo — disse a rata, mas agora com um toque inédito de hesitação em sua voz.

— Bom, é o seguinte... — disse Eric Urso.

E então ele lhe contou a história toda. Falou sobre Emma e a paixão que ele sentiu durante seus primeiros anos de namoro, sentimento esse que o enchia de empolgação e o fazia tremer de ciúme. Eric Urso disse a Rata Ruth que o amor deixava seu coração mais pesado do que uma âncora com tristeza e melancolia, mas que, ao mesmo tempo, também o fazia se sentir mais leve do que um balão de hélio. Explicou que essa paixão cresceu e se transformou em um amor altruísta e então no imenso amor abnegado que o fez se sentir corajoso, invencível e lindo. Por fim, falou sobre como esse amor tão profundo o permitia enfrentar todas as dificuldades e provações, apenas deixando-o cego para todas elas. Como ele poderia se sentir atraído por qualquer outra fêmea quando nem sequer via mais ninguém, com sua alma transbordando de carinho por sua tão amada Emma Coelho?

Em seguida, Eric falou sobre seu irmão gêmeo Teddy e sobre a vida que Teddy vinha levando, que poderia muito bem ter sido o seu próprio destino. E vice-versa. E sobre como a proximidade e a ternura que tanto lhe magoavam foram ficando cada vez mais intoleráveis desde os seus anos de adolescência. Eric admitiu a Rata Ruth que Teddy também sentia essa mesma dor, essa mesma proximidade, embora de outras formas, e que as coisas sempre foram assim. O destino deles era um só, eles nunca poderiam ser separados e, portanto, se fosse mesmo o caso de Magnus levar um deles, o outro teria de ser levado também. A assimetria criada se só um deles restasse neste mundo seria tão impensável quanto o leste sem o oeste.

A princípio, Rata Ruth balançou a cabeça enquanto ouvia a torrente verborrágica de Eric Urso e chegou a bocejar para demonstrar seu tédio. Ela ergueu sua pata mais de uma vez para que ele se calasse, mas ele não se deixou calar. E lenta, mas claramente, ele foi cativando a roedora. Palavra por palavra, frase por frase e minuto por minuto, ele a arrastou para a sua vida emocional e a fincou com toda a força entre esse redemoinho de amor e desespero. Eric notou que sua história realmente fazia sentido para Ruth e que, no fundo da alma dela, havia uma pequena rata que se identificou com tudo aquilo.

E assim que ele terminou, depois de ter ousado expressar pela primeira vez toda a angústia que vinha se acumulando em seu peito desde os eventos da última terça-feira no prédio do Ministério do Meio Ambiente, a rata ficou sentada em silêncio por um longo tempo em seu trono, apenas olhando para ele.

E, então, ela tomou sua decisão.

Ela acenou para que ele se aproximasse e mostrou com um gesto que ele poderia se sentar em um dos degraus na escada do trono ao lado de sua perna traseira direita. Só então Eric reparou que Rata não tinha a pata direita, e teve de se esforçar muito para não ficar encarando aquela perna sem pata.

O urso se sentou no local indicado, e Ruth falou com ele por meio de sussurros que jamais poderiam ser ouvidos por mais ninguém ali perto.

— Não sou eu — disse Rata Ruth. — Ela fica aqui comigo, é verdade, e eu a despacho. Pelo camelo ou por outro animal, o que também é verdade. Mas não sou eu quem prepara a lista.

Uma confissão.

Eric ficou impressionado.

Foi uma confissão direta, sem nenhum desconforto ou hesitação. Era simples demais, pensou o urso. Por que ela teria dito isso? Tão despreocupadamente? Como ela podia ter certeza que Noah Camelo tinha de fato contado tudo? Talvez ela já houvesse conversado com o camelo e soubesse de tudo. Ou será que a história sentimental de Eric Urso havia mesmo comovido a rainha do lixão?

— Eu não sei quem prepara a lista, mas, mesmo se soubesse, não lhe diria — continuou Ruth. — E, acredite, não há nada que você ou seus amigos possam fazer para me ameaçar.

Ela tinha de estar mentindo. Só podia ser ela. Afinal, ela era a rainha da decomposição de tudo. Eric Urso se recusou a aceitar o que estava ouvindo.

— Assim sendo — disse Ruth —, acho que nossa conversa chegou ao...

— Não é o fim, não — interrompeu Eric.

— Como é?

— Quando os Choferes levam alguém, não é o fim, é só o começo de alguma outra coisa.

A rata deu de ombros.

— Eu não tenho nada a ver com isso — disse ela.

— E tudo o que você puder fazer por mim agora — disse ele — contará a seu favor depois. Na próxima vida.

— Você está ficando louco — esbravejou Ruth, mas com um quê de diversão em seus olhos. Apesar de tudo, Eric estava ao menos conseguindo estender a conversa.

— Não é uma questão de sanidade — disse ele.

— Você é um lunático — respondeu ela, sem meias palavras. — Só o fato de você acreditar que é possível retirar dois nomes dessa lista já prova isso.

O coração de Eric disparou. Será que ele estava prestes a arrancar uma outra confissão ainda maior da rata?

— Já ouvi histórias sobre isso também — disse ele. — Várias, aliás. É possível, sim, retirar um nome da lista...

— Possível? Eu não diria que retirar o nome de alguém da Lista da Morte é algo "possível" — bufou Rata Ruth, ainda com um certo desdém irônico em sua voz.

— ... mas retirar dois nomes é mesmo impossível — concluiu Eric.

— Digamos assim — continuou Ruth — ... e nem fui eu quem inventou isto, só estou repetindo algo que alguém me disse muito tempo atrás: "A retirada de um nome é um ato divino, mas está para nascer quem consiga mais que isso". Não sei bem o que isso quer dizer, mas me parece que você está querendo o impossível.

Desta vez, foi Eric quem deu de ombros.

— Você está louco — repetiu Ruth.

Em seguida, ela ergueu a voz e gritou:

— Guardas!

O urso se levantou de supetão. Ele estava a apenas alguns centímetros da rata e percebeu que estava exatamente na mesma altura que ela. Mas, antes que ele pudesse pensar em fazer qualquer coisa, os morcegos já estavam ao lado dele de novo.

— Levem-no de volta aos amigos dele — ordenou Ruth. — E ponham todos eles para fora daqui, os quatro. Esse assunto continuará em aberto. Eric Urso, para se achar um tesouro, esse tesouro tem de ser enterrado antes.

E, então, os morcegos agarraram os ombros de Eric com força e o levaram dali.

Ao sentir a brisa fria da noite lá fora, o fedor voltou a assolar suas narinas. Eric Urso já havia quase se esquecido disso enquanto estava lá dentro com a rata. É claro que a casa da roedora também fedia a mofo e limo, mas isso não era nada em comparação ao fedor que impregnava o ar no ponto mais alto do lixão. Por instinto, ele começou a respirar pela boca e soltou um suspiro involuntário. Os ombros de Eric doíam sob as garras dos morcegos e, mesmo tentando obedecer a todas as indicações de direção e velocidade, eles não afrouxaram a força em momento algum. Ele estremeceu ao pensar na longa marcha de volta à ravina onde Sam, Tom-Tom e Cobra estavam esperando.

E, então, as seguintes palavras pareceram surgir do nada:

— Soltem-no.

Os morcegos pararam imediatamente.

Aquela voz grave que havia acabado de se manifestar estava acostumada a ser obedecida. No segundo seguinte, Eric percebeu que já estava livre. Saindo da panela para cair no fogo. Eric também reconheceu aquela áspera voz.

Hiena Bataille.

— Vocês já podem ir — disse Bataille, agora atrás deles. No mesmo instante, os morcegos sumiram antes que Eric pudesse ver qualquer coisa.

Ele ficou totalmente estático. Seria melhor correr? Não havia mais ninguém o segurando agora, e ele poderia se esconder no escuro. Mas e se Bataille o alcançasse? A hiena era mais forte, mais rápida e conhecia bem o terreno; Eric só poderia contar com a sorte.

Isso dificilmente seria o bastante.

— Nós precisamos conversar — disse Bataille. — Mas não aqui.

O urso continuou imóvel. Ele não tinha a mínima ideia do que a hiena queria, mas imaginou que aquilo poderia ser só um truque para distraí-lo ou talvez enganá-lo.

E, então, Bataille apareceu ali, a menos de um metro de Eric.

— Venha comigo — disse ele.

Bataille se virou e começou a andar.

Era agora ou nunca.

Com um salto, o urso poderia alcançar a hiena, jogar-se contra ela, sobre ela. Eric poderia cravar suas patas no pescoço ou na garganta dela...

Bataille se virou.

— Você vem ou não?

Assim que Eric viu o rosto da hiena, ficou muito claro que aquele era de fato o lendário Hiena Bataille e não um simples animal qualquer. Eric também percebeu o quão ridículas eram suas ideias. Fugir? Enfrentar Bataille?

Eric acenou com a cabeça e seguiu a hiena.

Bataille levou o urso para longe da Cidade do Lixo, de volta à ravina onde seus amigos agora eram prisioneiros. Depois de pouco mais de cinco minutos, eles passaram por uma hélice amarrada a uma torre baixa que parecia um moinho.

— É por aqui — disse a hiena, apontando.

Sob essa hélice, ficava um barraco com uma mesa de três pernas e duas poltronas de veludo cinza. Bataille fez um gesto para o urso, que se sentou.

— Nem sei o que dizer — suspirou Bataille. — Mas a Ruth é difícil às vezes.

Eric anuiu.

Ele teria concordado com qualquer coisa que Bataille dissesse e respondido com toda a cortesia seja lá o que ele lhe perguntasse. Continuar vivo era mais importante do que tudo. Sem Eric, quem poderia salvar Emma e Teddy?

— Eu já a conheço há... nem sei mais quantos anos — disse Bataille com sua voz áspera e sombria. — Mas ainda assim... não sei bem...

Eric anuiu mais uma vez e depois balançou a cabeça na esperança de que esses movimentos estivessem de acordo com o estado de espírito e as insinuações de Bataille.

— Se eu matar todos vocês quatro, não sei... — disse Bataille. — Talvez ela nem se importe. Mas por outro lado... você e ela estão em um mesmo grupo, não estão?

— A Mão Amiga — confirmou Eric.

Pensativa, a hiena assentiu.

— Não quero correr nenhum risco. Ela me deu a missão de levar você até os seus amigos e soltar todos vocês. Mas não posso deixar aquela cobra ir embora agora que ela finalmente veio até aqui. Eu quero a vida de Marek.

— Marek? — soltou Eric, espantado.

— Mas não foram essas as ordens que ela me deu. É por isso que preciso da sua permissão, Urso. Não quero arrumar problemas com a rata.

Hiena acenou com a cabeça.

— Preciso do seu consentimento para dar cabo de Marek. Isso será o bastante para ela; é em você que ela está interessada. E, depois, eu lhe darei algo em troca.

— Mas... eu...

— Eu sei quem prepara a Lista da Morte — disse Hiena Bataille.

TEDDY URSO, 4

Sempre arrumo tempo para tomar um café na padaria do Nick, na Rua Uxbridge vermelho-tijolo. Se não consigo fazer mais nada quando vou à cidade, pelo menos faço isso. Nick ferve o leite até borbulhar e assa bolinhos de maçã com cardamomo. Ele mesmo opera a caixa registradora em frente às prateleiras cheias de pães e baguetes. Nós nos tornamos amigos ao longo dos anos. Nós nos cumprimentamos.

Eu me sentei na primeira cabine, perto da janela que dá para a rua. Ela sempre ficava vazia. Os outros clientes preferem ficar nas cabines mais para dentro. O lugar é longo e estreito e todas as cabines têm a mesma cara. Uma mesa redonda presa ao chão com uma superfície laminada branca. Um sofá de couro em volta da mesa em formato de U. Os assentos altos dos bancos criavam uma sensação de isolamento. Os clientes habituais vinham aqui pelo isolamento.

A iluminação não era algo digno de nota.

Com uma colher, abri um buraco no creme, vendo os vapores escaldantes do café subindo até o teto. Como um pensamento.

Em frente à padaria, fica o prédio onde meu irmão gêmeo, Eric, e minha esposa, Emma Coelho, moram.

No número 32 da Rua Uxbridge. Eles moram no quarto andar. As janelas que dão para a rua são da sala de estar e da sala de jantar. Da minha cabine aqui na padaria, eu às vezes posso vê-los andando pelo apartamento.

No dia de que resolvi falar, eu não consegui vê-los pelas janelas.

No dia de que resolvi falar; vinte e dois dias atrás.

No dia de que resolvi falar, um truculento gorila vermelho saiu pela entrada do número 32 da Rua Uxbridge. Isso aconteceu enquanto eu dava uma mordida no meu bolinho que tinha um pedaço grande de maçã. O gorila manteve a porta aberta e um pombo bem vestido desceu até a rua. Depois do pombo, um outro gorila saiu. Eu tinha certeza de que aqueles estranhos animais não moravam lá porque conheço os moradores do prédio. Os gorilas e o pombo apontaram para o outro lado da rua, bem na direção de onde eu estava sentado ao lado da janela. Eles não podiam me ver. Graças ao vidro espelhado, era impossível ver através das janelas da padaria do Nick.

Era para a padaria em si que o pombo estava apontando, e os três logo atravessaram a rua a passos rápidos.

Antes que eu pudesse entender a situação, eles já estavam ali dentro, a alguns metros da minha cabine, pedindo café e *croissants*.

Eu me espremi contra o banco e escondi meu rosto atrás do cardápio de sobremesas que sempre ficava sobre a mesa. Refugiado atrás de vários sabores de sorvete, coberturas e doces, eu ouvi, para o meu horror, que o pombo e os gorilas estavam se sentando na cabine ao lado da minha.

— Isso deve ter dado um belo susto naquele urso desgraçado — disse uma voz áspera que devia ser de um dos gorilas.

— Nós arrebentamos aquela mesa! — riu uma voz similar que imaginei ser do outro gorila.

— Calem a boca! — bufou uma voz aguda que com certeza era do pombo. — Comam os seus *croissants* e fiquem de boca fechada.

Eu não podia me casar com Emma Coelho.

Eu a amava. Eu pedi a mão dela. A data do casamento já estava marcada. Meus pais e a mãe dela estavam felizes. Cada um à sua própria maneira.

Mas, ainda assim, eu não podia.

Era inegável que a história de meu pai tinha algo a ver com isso.

Eu raciocino melhor depois do jantar.

Quando estou tomando uma xícara de café depois de comer. De sobremesa, eu como figos secos direto do saquinho no meu quarto. Bem na minha frente, fica um quadro enorme com uma paisagem do mar. Emma o pintou alguns meses depois que nos conhecemos, mas só o emoldurei algumas semanas atrás. O quadro deve ter uns três metros por cinco. A não ser pelo farol no canto esquerdo, a tela é tomada pelas ondas espumantes do mar. As centenas de nuances de azul-escuro parecem ter sido feitas de uma vez só, sem que o pincel fosse tirado da tela. Não há nenhum sinal de hesitação pela autora. A técnica sugere uma inquietação agressiva. Sentimento que deveria estar dentro dela. Em algum lugar.

Você encontra aquilo que procura.

Você encontra aquilo que já existe dentro de você mesmo.

Eu já deveria saber que havia algo de errado com meu pai. Intuitivamente, eu já sabia que havia algo de errado com meu pai desde que eu era muito pequeno. Eu sempre soube enquanto estava na escola. Essa consciência era um mero tremor na minha pálpebra. Uma onda na água de uma banheira. Eu convivi com esse segredo da mesma forma que alguém convive com os momentos decisivos da vida.

Você tem consciência deles antes e depois de eles realmente acontecerem.

Eu sabia dos segredos do meu pai. Eu sabia que a vida não era eterna. Eu sabia que, no fim, você sempre está sozinho. Eu sabia que o meu livre-arbítrio era o meu maior inimigo. Como eu sabia de tudo isso?

Não sei explicar.

Nosso pai, Boxer Bloom, era o animal mais sábio e justo da cidade.

Quando esse segredo estava prestes a atingir o conhecimento, como a areia que escorre inexoravelmente por uma ampulheta, eu virei o recipiente de ponta-cabeça de novo. E fiz isso várias e várias vezes. Mas com o passar dos anos, fui perdendo a força para resistir.

Seria a maturidade? Ou a simples exaustão? Não foi por coragem.

Eu aprendi a ler nas entrelinhas da sociedade. Por outro lado, a brisa passa direto pelo meu corpo ao cair da noite. Eu não sinto o aroma das plantas ou o calor do sol sobre o meu nariz.

A vergonha se esconde quando você não procura por ela.

A vergonha encontra seu melhor esconderijo bem diante dos nossos olhos.

Meu pai sempre trabalhou até tarde. Isso não era estranho. Era melhor corrigir os trabalhos dos alunos no escritório do que levar tudo para casa. Ele tinha reuniões para preparar e gerenciar. Tinha uma série de atividades sociais que exigiam sua presença.

Tudo aconteceu quando eu o vi sentado dentro do carro no estacionamento da escola, conversando com um dos outros professores. Talvez fosse uma professora? Isso não seria estranho. Um reitor não é melhor do que seus professores. As prioridades de um reitor devem ser respeitadas.

Uma vez, eles desceram do carro bem na hora em que eu passava pelo estacionamento. Eu não perguntei a ele por que eles estavam juntos dentro do carro.

Eu nunca perguntei a ele.

A culpa foi minha, e eu aceito isso.

Alguns filósofos afirmam que a passividade é maligna. Nesta nossa cidade democrática, transparente e secularizada, a passividade é o único tipo de mal que ainda existe. Todos os outros já foram extirpados. Dominados. Todos os outros tipos de maldade podem ser controlados e contidos.

É o que dizem.

Retórica. Retórica vazia. Nada de novo sob o sol.

A recusa de alguém em ajudar um estranho é causada pela preguiça. Pela covardia. O resultado da preguiça e da covardia é a passividade, mas podemos aprender sobre as razões por trás disso na teologia.

Preguiça e covardia.

Eu não ignorava minhas limitações. Ainda assim, não fui capaz de confrontar meu pai. Muito se fala sobre a codependência em relação à toxicomania. Aqueles que convivem com o toxicômano tomam parte no seu comportamento patológico quando se recusam a confrontá-lo. Isso não é passividade, é culpa.

A covardia dele se tornou a minha covardia.

Espero que o fardo da culpa que ele sentiu tenha sido tão pesado quanto o meu.

Eu tenho desculpas. Sempre temos desculpas. Eu fui forçado a transformar meu incrível pai, o insuperável reitor Bloom, em um traste covarde que não ousava admitir sua infidelidade. Isso não foi pouca coisa. Enquanto eu crescia, liguei a imagem do meu pai a tudo o que eu mais respeitava na vida. Quando descobri a verdade, não foi só meu pai quem tombou de seu pedestal.

Foi a minha vida que desabou.

Eric já sabia. Ele não se importava. Ele preferiu se calar.

Eu também. A cada manhã, meu pai recebia minha mãe na cozinha com um largo sorriso, um caloroso abraço e uma xícara de café. A vida dela se tornou uma farsa, e a culpa era minha. Minha. Não pelo que eu fiz. Mas pelo que eu me recusei a fazer. Pela minha passividade.

Minha covardia.

Nunca mais.

Eu nunca mais aceitaria fazer parte de outra tragédia assim.

Eu não busco reagir. Eu ajo.

Eu não podia me casar com Emma Coelho.

Os motivos eram vários.

Esse era apenas um deles.

Eu havia me tornado um bom urso e pretendia dedicar o resto da minha vida a continuar sendo assim.

Eu não consegui ouvir o que eles estavam falando. Depois da bronca do pombo, os gorilas abaixaram a voz. Os murmúrios na cabine ao lado ficaram ininteligíveis.

Eu nunca escuto conversas alheias.

Em geral, não há nada para se ouvir.

Mas aquele dia foi diferente. Se eu pudesse, teria decorado toda a conversa entre eles. Mas eu tomei meu café, limpei o creme do meu bigode e desisti de ouvir o que eles estavam dizendo. Do outro lado da janela, um ou dois carros passaram pela rua. A chuva da manhã já estava acabando, e pensei em ir embora. Em geral, eu ia à padaria do Nick pela tarde. O destino e uma mudança imprevista da minha rotina ao sair da Casa Lakestead me fizeram chegar à cidade logo depois do café-da-manhã.

Quando ela apareceu, andando pela Rua Balderton, eu nem a reconheci, a princípio.

Foi tão inesperado.

Ela nunca saía do estúdio antes do meio-dia. Ela vivia pela arte e sabia que a vitória estava nos obstáculos. Mesmo quando o trabalho lhe parecia vazio e estagnado, ela não costumava desistir e voltar para casa. O importante era superar tudo por meio do sofrimento e perseverar. Mas, fora as dificuldades, ela também era muito criativa, o que a fazia se esquecer do tempo e do espaço. Ela muitas vezes trabalhava noite adentro. Às vezes, até madrugada adentro.

Ela nunca saía do estúdio antes do meio-dia, mas, ainda assim, Emma Coelho estava andando casualmente pela Rua Balderton naquela manhã. Surpreso, eu a segui com os olhos enquanto ela vinha direto até a padaria.

Ela estava usando um casaco longo e fino com gola de pele e botas altas de couro marrom com sóis bordados na panturrilha. De cabeça erguida, como sempre. Ela parecia estar vindo na direção da padaria, mas eu tinha certeza de que era só a minha imaginação. Ela iria para casa. E também a imaginei olhando diretamente nos meus olhos através da janela que dava para a rua, mesmo sabendo que era impossível enxergar através daquele vidro.

Em vez de dobrar na esquina da Rua Uxbridge, ela continuou direto pela calçada até o cruzamento. Com essa manobra, ela desapareceu do meu campo de vista por alguns instantes. No segundo seguinte, a porta da padaria se abriu e lá estava ela.

Emma Coelho.

A menos de cinco metros de mim.

Ela não podia me ver. Eu não poderia deixar de forma alguma que ela me visse sentado ali.

Eu improvisei.

Meu bolinho mordido estava no prato, ao lado da minha xícara de café. Com um movimento rápido, eu esbarrei nele. Ele rolou até o banco e então caiu no chão embaixo da mesa. Fingi alguns gestos de irritação — mas sem fazer nenhum barulho — e desci para procurar o bolinho sob a mesa. De lá, pude ver como Emma batia a ponta de sua bota direita no chão, esperando ser atendida. Eu e meu bolinho ficamos embaixo da mesa, vendo Emma pedir uma xícara de chá, pagar a conta, pegar sua pequena bandeja e então passar pela minha cabine.

Ela não foi muito longe.

Eu a ouvi antes que pudesse me erguer para sentar de novo no sofá.

— Ah, vocês estão aí!

Ela estava falando com o pombo e os gorilas na cabine vizinha.

Eu fui falar com Eric. Fui falar com ele em território inimigo. Obviamente, nós não tínhamos onde nos encontrar.

As circunstâncias externas da minha vida eram outras. Logo antes de entrar na Wolle & Wolle, eu saí de casa e me mudei para a Casa Lakestead no litoral. Isso deve ter sido antes do meu começo na agência de publicidade porque, quando conheci Emma Coelho, eu já estava morando lá.

Eric e eu nunca nos víamos na Rua Hillville com nossos pais em casa. Ele disse que ainda mantinha contato com nossa mãe. Mas ele desprezava nosso pai como se fosse lixo. Eu visitava nossos pais uma ou duas vezes por semana. Nós nunca falávamos sobre Eric. Não posso dizer que havia consenso em tudo entre mim e meu pai, mas era de comum acordo entre nós que Eric não soube enfrentar o mal.

Ele se deixou abater.

Meu pai nunca o perdoou por isso.

Eu o perdoei.

Eu fui me encontrar com Eric no Cassino Monokowski, embora já tivesse prometido a mim mesmo que nunca mais colocaria as patas naquele lugar. Eu estava desesperado. Eu não podia me casar com Emma Coelho, por mais que a amasse.

Assim como na primeira vez, o segurança me deixou entrar por me confundir com o meu irmão. A chuva da tarde estava apenas começando a se formar, mas, para aqueles animais ali dentro do cassino, já poderia ser bem mais de meia-noite. Eu encontrei Eric em um canto distante, em uma pequena mesa escondida atrás do balcão de um dos vários bares.

Ele não ficou surpreso ao me ver.

— Que horas são? — ele perguntou.

— Ainda estamos no meio da tarde — eu respondi.

— Não parece — disse ele. — Preciso tomar alguma coisa para acordar.

Ele chamou um pato que estava atrás do balcão e pediu um café preto e algum tipo de drinque. Imagino eu. Balancei a cabeça, recusando qualquer bebida.

— E então, como vão os Angels? — perguntou Eric.

Nas finais do ano anterior, os Yok Gigantes haviam derrotado os nossos Amberville Angels na sétima e última partida. Nós não chegávamos tão perto do título há catorze anos. Já fazia catorze anos que os Angels não punham a mão na taça. Até agora, o campeonato vinha sendo uma mistura entre o céu e o inferno.

— Eu não vi nada — disse Eric.

— Não me parece impossível que eles ganhem este ano — eu disse. — Não me parece nada impossível. O Harry está aguentando bem. Ele já marcou mais gols neste ano do que no campeonato passado inteiro. Ele está para...

— Mas e a defesa? — perguntou Eric, cutucando a ferida. — Como está indo a nossa defesa?

Enquanto eu explicava as minhas opiniões sobre a formação do time deste ano, vários animais passavam à nossa volta. Como sempre, nós éramos a atração do lugar. Gêmeos idênticos não eram algo muito comum. Os mais curiosos eram os próprios funcionários do cassino. Os colegas de Eric. Garçons e garçonetes, crupiês e atendentes, seguranças e faxineiros. Eric não deu nenhuma atenção a eles.

Depois de esmiuçar todos os detalhes sobre os Amberville Angels da forma mais extensa possível, o silêncio se instaurou entre nós. Mas ele nunca era desconfortável.

— Você queria conversar sobre mais alguma coisa? — perguntou ele.

Eu assenti; queria, sim.

— E, se fosse alguma coisa simples, você já teria falado — disse Eric.

Eu assenti mais uma vez. Nós éramos gêmeos, nós sempre nos entendíamos. Eric pediu mais um drinque, eu pedi uma xícara de café só para ter o que fazer. O interesse dos outros por nós dois diminuiu. A mesa onde estávamos sentados era bem isolada e não havia mais nada ali que nos impedisse de ter uma conversa franca.

Eu não sabia por onde começar.

— Não há diferença entre pequenos e grandes crimes — eu disse. — Você pode até pensar que alguns são mais perdoáveis que outros. Mas quem poderia julgar?

Eric balançou a cabeça, deu de ombros e tomou um gole de seu drinque enquanto o café esfriava na minha xícara.

— Eu me recuso a fazer concessões — continuei. — E além do mais, isso é impossível. Atravessar uma rua sem olhar para os lados e transformar um motorista que sempre obedeceu às leis em um assassino não pode ser menos sério do que roubar uma laranja em Springergaast.

Eric deu de ombros.

— É tão impossível assim de entender? Parece que ninguém consegue entender isso. Eles dizem que eu preciso ser racional. Até a nossa mãe acha que eu estou ficando louco. Ela disse que eu preciso ver as coisas em contexto. "Saber julgar é uma arte", disse ela. Eu não preciso julgar nada. É tudo uma questão de coragem. De ter a força para não fazer concessões.

— E você acha que eu estou com problemas? — perguntou Eric.

— Eu nunca disse isso — respondi.

— Não — Eric rapidamente concordou. — Claro que não, Teddy. Você nunca me acusou de nada.

Ele sorriu para mim e pegou a minha pata sobre a mesa.

Eu chorei. Eu não pude evitar.

— Eric, eu não vim aqui para pedir um favor — eu disse.

Ele estava bem concentrado, apesar de tudo o que já havia bebido.

— Eu vim aqui para propor um acordo. Entre irmãos. Sem contratos nem assinaturas. Mas nem por isso menos rigoroso.

— Um acordo? — perguntou Eric.

Eu confirmei. Agora, já sabia o que dizer. Mas, mesmo assim, não foi menos difícil pôr aquelas palavras para fora.

— Eu ganho uma coisa e você ganha outra em troca — eu disse.

— O que eu ganho? — ele quis saber.

Um quê de expectativa pairou no ar.

— Dinheiro — respondi, por fim.

— Você vai me pagar? — perguntou Eric.

— Vou, sim — confirmei. — Eu vou pagar você.

— Eles me pagam aqui no Cassino Monokowski também — disse ele.

— Você vai ganhar mais de mim — eu disse. — Muito mais.

— Nem sei se quero ouvir o resto dessa história...

— Estou com problemas. É a minha vida, Eric. Ser um bom urso é difícil.

Isso soou patético. Eu não consegui continuar. Mas Eric me entendeu. Ele sempre me entendia. Ele anuiu. Eu engoli em seco, tentei me recompor e continuei.

— Tentar ser bom e levar uma vida comum... é... Eu me vejo forçado a enfrentar situações em que... em que todas as alternativas são igualmente impossíveis. E eu não posso... Eric, é sério, eu...

E passei a sussurrar.

— Eu prefiro morrer agora, Eric. Agora. Rápido. Antes de cair em tentação. Antes de ser seduzido pelo tipo de coisa que os outros chamam de "bagatela". Coisas pequenas. É assim que o mal tenta me pegar. Com coisas pequenas. Mas caso contrário... vamos ter de achar uma saída.

Ele continuou sentado em silêncio. Eu sequei minhas lágrimas. Limpei a garganta e fiz de tudo para me concentrar. O que eu tinha a dizer exigia um certo grau de dignidade.

— Eric, o acordo que estou propondo... Quero que você assuma o meu lugar... quando a vida me forçar a fazer escolhas...

quando a vida me forçar a fazer coisas... que não são compatíveis com as virtudes de um bom urso.

Ele olhou para mim, e eu olhei para a mesa.

Agora, já estava dito.

O silêncio que se seguiu foi dolorosamente longo.

— Tudo bem — disse ele, por fim. — Tudo bem, eu aceito. Vamos embora?

E, então, eu deixei o Cassino Monokowski pela segunda e última vez.

Eu não podia mais ficar embaixo daquela mesa.

Enquanto aquelas botas marrons com sóis nas panturrilhas ficaram na minha frente, não ousei fazer nada, mas assim que elas sumiram de vista, eu presumi que ela havia ido se sentar com o pombo e os gorilas. Com certa dificuldade, eu voltei a me endireitar sobre o banco vermelho da cabine. Eu não queria que Nick viesse ali para perguntar o que eu estava fazendo. Seria difícil explicar.

Um único pensamento ecoava na minha cabeça. Eu não deveria estar tão perto de Emma Coelho. Muito menos aqui na padaria, bem em frente ao número 32 da Rua Uxbridge, aquela sóbria rua vermelho-tijolo.

Ela havia acabado de chegar. Eu tinha de ir embora.

Eu tinha de dar o fora dali.

Calculei as minhas chances. Seria possível correr da minha cabine até a porta sem que Emma me visse? Ela devia estar sentada na parte mais externa da cabine ao lado da minha. Se estivesse olhando para os fundos, as minhas chances eram razoáveis. Mas se ela estivesse sentada de frente para a saída...

E se eu ficasse sentado lá?

Eles estavam tendo uma conversa que eu não conseguia ouvir, mas a voz clara e suave de Emma entrava direto no meu coração. Era doloroso.

Ela estava tão perto.

Depois de alguns minutos, eu já não aguentava mais. Precisava fazer alguma coisa. Ficar ali sentado estava insuportável. Eu escorreguei com cuidado pelo banco, segurando o cardápio na minha frente para esconder meu rosto caso fosse necessário.

E foi necessário mesmo.

De repente, o tom de voz na cabine vizinha mudou. Encerramentos. Despedidas. Eu me abaixei atrás do cardápio de sobremesas. Alguns segundos depois, Emma Coelho estava de pé bem ao meu lado. Ela ficou virada de costas para mim. O pombo estava ao lado dela. Espiei por cima da borda do meu cardápio. O pombo e Emma estavam juntos. Eles estavam se abraçando. Por sorte, o pombo fechou os olhos enquanto a abraçava, caso contrário, ele teria me visto. Eu voltei a me esconder atrás do cardápio.

— Tchau, papai — disse Emma Coelho.

— Tchau, minha querida — disse o pombo.

— E, papai — disse Emma —, se você se esquecer do meu aniversário de novo este ano, não vou perdoá-lo!

O pombo soltou uma risada aguda, e ouvi Emma se virando para ir embora.

Não sei o que eu fiz depois.

Continuei sentado atrás do meu cardápio por um bom tempo, mesmo depois que o pombo e os gorilas foram embora.

Eu havia acabado de ver o pai de Emma Coelho, que até então era órfã de pai.

Era mentira. Ela era uma mentira. Vários pensamentos pipocaram na minha cabeça, como bexigas estourando.

A minha Emma. Quem era ela de verdade?

Capítulo 21

Dizem que um bicho de pelúcia pode se acostumar com qualquer coisa na vida, mas, sempre que Eric Urso voltava à Yiala's Arch, sentia a mesma repulsa. Tanto pelo beco estreito que fedia a urina quanto pelo apartamento claustrofóbico de Sam Gazela. Apesar de tudo o que estava em jogo, Eric se via forçado a superar essa repugnância sempre que voltava a Yok depois de resolver alguma pendência em outro lugar da cidade. Passar pela Avenida Leste e descer rumo ao sul era como cruzar uma fronteira. Sua identidade era apagada de um golpe só. No resto da cidade, havia um mundo todo que o refletia como a soma de seus atos. Um mundo onde os animais sabiam como interpretar sua humildade irônica. Em Yok, ele era um ninguém.

Isso era horrível.

Com passos pesados, ele entrou no beco verde-grama e seguiu de cabeça baixa até a porta do número 15. Eric Urso estava tão imerso em seus tormentos que não notou nenhum sinal de problemas. Todas as suas preocupações estavam voltadas para ele mesmo. Não fosse por isso, talvez ele até tivesse percebido que alguém havia derrubado o enorme cacto — aquele com as pequenas flores vermelhas — que ficava no vaso de cimento logo depois da entrada.

Eric subiu lentamente pela escada. Mas a memória dos gritos indefesos de Cobra Marek o fez parar logo depois do primeiro lance de degraus.

Eric, Sam e Tom-Tom conseguiram escapar do lixão. Hiena Bataille prometeu que só desceria à ravina depois que os três amigos já não pudessem mais ser vistos ou ouvidos. Mas ele quebrou essa promessa. Os gritos desesperados de Cobra ainda ecoavam na cabeça de Eric.

Ele suspirou fundo e continuou a subir. Estava tão ocupado com sua própria angústia que nem reparou no cheiro de charuto que pairava no ar ou no fato de que a porta do apartamento de Sam estava entreaberta.

Depois daquela noite no lixão, Eric Urso aproveitou a manhã de sexta-feira para ir ao seu escritório. Ele nem se lembrava de quando havia conseguido dormir pela última vez, mas a fadiga se tornara uma condição tão constante em sua vida que já nem se incomodava mais. Na Wolle & Wolle, todos trabalhavam com certa liberdade. Muitas vezes alguém se envolvia em algum projeto e, pouco antes do prazo final, não era incomum perceber que estava praticamente morando no escritório. O inverso também era válido: depois de entregar um trabalho, era de praxe tirar alguns dias bem merecidos de folga. Ao longo dos anos, foi criado um ambiente de trabalho em que ninguém mais se preocupava em controlar os horários dos empregados. Por isso mesmo, ninguém achou estranho quando Eric ficou quase três semanas sem aparecer na Place Great Hoch.

Uma pilha de documentos e pastas que ele deveria assinar e despachar estavam esperando sobre a mesa; eram tantos papéis que ele nem tentou entender o que estava assinando. Depois de liberar todos os despachos em pouco mais de meia hora, Eric passou para os seus compromissos. Na agenda empoeirada que ele e a secretária tentaram atualizar, as remarcações e cancelamentos das últimas semanas haviam criado um caos que se complicaria ainda mais com as remarcações e cancelamentos das próximas semanas. Aparentemente, não havia nada que pudesse ser atrasado ou feito por algum outro animal. No entanto, cedo ou tarde tudo acabaria se encaixando. Em comparação aos seus próprios tormentos, todas aquelas reuniões eram tão insignificantes quanto os problemas a que visavam resolver. Ainda assim, ele sabia que era importante manter uma fachada de que não havia nada de errado. Nada era mais valioso para Eric do que a esperança; nada poderia lhe dar mais forças.

Um dos dois gorilas de Nicholas Pombo agarrou Eric Urso assim que ele entrou pela porta do apartamento de Sam. O gorila cravou sua enorme pata bem no lugar que já havia sido tão castigado pelos morcegos na noite anterior; Eric gemeu de dor.

— Até que enfim — disse Nicholas Pombo, levantando-se da cadeira e deixando seu charuto sobre a superfície laminada da mesa da cozinha, onde continuou aceso.

Esse charuto acabaria deixando uma enorme mancha preta na mesa antes que Pombo fosse embora.

— Estávamos falando de você agora mesmo, tentando imaginar se você voltaria ou não — disse Pombo.

Eric não ouviu nada. Com o canto do olho, ele viu Sam Gazela jogado em um dos colchões no chão, perto da porta da varanda. Na cozinha, de costas para a pia, Tom-Tom estava sentado em uma das cadeiras bambas da cozinha. Ele estava com as pernas e as asas presas com fita isolante. Até o bico dele estava amarrado. Em volta da cadeira, havia uma pilha de penas pretas espalhada pelo chão.

Elas haviam sido arrancadas. A barriga do corvo estava pelada. No tecido branco e translúcido daquela região, havia três ou quatro marcas de queimaduras que Eric logo ligou ao charuto de Pombo.

O olhar de Tom-Tom se voltou para Eric. Aquela feição humilhada, a angústia e o terror que brilhavam nos olhos quase sempre amigáveis e gentis do corvo fizeram Eric perder a cabeça. Com um berro, ele se livrou das patas do gorila e correu para dentro. Naquele momento, sentiu-se com forças para enfrentar qualquer um. Ele se jogou contra o gorila que estava ao lado de Tom-Tom. O gorila cambaleou para trás, mas seu enorme corpo simiesco bateu na pia, o que evitou sua queda. Em seguida, tudo aconteceu muito rápido.

Eric conseguiu bater, urrar e gritar por mais alguns segundos. Depois, a enorme pata de um gorila o agarrou firmemente pelo pescoço e o ergueu do chão. O urso tinha se esquecido do macaco vermelho do outro lado da sala. Eric Urso foi jogado pelo ar, por cima da mesa da cozinha, e foi se estatelar contra o sólido metal da geladeira. Ele se levantou, todo grogue, mas não derrotado. O gorila que o jogou pelos ares já estava vindo para cima antes mesmo que Eric pudesse recuperar seu equilíbrio. Ele ergueu o urso pelo pescoço mais uma vez e então o jogou contra a mesa da cozinha. A mesa se espatifou com um estrondo. Com o impacto, um pedaço de madeira perfurou a parte de trás da coxa de Eric e saiu pela frente.

A dor levou alguns segundos até chegar ao cérebro dele.

De algum lugar em meio a todo aquele tumulto, a voz clara de Pombo podia ser ouvida, mas Eric não conseguiu entender nenhuma palavra. Com certo esforço, ele se levantou — enquanto a adrenalina agora amortecia a dor em sua coxa — e pegou um pedaço de madeira longo e grosso que estava no chão. Ele cambaleou contra o gorila mais próximo. A ideia era cravar o pedaço de pau bem no olho do macaco sem misericórdia, mas Eric não era nem forte nem rápido o bastante para isso. O macaco se esquivou facilmente do ataque e acertou Eric bem na cara com as costas de sua pata, jogando-o para trás contra o chão, onde ele finalmente apagou.

Quando acordou, Eric Urso viu o rosto preocupado de Nicholas Pombo olhando para ele.

— Você já... — disse Pombo, mas o urso não conseguiu ouvir mais nada antes de mergulhar mais uma vez entre as trevas.

No instante seguinte — que na verdade não foi bem o instante seguinte, mas sim alguns minutos depois — a cabeça do pombo deu lugar à de um gorila com um largo sorriso no rosto.

— Ele está vivo, sim — disse o macaco.

Logo depois, o urso apagou.

Capítulo 22

Emma ficou alarmada.

— Mas isso é ridículo — disse a coelha. — Você precisa ir ao médico.

Eric Urso ensaiou uma tentativa de ir até o balcão da cozinha para pegar o vinho tinto que ele havia acabado de abrir, mas não conseguiu dar mais do que alguns passos. A dor em sua coxa atrapalhava os movimentos, e ele teve de voltar mancando até a cadeira para se sentar, envergonhado.

— Não foi nada — disse ele mais uma vez.

Ele inventou que havia estirado um músculo ao apostar uma corrida com Teddy na praia.

— Que idiotice — bufou Emma. — Ursos de cinquenta anos não deviam ficar correndo por aí.

Eric já estava fora de casa há quase três semanas; ele disse a Emma que só faltavam mais alguns dias. O que não deixava de ser verdade: ainda era sexta-feira quando ele decidiu tirar uma pequena folga para jantar com Emma Coelho.

No domingo, os Choferes viriam buscar Teddy Urso e Nicholas Pombo se Eric não conseguisse fazer nada para impedir.

— Eu nunca entendi quem vocês querem impressionar com o seu sofrimento — disse Emma, incluindo todos os machos da cidade nesse "vocês".

Eric ergueu as mãos.

— Não posso fazer nada. Só preciso de uns analgésicos, descansar um pouco e já vou melhorar.

Eric havia ido com Tom-Tom ao dr. Thompson depois que Pombo finalmente foi embora e o urso e o corvo recobraram a consciência. O médico deu alguns pontos na coxa do urso e Eric saiu do consultório, deixando o corvo, que precisava de cuidados mais extensos, para trás. Mas em vez de voltar para Yok, Eric foi para casa.

Emma Coelho pôs os pratos de *vitello tonnato* na mesa. Em seguida, ela trouxe a salada e o pão e acendeu as velas de um grande candelabro que eles haviam comprado em um leilão um ou dois anos atrás em um dos vários eventos da Mão Amiga. Ela diminuiu a luz do teto e se sentou.

— Quero que você volte logo para casa — disse ela com um sorriso carinhoso — porque já estou ficando cansada de esperar.

E, então, ela ergueu sua taça de vinho para um brinde. A melancolia fez Eric Urso estremecer, deixando um nó de ansiedade em sua garganta. Nó este que foi crescendo tão rápido que fechou o esôfago do urso antes que ele pudesse levar sua taça de vinho à boca. Ele queria o que ela queria. Ele também queria voltar para casa mais do que qualquer outra coisa: voltar para casa e para os braços dela, onde o tempo parava e tudo o que existia eram as batidas do coração de sua amada contra seu peito em meio ao cheiro dos pelos dela.

Ela olhou fixamente para ele, tentando parecer séria. E ele quis muito poder rir dessa pequena encenação, mas só conseguiu sentir as lágrimas que ardiam dentro de suas pálpebras. Ele sabia que não podia chorar, que não podia se expor: ele a amava e nunca aceitaria perdê-la.

Era simples assim.

— Eu não sei ao certo quem faz a lista — disse Bataille. — Mas sei como a rata recebe essas informações.

A enorme hélice começou a girar enquanto a brisa engrossava, mas o horizonte ainda se escondia em meio à escuridão da noite. Eric estava sentado, rígido como um pedaço de pau, na poltrona de veludo, tentando controlar suas expressões faciais; os repuxões nervosos de seu bigode e aquele sorriso complacente que sempre passava um quê de fraqueza. Na frente dele, estava sentado o assustador Hiena Bataille. Claro, não era muito provável que esta conversa aos sussurros fosse terminar com a hiena se levantando para torturar o urso até a morte. Mas nada era impossível.

Os sentidos de Eric Urso estavam à flor da pele. No lixão, ele não via apenas os contornos de uma frigideira velha, um carrinho de bebê sem rodas e a proa de um velho barco a remo despontando daquela massa cinzenta de lixo; ele também soube distinguir o cheiro de grãos putrefeitos de café em meio ao resto da podridão, ouvia os relinchos de dois cavalos ao longe e sentiu a estrutura do tecido da poltrona onde ele estava como se fosse algo escrito em braile.

Estava claro que Bataille havia ouvido a conversa entre Eric e Rata Ruth. Talvez ele estivesse sentado na escuridão, à sombra de uma das paredes, ouvindo tudo; não precisava ser algo mais estranho do que isso.

— Mas eu não deveria saber — murmurou Bataille. — Ela não sabe que eu sei.

A hiena estava orgulhosa de sua astúcia e por ter descoberto como uma coisa se conectava à outra. As roupas usadas que os abastados moradores da cidade doavam para a igreja eram reunidas e levadas para o lixão uma vez por mês. Certas vezes, as entregas eram tão volumosas que um corpulento agente funerário ficava responsável por trazer o carregamento de roupas. Mas em outros meses, eles só recebiam um pacote de casacos embrulhado em papel pardo que era trazido em um carrinho de mão empurrado por um porteiro velho ou algum antigo cantor da igreja com reumatismo.

As roupas eram sempre bem-vindas, explicou a hiena ao urso, passando a pata na jaqueta curta e desgastada de couro que ela mesma estava usando. Todos os animais do lixão usavam roupas doadas pela igreja; não havia outra opção. E às vezes, quando as doações eram especialmente generosas, Rata vendia parte delas para as lojas da cidade que trabalhavam com artigos usados.

— Eu levei algum tempo até perceber — disse Hiena. — Mas fosse uma carreta ou um carrinho de mão, era sempre a rainha quem recebia pessoalmente as entregas.

A brisa que fez a enorme hélice girar como um imenso moinho mostrava que o sol já estava para nascer. Hiena até chegou a ser interrompido pelos rangidos das hélices, mas agora o som se resumia a um chiado constante. Eric puxou sua poltrona para mais perto da mesa e se inclinou para a frente também, chegando tão perto que pôde sentir o hálito rançoso da hiena. A boca daquele predador exalava um cheiro de queimado. A escuridão da noite ainda dominaria os céus por mais algum tempo, mas as luzes das estrelas reluziam contra os olhos da hiena enquanto ela se movia e olhava para o lixão à sua volta. Era um brilho gélido.

— Eu já sabia que nós tínhamos algum envolvimento com a Lista da Morte — disse Bataille. — Quando cheguei aqui, eu nem acreditava na lista, mas... mas mesmo quando descobri que ela existia... isso era tudo o que eu sabia.

Assim que chegou ao lixão, Bataille se tornou um dos faxineiros. Os faxineiros eram divididos em três equipes de cinco animais cada. Uma vez por semana, às vezes mais, mas nunca menos do que isso, Ruth passava ordens escritas a eles, ordens que vinham em pedaços amassados de papel que ela entregava solenemente no saguão principal. Com uma letra horrível, Ruth anotava alguns endereços — só aprendeu a escrever depois de adulta —, e o trabalho era sempre o mesmo. Esvaziar um apartamento. Jogar fora tudo o que deveria ser jogado fora e trazer o que tivesse algum valor para o lixão. Limpar tudo. E deixar o lugar como se ninguém tivesse passado por ali.

Nos primeiros meses, Bataille imaginou que isso tinha a ver com informações que Ruth recebia dos criminosos para os quais ela trabalhava. Um tipo de pagamento por serviços prestados. Talvez eles a avisassem quando alguém saía de férias, ia passar alguns dias com parentes ou estava no hospital para que eles pudessem roubar as casas vazias. O que Hiena não entendia era por que eles eram forçados a limpar tudo com tanto cuidado antes de ir embora. Ele chegou a pensar que isso poderia ser só um gesto de vaidade. Nem sempre era fácil entender Ruth.

Bataille chegou mais perto da verdade por meio de uma velha gata que eles encontraram em uma manhã enquanto Hiena e os faxineiros estavam subindo pela escada até o sexto andar de um prédio residencial recém-construído em Lanceheim.

— Vocês vieram limpar o apartamento do Kohl? — perguntou a gata, e Bataille fez que sim, já que "Kohl" era mesmo um dos nomes que estava no pedaço amassado de papel daquela semana. — Pobre diabo, que Magnus o tenha.

A gata balançou a cabeça e continuou a descer a escada.

Só Hiena ouviu os comentários da gata e preferiu guardá-los para si mesmo. Ele sabia que sua reputação estava crescendo, que os outros animais o temiam graças a uma feliz mistura de imaginação e falta de empatia. Ele também sabia que, se perdesse a confiança da rainha, seus dias estariam contados. O quanto antes, Hiena tentou colher informações que poderiam ser úteis, caso Ruth algum dia se cansasse de protegê-lo.

Nos meses seguintes, ele tentou encontrar provas para sua hipótese. Quando possível — o que era raro — escapava do trabalho como faxineiro para procurar algum vizinho que pudesse confirmar se o apartamento ou casa onde eles estavam era de algum animal que houvesse sido levado pelos Choferes no dia anterior. Às vezes, era impossível achar alguém para perguntar, e Hiena tinha de voltar à faxina sem nada resolvido. Mas ele não tinha pressa e, em pouco tempo, encontrou a resposta que queria. Finalmente, teve certeza.

Mesmo sem saber, os faxineiros formavam a equipe de retaguarda dos Choferes.

Eric Urso adorava ouvir as histórias que Emma Coelho contava.

Depois do jantar, eles se sentaram no enorme conjunto estofado de algodão bege e grosso que dominava a sala de estar na Rua Uxbridge. As poltronas eram tão grandes que era impossível se sentar normalmente nelas. Mesmo sem querer, acabava-se em uma posição meio deitada, com as pernas suspensas para fora da poltrona ou esticadas sobre o apoio de braço, e foi assim que Eric Urso se aconchegou para ouvi-la.

Emma estava sentada no sofá. Ela trouxe a garrafa de vinho e estava segurando uma taça em seu colo enquanto contava a Eric sobre a última semana. Ela falou sem usar gestos, sem dramatizar o tom de voz, mas a intensidade de seus relatos era notável. Contou que vinha trabalhando em um projeto novo nos últimos meses. Tratava-se de uma coleção de quadros com memórias da infância dela; mais precisamente, sete cenas que estava repetindo com várias técnicas e perspectivas diferentes, às vezes todas as sete em uma mesma tela, mas em geral, apenas uma ou duas por quadro. Na semana anterior, tinha trabalhado apenas com tintas óleo.

Eric ouvia enquanto assentia. De fato, pensou ele, ela nunca estava em nenhum outro lugar que não fosse aquele. Nem mesmo quando se dedicava à própria infância, coisa que ela muitas vezes fazia em seus quadros. Eric achava que isso tudo tinha a ver com uma certa energia, uma força que ardia em silêncio e que fazia Emma Coelho terminar todos os projetos que começava. Alguns com mais sucesso, e outros já não tão dignos de nota.

— Agora eu vou ficar aí com você — disse ele no meio de uma frase da coelha, e ela continuou falando enquanto, com todo o cuidado para não derrubar a taça de vinho dela, ele desceu de sua poltrona e se acomodou no sofá. Eric se sentou ao lado dela para sentir o calor de seu corpo. Com a cabeça apoiada no ombro da coelha, ele continuou a ouvi-la de olhos fechados.

— **Apesar de todas as** minhas teorias, eu nunca acreditei, nunca mesmo, que era Ruth quem preparava a Lista da Morte — disse Bataille.

De repente, ele ficou em silêncio.

Eric também ouvira. Uma espécie de estalo em algum lugar em meio às trevas do lixão. Os dois se viraram, tentando em vão enxergar alguma coisa. Ao longe, era possível avistar as luzes dos barracos da Cidade do Lixo como chamas de fogo fátuo em meio à escuridão, mas, fora isso, o lixão inteiro estava coberto pela noite. Por garantia, Bataille reduziu sua voz a um áspero sussurro antes de continuar.

Ele nunca havia ligado as entregas das roupas aos faxineiros. Não havia nenhum motivo para imaginar essa conexão. Mas o fato de Ruth sempre receber as roupas pessoalmente despertou sua curiosidade, e ele decidiu descobrir por que ela não delegava esse trabalho a mais ninguém.

Isso acabou sendo bem mais difícil do que ele imaginava. Rata Ruth recebia o entregador, assinava um comprovante e levava os recibos para o quarto dela enquanto as roupas eram descarregadas. Era impossível investigar esse processo mais a fundo. Mas, certa vez, Bataille conseguiu ver Rata de relance no quarto dela, curvada sobre uma enorme pasta onde aparentemente guardava a papelada relativa às roupas. Mas o motivo pelo qual ela, que em geral preferia dormir durante o dia, sempre ficava acordada para receber as entregas ainda era um mistério. Certamente não tinha nada a ver com o interesse de Rata pelas roupas.

Bataille concluiu que as respostas para as suas perguntas estavam nas pastas que Ruth guardava em seu quarto. Bataille não explicou a Eric Urso exatamente como conseguiu entrar no quarto da rainha, mas após um longo período de grandes esforços, ele finalmente recebeu um convite amigável por parte da rata.

A hiena se inclinou sobre a mesa de três pernas e, aos sussurros, descreveu a cena com grandes detalhes. Contou que a rainha rata se deitou de costas na cama depois de eles terem tomado uma garrafa de conhaque de maçã e logo começou a roncar alto enquanto Bataille vasculhava o quarto que estava cheio até o teto com as riquezas da rata. Ou melhor, coisas que Ruth via como riquezas, o que podia ser um colar de diamantes ou metade de um pacote de bolachas. Bataille xeretou pelo lugar, erguendo pilhas de roupas, inspecionando montes de papéis e livros relacionados à administração do lixão. Ele revirou os armários que ela, na verdade, parecia usar como uma espécie de despensa. Mas não havia nenhum sinal das pastas.

Em intervalos regulares, a rata suspirava e grunhia na cama. A cada vez, Bataille era forçado a interromper suas buscas para se assegurar de que ela estava dormindo antes prosseguir. Nem queria pensar no que poderia acontecer se ela descobrisse que havia sido enganada.

Até que, finalmente, ele encontrou o esconderijo dela. Embaixo de duas tábuas soltas no chão ao lado da janela mais próxima da cama. Mas quando estava começando a folhear a pasta, a rata acordou de repente. Bataille devolveu a pasta a salvo e pôs as tábuas soltas de volta no lugar com o pé. Tudo o que conseguiu ver foram algumas páginas escritas à mão, cheias de colunas com nomes, datas e os tipos de roupas que haviam sido doadas.

Só depois de quase seis meses ele teve outra chance de inspecionar aquela pasta pela segunda vez.

— Mas, sabe... — disse Bataille enquanto seus gélidos olhos brilhavam mais uma vez sob a luz das estrelas. — O tempo é a minha essência.

Eric acenou com a cabeça, como se tivesse entendido o que a hiena quis dizer.

Na segunda vez, ele teve mais sorte. Bataille foi imediatamente até o esconderijo ao lado da janela, o que lhe garantiu muito mais tempo. O que ele achou ser uma única pasta na verdade era uma biblioteca inteira. Listas de nomes, roupas e datas. Páginas e mais páginas. Como não sabia o que procurar, ele apenas folheou os arquivos aleatoriamente em busca de algum padrão. Estava tentando identificar algum tipo de código quando seus olhos avistaram o nome "Kohl". Kohl havia doado uma camisa e uma calça. A data marcada ao lado da descrição das roupas era de pouco mais de um ano atrás. Bataille pensou um bocado e concluiu que Kohl devia ter doado aquelas roupas pouco antes de seu apartamento ser limpo pelos faxineiros.

Ele começou a procurar mais nomes conhecidos. E eles estavam lá. Um a um, foi se lembrando deles. Os animais cujas casas ele e os outros faxineiros haviam visitado nos últimos meses, os animais que foram levados pelos Choferes um dia antes da limpeza.

Estava provado que todos eles haviam doado roupas no dia de suas mortes.

Quando Emma Coelho finalmente se calou, já fazia dez minutos que Eric não ouvia nenhuma palavra do que ela estava dizendo, embora ela tivesse falado sem parar por todo esse tempo.

— Você não ouviu nenhuma palavra do que eu disse nos últimos dez minutos! — reclamou Emma.

— Claro que ouvi — mentiu Eric Urso. — Pode me testar.

Eles ainda estavam sentados um ao lado do outro no sofá, Eric com a cabeça no ombro dela. Ele pôs a pata na perna dela e sentiu o calor da coelha invadir seu corpo.

— Não vou fazer nenhuma pergunta para testá-lo. Nunca fiz isso — mentiu ela.

— Você não tem coragem — declarou ele em triunfo enquanto deslizava lentamente sua cabeça até o colo dela. — Essa é a verdade.

— Não quero fazer você passar vergonha — respondeu ela, afagando as orelhas dele.

— Mas é claro — disse ele. — Se eu não pudesse mais esconder a minha superioridade, ficaria realmente envergonhado.

— Nem você entendeu isso que acabou de dizer — riu ela.

— Eu nunca disse que era mais inteligente do que você.

— Mas você acha isso, não acha?

Ela olhou para ele e seu rosto inteiro sorriu. Era só uma provocação. Vistos dessa perspectiva, de ponta-cabeça e por baixo, os olhos dela pareciam ainda maiores. Eric viu todo o seu futuro neles.

— Nunca — respondeu ele.

— Mentiroso.

— Isso também não é verdade. Você e eu temos um dos poucos relacionamentos em pé de igualdade que eu conheço.

— Mas que besteira — sorriu ela.

— Se eu acho que sou mais inteligente, você sabe muito bem que a recíproca é verdadeira. E eu já podia ter desmascarado você há muito tempo, mas preferi provar o quanto sou mais inteligente ficando calado — disse Eric. — As coisas não poderiam ser mais equilibradas do que isso.

— Você é um urso profundamente perturbado...

— O que, naturalmente, é mais uma prova da minha inteligência — sorriu ele.

E, então, ele ergueu as patas e a puxou para baixo em um caloroso abraço.

Quando Bataille deu a Eric a última peça do quebra-cabeça, uma sensação de euforia tomou conta do urso. Uma epifania tão revolucionária que até o deixou tonto.

O urso e a hiena se levantaram da mesa bamba ao mesmo tempo e, com passos silenciosos e determinados, voltaram para o oeste, na direção da ravina onde a cobra, o corvo e a gazela ainda estavam.

Eric tentou assimilar o que Bataille havia explicado: as velhas roupas doadas eram na verdade uma forma de enviar a lista com os nomes — a Lista da Morte, em outras palavras — para Rata Ruth. Com os recibos, ela preparava duas listas. Uma era enviada por um emissário ao Ministério do Meio Ambiente e aos Choferes. A outra era entregue aos faxineiros.

Todos os bichos de pelúcia acabavam se questionando sobre a vida e a morte em algum ponto de suas existências, na juventude ou na velhice. Por que as fábricas tinham de produzir novos animais? Por que aqueles que já estavam ali precisavam ser levados pelos Choferes? Por que todos eles viviam aberta ou secretamente com medo de como poderia ser essa próxima vida? E quem havia criado um sistema tão cruel?

Esse fora o dia mais longo da vida de Eric. Ele viu o sol nascer entre as fedorentas montanhas do lixão, passou a manhã em sua antiga realidade na Wolle & Wolle e quase foi partido ao meio pelos gorilas do Pombo à tarde. Depois de tudo isso, ainda passou a noite com Emma. Em seu lar na Rua Uxbridge, onde o tempo não existia e uma sensação de segurança o esperava.

Mas as coisas nunca mais seriam assim.

Eric Urso finalmente compreendeu.

As coisas eram como eram por um motivo.

Da mesma forma como Rata Ruth sempre recebia os carregamentos de roupas usadas que chegavam ao lixão, Hiena Bataille descobriu que as mesmas condições se repetiam de forma equivalente do outro lado. Era sempre o mesmo animal que preparava os recibos e cuidava para que todas as roupas fossem empacotadas da maneira certa.

O arcediago Odenrick.

O arcediago ficava em sua linda catedral, intocável e acima de qualquer suspeita, e escrevia os nomes e datas, decidindo quais animais seriam levados pelos Choferes no mês seguinte.

Era tão simples.

Eric já deveria ter pensado nisso antes.

CREPÚSCULO, 5

Ele raramente perdia a concentração durante os sermões. Quando subia ao púlpito, era como se o mundo lá embaixo perdesse a cor; as palavras que escolhia lhe pareciam mais importantes do que qualquer outra coisa, e sua poderosa voz ecoava, inabalável, pela Sagrada Bastante até a última fileira de bancos. Enchia a catedral com sua presença. Ele nem sequer deixava espaço para dúvidas. Naquele momento, sua voz, e cada uma de suas palavras, era a única coisa relevante. Suas pregações eram muito famosas, e os bancos da igreja, como sempre, estavam abarrotados. Um quê de serenidade pairava sobre a congregação. Entregar sua alma e sua fé a alguém tão determinado quanto ele era uma libertação das exigências cotidianas não só inocente, mas até purificadora.

Por isso mesmo, uma discreta comoção abalou a igreja naquele fim de tarde quando ele, de repente, hesitou entre duas palavras. Fez uma pausa que não parecia ser intencional, uma pausa sugerindo que talvez não soubesse qual palavra deveria vir após a que havia acabado de dizer. Assim que retomou o sermão no segundo seguinte, a incerteza se espalhou pelas fileiras de bancos. Teriam todos eles apenas imaginado aquela hesitação? A lembrança da comoção coletiva logo se tornou mais clara do que a momentânea pausa mental do arcediago, que ainda conseguiu chegar a um belo encerramento para o seu portentoso sermão.

Mas ele hesitou.

Ele perdeu a concentração.

Maldito Eric Urso.

Depois, voltou lentamente da sacristia para o seu gabinete. Ele usou um dos pouco conhecidos corredores que entrecruzavam a catedral em todas as direções. Enormes colunatas e saguões se estendiam em uma longa fileira que interligava todas as partes mais importantes da Sagrada Bastante. Mas o motivo que levou os arquitetos de antigamente a construírem esses sinuosos túneis ao lado dos corredores principais ainda era um mistério para ele.

Talvez esses túneis tivessem sido feitos para dias em que o mundo pesava tanto sobre os ombros dos sacerdotes que a simples ideia de encontrar um colega e ter de abrir um sorriso amigável era o pior tipo de tortura.

Estava certo de que Rata Ruth havia seguido suas instruções. Ainda assim, alguma coisa, que ele não sabia muito bem como analisar, havia acontecido no lixão. Aparentemente, ninguém sabia onde Cobra Marek estava. Sem Marek, ele já não tinha mais controle sobre os eventos, não sabia o que o urso estava planejando ou qual era sua linha de raciocínio. Isso não era nada satisfatório. Nada mesmo.

— Qual é a pior coisa que poderia acontecer? — perguntou-se ele. — Ser descoberto por aquele urso teimoso — ele mesmo respondeu logo em seguida.

A pior coisa que poderia acontecer era a hipótese de que Eric Urso, de alguma maneira inimaginável, pudesse encontrar uma pista que o levaria direto até a Sagrada Bastante. Claro, o arcediago não via como isso seria possível; havia aprimorado o sistema herdado de seus antecessores, um método que nunca havia sido descoberto por ninguém antes.

Mas concluiu que alguém teria de ser o primeiro.

— Mas com o que estou me preocupando? — perguntou-se ele. — Se o urso vier até aqui, eu mesmo posso cuidar dele.

— Se o urso vier até aqui — pensou o arcediago Odenrick —, nunca mais sairá desta catedral. Ainda há espaço para mais um animal ao lado daquele gato nas catacumbas lá embaixo.

Capítulo 23

Era a última noite na Yiala's Arch.

Amanhã, os Choferes viriam buscar Teddy Urso e Nicholas Pombo.

Amanhã seria o fim de tudo, se Eric não conseguisse fazer o impossível.

Sam Gazela estava ao lado do fogão, fritando linguiças. Ele as cutucou com uma espátula de teflon a uma certa distância, rolando-as para a frente e para trás na frigideira sem se queimar. O exaustor emitia um zumbido moroso e, em intervalos regulares, a capa gordurosa das linguiças estourava com pequenos estalos. Tom-Tom Corvo tinha acabado de arrumar a mesa da cozinha e só faltava dobrar os guardanapos. Como era um fim de tarde de sábado e tudo mais, ele pensou em dobrá-los na forma de pavões, tarefa inventada por ele mesmo que, aos resmungos, praguejava entre suas tentativas; havia uma grande diferença entre dobrar linho — como ele fazia no Grand Divino — e dobrar guardanapos de papel.

Eric Urso estava na porta da sacada, olhando para o jardim interno envolto pelas sombras. A ausência de Cobra Marek enchia o apartamento. Todo lugar para onde Eric lançava seus olhos evocava uma lembrança de como o pequeno réptil esverdeado costumava serpentear por ali.

Tom-Tom e Sam não haviam dito nada. Eles não o acusaram com qualquer palavra ou olhar.

Depois que Tom-Tom foi içado para fora da ravina e deu um leve abraço em Eric e Sam, o corvo voltou até a borda para ver quando a poltrona suspensa seria abaixada para buscar Marek. Mas o guindaste ficou parado. E sem dizer nada, Eric Urso começou a andar na direção oposta, voltando para Lanceheim. Alguns segundos de confusão se seguiram. Sam e Tom-Tom se entreolharam e, entre eles, uma sinistra conclusão ficou bem clara. Eles seguiram o urso. Alguns minutos depois, os três ouviram os gritos de Cobra, mas o som era tão distante que era possível com algum esforço confundi-los com o vento que soprava pelo território acidentado do lixão. O urso, o corvo e a gazela continuaram seguindo rumo à cidade em meio a um silêncio que não foi quebrado, em maior parte, ao longo do dia todo.

— Vocês já podem comer — disse Sam, pegando do fogão a frigideira com linguiças bem douradas, apesar de abertas ao meio. — Se alguém quiser...

Eles estavam sem comer o dia inteiro porque ninguém sentiu fome. Mas, por fim, Sam se encheu dos roncos na barriga de Tom-Tom e encontrou algumas linguiças esquecidas no *freezer*. A gazela raramente jantava. Nem tanto por vaidade, mas porque seus comprimidos o deixavam sem apetite.

Eric também não se sentiu muito tentado pelas linguiças, mas não quis se arriscar a deixar o corvo chateado e fingiu estar com fome. Eles se sentaram em volta da mesa, abriram seus guardanapos em forma de pavão que Tom-Tom havia acabado de dobrar e se serviram com as linguiças. O corvo comeu três; Eric e Sam dividiram a restante.

— É o Pinguim Odenrick — disse Eric enquanto Tom-Tom despejava catchup em suas linguiças como se quisesse afogá-las. — Só Odenrick pode tirar Nicholas Pombo da lista.

Sam encarou o urso. Tom-Tom enfiou um pedaço enorme de linguiça no bico enquanto tentava parecer interessado na conversa.

— Desde quando você sabe disso? — perguntou a gazela.

— Desde ontem de manhã — disse Eric.

Sam acenou com a cabeça. Isso se encaixava com a ravina, a rata e a cobra.

— E agora?

— Eu preciso confrontá-lo — disse Eric. — Preciso fazê-lo admitir o que eu já sei e depois forçá-lo a tirar o nome do pombo da lista.

— Você não tem muito tempo.

A gazela olhou para fora pela janela.

— O sol já está se pondo. Amanhã de manhã já será tarde demais.

— Só preciso desta noite — disse Eric com firmeza.

— No que diabos você está pensando? — perguntou o corvo enquanto mastigava com cuidado o que estava em seu bico. — E o que diabos nós vamos fazer?

O urso não respondeu. Só ficou olhando para a frente, como se a pergunta o houvesse deixado em transe. Tom-Tom continuou mastigando, e Sam olhou para o próprio prato onde estava a metade de sua linguiça, solitária e intocada. Quando Eric finalmente respondeu, o corvo até já tinha se esquecido da pergunta.

— Quero que vocês falem com a Coruja Dorothy — disse o urso.

— Quem? — perguntou Tom-Tom.

— Ela ainda está viva? — perguntou Sam.

— Ela está viva. Ela trabalhou com o arcediago a vida toda. Acho que até foi governanta dele quando ele era pequeno. Depois, ele a contratou como secretária. Ela cuidava da agenda, das correspondências e de todas as tarefas cotidianas que apareciam.

— E o que diabos é uma governanta? — perguntou Tom-Tom, que não conhecia essa palavra.

— Dorothy mora em Amberville — disse Eric. — Vou anotar o endereço dela. É na Rua Fried. Ela mora lá desde que me lembro, já morava lá quando eu era filhote. É só dizer que me conhecem e ela vai convidar vocês para entrar. Ela adora servir bolos.

Eric sorriu. A memória daquele enorme prato cheio de bolos, mais velha do que qualquer coisa, animou o humor do urso por um instante. Com o apetite aberto pelas linguiças, Tom-Tom esperou empolgado que Eric dissesse mais alguma coisa sobre os bolos, mas isso não aconteceu.

— Depois disso, vamos nos encontrar na Sagrada Bastante — continuou Eric. — Quando as nuvens se dispersarem e vocês avistarem a lua minguante. Vocês vão ter de entrar por trás; vou anotar o endereço também. E tem de ser exatamente quando vocês avistarem a lua minguante; nem um minuto a mais nem a menos.

— Finalmente temos um plano então? — disse Sam.

Foi só um comentário, mas a voz de Sam estava carregada de tanta esperança que até mesmo ele se surpreendeu.

Eric se levantou.

— Não temos tempo para entrar em detalhes. Mas precisamos repassar algumas coisas antes de sair... Vou explicar o que vocês terão de fazer na casa da Dorothy...

Capítulo 24

Em certas ocasiões, o caminho mais curto é composto por mais desvios do que alguém poderia imaginar. E a tarde em que Eric Urso foi até a Sagrada Bastante sob a chuva da tarde foi uma dessas ocasiões. Nuvens enormes cruzavam o céu a toda velocidade, mas tudo o que se podia ver eram suas bordas, levemente coloridas pelos últimos raios do sol. Sam e Tom-Tom pegaram a Kombi Volga cinza para terem tempo de passar em Amberville e depois voltar até a catedral antes da lua minguante. Eric teve então que decidir se iria a pé ou de ônibus. Preferiu ir a pé. Apesar da urgência, ainda temia o momento de seu encontro com o arcediago. Em vez de andar até a Avenida Leste e ir direto até a Estrela, Eric foi para o oeste, atravessando o emaranhado multicolorido das ruas de Yok, o que lhe daria tempo para pensar.

Ele concluiu que se a vida dos bichos de pelúcia não tivesse fim, a Igreja não existiria.

Estava claro que só podia ser isso.

Todos os rituais e escrituras, cerimônias e regulamentações que compunham o mundo da Igreja e da ordem apoiavam-se no simples fato de que a vida, como nós a conhecemos, tem um fim. E que a vida seguinte, que por razões óbvias nós só viríamos a conhecer um tanto depois, existia apenas como resultado da fé e de uma vaga esperança.

Eric se perguntou se há muito, muito tempo, antes de a Igreja — a Igreja que ele e seus contemporâneos conheciam — dominar Mollisan Town, os animais precisavam ser substituídos. Será que já existia uma fábrica de bichos de pelúcia para manter o sistema ou seria a própria fábrica uma criação da Igreja?

Essa ideia era atordoante.

Eric parou e ficou imóvel por alguns instantes, tentando digerir essa hipótese. E, então, como se estivesse escrita em letras de fogo sobre a calçada, ele percebeu a próxima pista bem na sua frente. Pois, ainda que a existência da Igreja se apoiasse no conceito da efemeridade de tudo, essa ideia também se adequava perfeitamente ao poder do Estado. De que outra forma todos esses milhões de bichos de pelúcia, ávidos por progresso, mas ao mesmo tempo sempre em busca de seus prazeres, poderiam ser controlados?

O urso tropeçou em um buraco na calçada, mas conseguiu evitar uma queda e seguiu em frente, com os patas e com as ideias. Para que leis e regras fossem criadas e obedecidas, era muito importante um conceito bem claro de que nossas vidas tinham um começo e um fim. Era tudo uma questão de entender as motivações internas dos bichos de pelúcia, e, graças à limitação de tempo, todos tinham pressa para atingir seus objetivos. Quem se interessaria em ter filhotes aos trinta anos se a vida pudesse durar mais de dois séculos? Quem iria à escola antes dos vinte e cinco anos? Quem batalharia para ter uma carreira profissional de sucesso antes dos quarenta?

Eric Urso virou à direita, entrando em uma avenida cor de champanhe cheia de lojas de móveis que já estavam fechadas. Ele não tinha nenhuma memória nítida de já ter pisado ali antes. Parecia mais ser uma rua de Tourquai. Deserta e silenciosa, sem mendigos ou bêbados e sem nenhuma carcaça velha de carro até onde a vista alcançava.

Isso o deixou nervoso; ele não tinha tempo para se perder.

Enquanto apertava o passo, Eric pensou que esse ciclo vital nos levava a agir de forma repetitiva, assumindo um comportamento previsível, o que facilitava o controle das autoridades. Nós éramos todos entregues com os mesmos instintos em maior parte. Gerações e mais gerações após a nossa continuariam reagindo da mesma forma que nós; isso era óbvio. Assim sendo, o governo poderia facilmente decidir como seria a nossa educação, a distribuição das riquezas e a exploração dos recursos naturais. Apesar de todos os avanços da tecnologia e da medicina, apesar da dramática transformação das condições de vida durante os últimos dois séculos, os bichos de pelúcia continuavam sendo governados pelo amor, pelo ódio, pela compaixão e pela inveja, pela ganância e pela preguiça, completamente alheios ao progresso da civilização. Nossos instintos nos faziam agir como nossos antepassados — graças em grande parte ao fato de que, em segredo, todos nós temíamos o dia em que os Choferes viessem bater em nossas portas — o que facilitava em muito o trabalho das autoridades.

O urso continuou andando pela avenida cor de champanhe.

Ele foi ainda mais longe nesse raciocínio: nós somos forçados a viver o mais intensamente possível porque nossos dias são contados. Mas, ao mesmo tempo, precisamos ter cautela, porque a vida futura parece ter alguma relação com aquilo que fazemos no presente.

Pelo menos era isso o que a Igreja afirmava. E o Estado não negava.

Eric Urso virou aleatoriamente à esquerda, e um aroma de queijo derretido o atingiu como uma porta aberta.

Uma existência espiritual acomodada e previsível de desejos frustrados em favor do pós-vida: era assim que nossas vidas eram consumidas.

Com o apoio da Lista da Morte.

Eric conseguia imaginar Pinguim Odenrick sentado sob a misteriosa penumbra de seu gabinete, arqueado sobre sua mesa, escrevendo em um de seus grandes cadernos com capas de couro. A chama das velas nos enormes candelabros em sua mesa dançando com a brisa que entra pelas frestas das paredes de pedra. Certa vez, com o afã de seus catorze anos, Eric Urso atravessou às pressas a colunata inteira, abriu a porta que dava para as regiões mais recônditas da catedral, onde ninguém podia entrar sem ser autorizado, e continuou em uma carreira cada vez mais esbaforida em meio aos corredores escuros onde só as tochas nas paredes iluminavam o chão de pedra. Depois de avançar mais e mais pela catedral, Eric chegou ao gabinete do arcediago e, sem bater, abriu a porta.

Como sempre, o arcediago Odenrick estava sentado, curvado sobre seus escritos. Surpreso e irritado com a interrupção, ele ergueu os olhos. Mas assim que viu Eric Urso, seu ar austero se dissipou.

— Nós já acabamos — disse Eric, cheio de orgulho.

— E o que conseguimos? — perguntou o arcediago.

— Treze casacos, cinco pares de calças, três pares de botas e um cobertor grande — respondeu Eric.

— Mas que maravilha! — disse o arcediago com um gesto de aprovação.

— Nós entramos naquele terreno baldio lá no...

Odenrick o interrompeu.

— Não, não, não... — disse o pinguim. — Nada de detalhes. Não quero saber.

— Mas...

— Não. Isso faz parte do acordo. Guardem os segredos para vocês mesmos, os grandes e os pequenos. É a parte mais difícil. Separar a indumentária é fácil, guardar os segredos é difícil.

Eric acenou com a cabeça. Quando Pinguim Odenrick falava, era como se cada palavra tivesse sido cuidadosamente escolhida. Eric levou vários dias até entender que o que o arcediago havia chamado de "indumentária" eram as roupas usadas.

Ouvir os sermões do arcediago em geral era considerado um privilégio. Não era em todos os domingos que ele proferia os sermões na catedral, mas quando o fazia, a igreja sempre ficava lotada. A mesma ênfase cuidadosa, a mesma seriedade e ponderação que ele usava no púlpito também era dirigida aos seus pupilos e, agora, em seu gabinete bem menor, a Eric. O efeito disso era notável. Eric Urso nunca conseguiria se esquecer dessa sensação de ser um escolhido, criada pelos encontros com o arcediago. Tampouco seria capaz de perder o profundo respeito que sentia por Odenrick, sentimento este que tinha sua origem na necessidade de afirmação do urso. Ser visto por esse gigante que era o arcediago, mesmo que por alguns instantes, era um triunfo.

— Sim, eu sei — disse o jovem urso.

— E espero que você tenha explicado isso aos outros.

— Expliquei, sim — disse Eric, assentindo avidamente. — Ninguém vai dizer nada. Nem que a gente tenha que arrancar nossas próprias línguas.

— Espero que isso não seja necessário — respondeu Odenrick, sem sorrir, e Eric não soube com certeza se aquilo era uma brincadeira ou não.

O urso continuou ali parado por um tempo no gabinete escuro, relutando em sair, até que o arcediago perguntou se ele queria mais alguma coisa. Eric se viu forçado a admitir que esse não era o caso e então foi embora. Lentamente, voltou à sala de empacotamento pelos silenciosos corredores da catedral com uma sensação de orgulho que o fez abrir um sorriso. Assim que reencontrou seu pequeno grupo de colegas — um crocodilo e dois gatos, ambos chamados Smythe —, Eric relatou os elogios do arcediago, exagerando até onde pôde sem arriscar sua credibilidade.

— Mas ele vai arrancar as nossas línguas se a gente disser qualquer coisa sobre isto aqui — concluiu Eric Urso.

O crocodilo e os gatos concordaram. Todos eles tinham apenas catorze anos e se sentiam igualmente especiais por estarem ali.

Eric Urso se viu de repente em um beco sem saída. Ele tinha saído do beco cor de champanhe e seguido para uma rua violeta-esverdeada que agora estava cercada por uma grade metálica de três metros de altura sem nenhuma passagem. Os prédios que se estendiam ao longo da calçada eram os mesmos velhos prédios de apartamentos pelos quais ele vinha passando nos últimos dez minutos. Eles pareciam vazios, mas dentro daqueles quartos bolorentos existiam animais com vidas que, de certa forma, tinham algo em comum com a dele: algum dia, todas elas acabariam.

Eric parou a alguns metros da grade e olhou para os lados. Não seria impossível arrombá-la, mas ele ainda não sabia onde estava. Talvez fosse mais rápido voltar para trás e seguir até a avenida por alguma outra rua.

A chuva deu sinais de que logo se dissiparia. Eric entrou em pânico. Ele não tinha tempo para continuar assim. Ao perceber que aquilo poderia ter sido um truque de seu subconsciente e que ele não havia se perdido por negligência ou descuido, Eric começou a suar. Amanhã já seria tarde demais. E aqui estava ele, zanzando pelas ruas de Yok.

Ele deu meia-volta e começou a trotar. Mesmo sem saber ao certo se estava indo para o oeste pelos últimos quinze minutos, correu o mais rápido que pôde sem saber para onde. Não havia para quem perguntar também; as ruas de Yok estavam vazias. Eric dobrou à direita, indo para onde acreditava ser o norte, mas sem muita certeza. Ele nunca foi fã de atividades ao ar livre; sabia identificar a Via Láctea, mas não muito mais que isso. E com o coração batendo cada vez mais rápido, correu por quarteirões anônimos de prédios velhos onde não mais do que um terço das luzes dos postes estava funcionando, e se sentiu em uma corrida contra o tempo.

O motivo que levou Pinguim Odenrick a escolher Eric continuou sendo um mistério por muitos anos. A escolha mais natural seria Teddy. E, a princípio, Eric chegou a acreditar que o arcediago havia se enganado. Até então, Odenrick sempre fazia brincadeiras sobre o quanto era difícil distinguir um gêmeo do outro quando ia até a casa deles para jantar com os pais dos ursinhos na Rua Hillville.

Mas foi Eric quem Odenrick escolheu nas primeiras semanas do curso de crisma, e era Eric mesmo quem ele queria. Desde o início, o arcediago deixou claro que Eric não poderia contar a ninguém sobre esse novo trabalho, nem mesmo para o seu irmão gêmeo. Eric nunca questionou isso, já que essa posição especial concedida de repente pelo arcediago enchia seu peito com orgulho e satisfação, bem como Odenrick havia planejado.

No entanto, durante as primeiras semanas, o motivo de tanto sigilo ainda era incompreensível. Eric, junto do crocodilo e dos dois gatos, recebeu a incumbência de reunir as roupas usadas que os gentis cidadãos haviam doado para os pobres por meio da Igreja. Eric e um dos gatos dobravam as roupas enquanto o crocodilo e o outro gato as empacotavam com papel de embrulho pardo. Em frente às igrejas de Amberville, Lanceheim e Yok, ficavam postos de arrecadação para onde Eric e seus novos amigos iam de ônibus. Percorrer a cidade toda levava várias horas, mas os jovens ficavam tão tomados pela imponência do momento que o tempo passava rápido. Os demais pupilos achavam que Eric e os outros estavam recebendo aulas especiais do arcediago enquanto, na verdade, eles saíam para pegar as roupas. Havia uma sala de empacotamento na Sagrada Bastante onde ficavam. Os filhotes receberam a ordem de contar a história sobre o curso especial caso alguém da igreja perguntasse o que estavam fazendo. Nas primeiras quatro semanas, encontraram roupas em pelo menos um dos postos de arrecadação; na quinta semana, a motivação de todo aquele sigilo exigido pelo arcediago ficou bem clara.

Eles voltaram de mãos vazias à Sagrada Bastante, mas em vez de ir até a sala de empacotamento, Eric Urso foi falar com o arcediago em seu gabinete. Os gatos e o crocodilo ficaram esperando do lado de fora.

— Nós precisamos mandar pelo menos um pacote, por menor que seja, todo mês — disse o arcediago. — É o mínimo que podemos fazer pelos mais necessitados.

— Mas não temos nenhuma roupa — explicou Eric de novo. — Não encontramos nada.

— Mas nós não precisamos de muito. Só precisamos de alguma coisa, qualquer coisa. Será que vocês não poderiam encontrar algo em outro lugar?

— Em outro lugar? — repetiu Eric sem entender.

— Qualquer lugar — esclareceu o arcediago.

Eric continuou sem entender, e foram necessárias mais algumas perguntas com respostas igualmente evasivas e encorajadoras até que o urso por fim entendesse que o arcediago estava sugerindo que eles roubassem algumas roupas.

Mesmo assim, ao sair da sala, Eric ainda estava com medo de não ter entendido.

— O que nós vamos fazer? — perguntaram os gatos ao mesmo tempo em que Eric fechava a porta do gabinete do arcediago atrás dele.

— Vamos ter de dar um jeito de arrumar um pacote de roupas — respondeu Eric. — Porque nada é mais importante do que o pacote de roupas que deve sair daqui uma vez por mês. Foi exatamente isso o que ele disse. E também disse que, às vezes, é preciso fazer algo não tão bom para que alguma outra coisa, outra coisa muito melhor, possa acontecer.

— Hã?

O crocodilo não entendeu nada, mas não ousou deixar que ninguém percebesse.

— Então vamos ter de roubar as roupas? — perguntou um dos gatos que, por outro lado, conseguiu enxergar através daquele rodeio de palavras.

— Sim — respondeu Eric. — Nem mais, nem menos.

Com o coração na garganta, Eric Urso correu direto até a Carrer de la Marquesa, a rua cinza-carvão, e finalmente reconheceu onde estava. O vento continuava soprando fortemente; ainda não era muito tarde. Ele continuou correndo até o cruzamento com a Avinguda de Pedrables azul-escura, que ficava a não mais do que dez minutos da Avenida Leste. Se conseguisse manter o ritmo, ele chegaria à Estrela e à catedral antes de a chuva parar.

Os poucos animais que estavam pelas ruas sob a morna chuva da tarde entre os quarteirões decaídos de Yok tomavam o cuidado de não olhar para Eric enquanto ele passava correndo. Ver um animal correndo era sempre uma má notícia por ali.

Na Avenida Leste, Eric Urso diminuiu o ritmo, mas continuou a passos largos. Ao avistar a silhueta da catedral que lembrava um porco-espinho contra o céu coberto de nuvens, ele ainda estava tão concentrado em chegar a tempo que até se esqueceu de seu nervosismo.

Na manhã de ontem, quando Hiena Bataille lhe contou sobre as roupas que eram entregues no lixão, Eric Urso percebeu pela primeira vez que não havia sido o primeiro nem o último pupilo do arcediago a ser escolhido para liderar uma pequena gangue de ladrões de roupas. Foi quando ele entendeu também que era ninguém menos do que o próprio arcediago quem estava por trás da Lista da Morte. Era tudo tão simples. Era isso o que permitia a continuidade do sistema, ano após ano, sempre com novos grupos de filhotes escolhidos a dedo pelo pinguim.

O vento já estava mais fraco quando Eric subiu pela escadaria até a enorme entrada do templo e abriu a porta um tanto modesta que dava para o interior da igreja. Ele passou pelos saguões, atravessou o pátio interno e chegou à colunata. Continuou pelos corredores escuros iluminados pelas tochas nas paredes e só parou quando chegou à porta que dava para o gabinete do arcediago. Por um instante, ele se viu mais uma vez com catorze anos. Sabia que só tinha uma hora e nada mais.

Então, ele se recompôs, bateu rapidamente na porta e a abriu sem esperar uma resposta.

TEDDY URSO, 5

Emma Coelho foi a noiva mais linda que já vi.

Mas o arcediago Odenrick a viu antes de mim.

Odenrick entrou no vestíbulo onde Emma e a mãe dela estavam esperando. Ele já tinha nos explicado como seria o ritual. Ele queria dizer algumas palavras à noiva e ao noivo antes da cerimônia em si. Emma e eu escolhemos a versão mais curta.

Para mim, a religião ainda era uma faca de dois gumes.

Era uma questão de acreditar no inacreditável, algo que em qualquer outro contexto poderia ser visto como idiotice. Eu dediquei minha vida toda à virtude, mas percebi que a Igreja tinha dois pesos e duas medidas para as virtudes que pregava. O foco era todo nas boas ações, mas dentro das almas de cada animal, havia espaço para dúvidas e incertezas. A Igreja em Mollisan Town era uma instituição famosa por seu proselitismo. Acima de tudo, nossa religião era simples e sistemática. Sua maior vantagem era atenuar o nosso medo da morte.

Emma e eu nos encontramos com o arcediago Odenrick em uma das salas de reunião da Casa Lakestead. Só nós três.

— E você, Emma? — perguntou Odenrick. — Você também acha que o principal benefício da religião é atenuar o medo da morte?

— Eu não tenho medo de morrer — disse Emma.

Odenrick lançou um sorriso triunfante na minha direção.

— Mas também não sou religiosa — complementou Emma.

O sorriso do arcediago desapareceu.

Nós estávamos no primeiro andar. Lá fora, o céu já estava escuro. Em intervalos regulares, o farol na encosta lançava sua luz sobre nós. Um aroma de café vinha da cozinha.

— Mas você quer se casar na igreja mesmo assim? — perguntou o arcediago com um toque de ceticismo na voz.

— Se eu vou me casar, acho que deveria ser na igreja — disse Emma.

— Muitas vezes, as regras morais de Magnus coincidem com as minhas — eu disse. — Nas outras ocasiões, eu me preparo para perdoar.

— Perdoar é divino — respondeu o arcediago.

Nós três concordamos.

O nosso casamento seria lindo.

— Emma Coelho — disse o arcediago Odenrick, naquele pequeno vestíbulo, minutos antes da cerimônia —, você ficou muito, muito linda de noiva.

— Obrigada, arcediago — disse Emma.

Quando o coral começou a cantar, eu chorei.

Nós conhecemos os Canários Vermelhos por intermédio do meu pai. Eles não tinham o costume de se apresentar em eventos particulares, mas aceitaram nosso convite. Quando os oito pássaros de um tom vermelho bem claro se empoleiraram no altar e aquela harmonia distinta estremeceu as vigas ocas da igreja com esperança e melancolia, eu soube que tudo havia valido a pena.

Não importava o quanto meu pai havia gastado, valeu a pena.

Antes do segundo verso, a porta do vestíbulo se abriu e Emma Coelho apareceu com sua mãe. Foi uma revelação. Os convidados estavam sentados, ouvindo o belíssimo canto dos pássaros, ainda sem se darem conta da noiva. A igreja estava quase lotada com algumas centenas de bichos de pelúcia. A maioria deles era de amigos dos meus pais. Dentre eles, 78 tinham sido convidados para o jantar após a cerimônia.

Os Canários Vermelhos encerraram o canto introdutório e se sentaram. Odenrick, Emma e a mãe dela começaram a curta, mas simbólica caminhada ao longo do corredor central da igreja. Meus pais estavam na primeira fila. Eles não se viraram. Minha mãe já estava chorando, mas tentou esconder. Meu pai estava ao lado dela, sentado ereto em seu lugar.

Um burburinho tomou conta da igreja. Um suspiro coletivo que se alastrou em compasso com o avanço de Emma pelo corredor.

Eu já disse.

Mas vou repetir.

Ela estava tão linda.

O noivo estava no altar, esperando. E parecia estar tomado de terror.

Os convidados não perceberam o quanto ele suava pelas patas ou tremia os joelhos. Mas ele não conseguiu esconder nada do meu olhar observador.

O urso tateou a caixinha que estava no bolso de suas calças. Foi um gesto inadequado que expressava nervosismo e incerteza. Depois de se garantir de que não havia esquecido as alianças, ele tirou a pata do bolso. Acenou para a congregação, para Emma e para a nossa mãe, mas não me pareceu estar nada aliviado.

No olho do urso, havia um brilho de expectativa e alegria similar ao de todos os outros presentes na igreja. Mas para aquele urso no altar, esses sentimentos eram diluídos em ansiedade. Não era nada óbvio, só um olhar muito atencioso teria percebido.

Eu percebi.

Era meu irmão gêmeo quem estava no altar. Ele nunca conseguiria esconder nada de mim.

Ele assumiu o meu lugar.

Nós fizemos um acordo.

Eu estava escondido na sacristia, espiando pela fresta de uma porta. Nem Emma Coelho, nem o arcediago Odenrick, nem minha mãe, nem meu pai, nem ninguém na igreja sabia do que estava prestes a acontecer.

Emma Coelho iria se casar com o gêmeo errado.

Eu não faço promessas que não posso cumprir. Eric não se importava em fazer promessas.

Fiquei ali, atrás da porta, e vi meu irmão se casar com a coelha que eu amava com todo o meu deplorável coração.

As lágrimas que derramei não eram de melancolia ou tristeza.

Eu estava chorando de alegria.

Em uma manhã de dezembro, Wolle Lebre abriu a porta do meu escritório e gritou:

— Agora você não vai mais se esconder!

Ele soltou aquela gargalhada rouca de vendedor que vinha treinando há vários anos. Não era um riso muito contagiante. Por outro lado, ela tinha um quê descontraído que tornava as decisões menos dramáticas. "Vamos fechar um negócio", pensava o cliente depois de ouvir a gargalhada de Wolle Lebre. "Vamos fechar um negócio, a vida não é assim tão séria."

A gargalhada não me afetou. Para mim, a vida era séria, sim.

— Como assim me esconder? — eu repeti.

— Nós precisamos de você — gritou Wolle Lebre. — De você e ninguém mais.

— Grande novidade... — eu respondi baixinho.

Eu já trabalhava naquela agência de publicidade há dezoito meses e sabia bem o meu lugar. Eu não precisava dos elogios de nenhum dos Wolle.

Depois dos primeiros seis meses, eu percebi como eram as coisas. Todo mundo na agência queria ser o centro das atenções. Os animais competiam para mostrar que eram inteligentes; mais inteligentes do que os outros. Aqueles que não participavam diretamente de certas competições compunham um júri que julgava os outros. Era tudo uma questão de ser criativo ou bem-sucedido. Alguns buscavam as duas coisas. Tudo podia ser mensurado em dinheiro.

Não havia nenhuma recompensa pelas tarefas administrativas. Nenhuma recompensa para quem não deixava o aluguel atrasar, para quem gerenciava a alocação de recursos ou pedia para trocar os tapetes da entrada quando ficavam sujos. Nenhuma recompensa para quem se dava ao trabalho de fazer com que o verde das plantas continuasse verde.

Quando eu entrei na Wolle & Wolle, a paciência dos nossos fornecedores já estava se esgotando, assim como nossos limites de crédito. As autoridades estavam apenas esperando por uma oportunidade para lançar uma ofensiva contra os distintos srs. Wolle e Wolle.

Eu me tornei o grande salvador da empresa.

Isso não aconteceu do dia para a noite. Lentamente, fui ganhando a confiança dos nossos fornecedores externos. Eu os conquistei. O porco-espinho que vendia capachos novos se convenceu de que seria pago dentro do prazo de vinte dias dali em diante. Uma águia da Receita soube que eu estaria sempre disponível para responder todas as perguntas. Os outros animais que trabalhavam na agência se acostumaram a ver o estoque do almoxarifado sendo reabastecido periodicamente.

Depois de um ano de árduo trabalho, meus esforços deram resultado. Graças à minha retidão que me permitia diferenciar claramente o certo do errado, a Wolle & Wolle se tornou um modelo de práticas empresariais para o mercado.

Como era de se esperar, ninguém na agência reconheceu meu trabalho. Para todos aqueles *designers* egocêntricos de roupas coloridas e consciências flexíveis, eu continuava sendo apenas mais um funcionário sem nenhum destaque em especial.

Ótimo.

Ao contrário deles, eu nem precisava me envolver nas disputas irônicas da agência. Sabia o meu valor.

E era maior que o deles.

Consideravelmente maior.

— Venha comigo e eu explico — disse Wolle Lebre.

Não demonstrei nenhum entusiasmo. Com um salto só, Wolle veio até a minha mesa e me pegou pelo braço. Ele me puxou da cadeira. Com força, me empurrou para fora do escritório. Eu me sentia seguro dentro do meu escritório. Minhas pastas e arquivos de documentos controlavam minha vida profissional, estabelecendo limites e dando significado a ela. No mundo externo ao meu escritório que era a agência em si, uma outra organização imperava.

Uma falta de organização.

Meu status me garantia certa invisibilidade, mas naquela manhã, enquanto Wolle Lebre me empurrava pela agência, senti vários olhares sobre mim. Alguns se perguntando quem eu era. E outros mais invejosos se perguntando por que Wolle Lebre estaria dedicando tanto de sua atenção a alguém como eu.

Eu também gostaria de saber.

Wolle Lebre e Wolle Sapo tinham um escritório conjunto no canto do andar que se estendia até uma sala de reunião com vista para a Place Great Hoch. Sapo estava à nossa espera na mesa dele quando chegamos. Um pequeno grupo de *designers* que sempre era convocado para trabalhos mais importantes estava sentado à mesa de reunião. Eu sabia o nome de todos eles.

— Aqui está ele! — bradou Lebre em tom triunfante enquanto apontava para mim. — Eu não disse que ele iria nos ajudar?

A empolgação na voz de Wolle Lebre não cativou reação alguma. O grupo sentado à mesa de reunião parecia bastante cético.

— Quem é esse? — perguntou um deles.

— Não faço ideia — respondeu um outro.

— Você aceitou se voluntariar, Teddy? — perguntou Wolle Sapo.

Eu não sabia do que ele estava falando. Dei de ombros.

— Eles querem usar você em um anúncio — disse o sapo, apontando para a equipe de criação em volta da mesa e para a lebre. — Um anúncio de serviços bancários.

— Eu?

Ninguém na sala poderia entender minha pergunta como um sinal de pretensão.

O sapo acenou com a cabeça.

— Nós queremos passar uma imagem de confiança — disse ele, tentando explicar por que a equipe havia me escolhido.

Eu estava totalmente despreparado para isso. Antes que conseguisse me recompor, Wolle Lebre pôs o braço em volta do meu pescoço e me afastou da mesa do sapo.

— Esta é a sua chance, Teddy — explicou ele em voz baixa. — Você não pode passar o resto da sua vida como assistente administrativo em uma agência de publicidade.

— Eu estou muito contente com a...

Nós paramos no meio do caminho entre a equipe de criação e a mesa do sapo.

— Não estou dizendo que você tem uma carreira de modelo pela frente — esclareceu Wolle Lebre. — Mas se você aceitar essa proposta, não seria improvável que seu nome fosse cogitado da próxima vez que um cargo de gerência aparecer.

— Você está falando da vaga para gerente de contabilidade...?

Nosso gerente de contabilidade era um velho gaio azul que estava para se aposentar no final do ano. Até então, eu não havia ouvido falar de nenhum sucessor.

— Não vamos entrar em detalhes — Lebre me interrompeu. — E é claro que isso não é nenhum castigo, digo, aparecer em um anúncio do Banco da Caixa Econômica.

Nós estávamos na frente de uma enorme lousa branca. Eu olhei para os *designers*, mas eles já pareciam ter perdido o interesse por nós.

— O Banco da Caixa Econômica? — repeti. — Mas nós usamos o Banque Mollisan. Eu não conheço ninguém no Banco da Caixa Econômica.

— Então nós vamos ter de tentar — disse Wolle, sem se incomodar com a minha objeção.

— Eu não sei se eu...

— Então o cargo é seu, vamos fechar assim? — disse Wolle. — Gerente de contabilidade, certo? Nada mau, não é? Vamos fechar assim?

— Não sei se eu...

— Ótimo — disse ele, dando um tapinha nas minhas costas como confirmação.

Os *designers* olharam para nós. Acho que vi um ou dois sorrisos entre eles. Talvez tenha sido só porque Wolle parecia estar contente.

— Teddy está com a gente! — bradou Wolle Lebre.

Lebre foi até os outros para discutir as consequências das boas novas. Eu continuei parado em frente à lousa. Ninguém parecia se importar comigo. Os *designers* e Lebre ficaram conversando, e Sapo continuou em sua mesa, escrevendo. Eu deveria ir embora? Antes que pudesse me decidir, um gato se levantou da mesa de reunião. Eu sabia quem ele era. Ele havia ganhado um prêmio por uma campanha de cerveja *light*.

— Legal — disse ele, apertando minha pata. — Não vai ser difícil. É só ser você mesmo, com suas roupas normais.

O gato me analisou de cima a baixo e fez um aceno de aprovação com a cabeça.

— Vai ser em um estúdio. Um belo cenário. Chuva caindo — disse ele. — Você só precisa ficar lá. Fazendo cara de honesto. Mas sorrindo.

— Sorrindo na chuva? — perguntei.

— "Um banco para você que já está cheio de ser maltratado" — disse o gato. — Esse é o conceito. Essa é a mensagem.

— Eu sou o cara que foi maltratado? — perguntei.

O gato deu de ombros.

— Você é o cara que já está cheio de ser maltratado.

— Mas eu sou o cara que foi maltratado?

— Urso — disse o gato com um sorriso amigável —, você pode ser um rolo-compressor na vida real. Mas, no anúncio, você vai ser o cara que já está cheio de ser maltratado e decide abrir uma conta no Banco da Caixa Econômica.

— O Banque Mollisan é melhor — eu disse.

— Sobre isso, eu não tenho nenhuma opinião — disse o gato, que depois voltou para se sentar junto dos outros.

Assumir um papel e passar uma ideia sobre um determinado assunto não tem nada a ver com o bem ou o mal. Eu não era ingênuo. Um modelo fotográfico que interpreta um personagem mau não era um bicho de pelúcia mau. Explorar o seu lado mais obscuro é necessário se o seu objetivo é ter uma vida virtuosa.

Não pretendo entrar nesse assunto.

Só estou tentando dizer que se colocar na frente de uma câmera para afirmar que o Banco da Caixa Econômica é o melhor banco da cidade não tem nada a ver com ser bom ou mau.

Por outro lado, as consequências eram inaceitáveis.

Digamos que alguém tenha visto esse anúncio e realmente acreditado nessa mensagem. E então decidido mudar sua conta para o Banco da Caixa Econômica.

Fazer um anúncio, segundo Wolle Lebre e Wolle Sapo, era um trabalho. Nós só fazíamos o nosso trabalho. Quem visse o anúncio teria de assumir a responsabilidade por sua própria vida. Influenciar os outros não implicava iludir ou enganar ninguém. Não havia nenhuma segunda intenção por trás disso. Recomendar um banco como sendo melhor do que os outros não era um crime.

A argumentação era impecável.

Mas eu sabia que o Banco da Caixa Econômica não era o melhor. Sabia que qualquer um que mudasse de banco motivado por esse anúncio não encontraria melhores serviços. O problema não era a fotografia. Era assumir responsabilidade por uma cadeia de eventos que toda ação inicia.

Eric aceitou o trabalho no meu lugar.

Nós fizemos um acordo.

Eric não tinha ressalvas quanto às fotos do anúncio. Ele era o perverso. Eu era o virtuoso. Isso aconteceu alguns meses antes do casamento com Emma Coelho. Ou alguns meses depois. Foi o começo de algo ou uma transição natural. Eric e eu fomos promovidos a gerente de contabilidade. Ou talvez tenha sido gerente de marketing ou algum outro tipo de gerente. Tenho dificuldade para guardar esses cargos na memória.

Juntos, nós construímos uma carreira de sucesso na Wolle & Wolle.

O mundo da publicidade era perfeito para o meu irmão gêmeo. Ele surpreendeu a equipe de *designers* ávidos por inovação com sua postura confiante e seus inusitados saltos de raciocínio. Ele não tinha nada a perder. Eu não sei ao certo o que ele fez ou disse por lá. Por motivos óbvios, nós nunca estávamos na agência ao mesmo tempo. Mas tenho certeza de que não foi nada muito extraordinário.

Eu era, sem dúvida, o gêmeo de maior capacidade intelectual.

Eric soube transformar suas limitações em vantagens.

Ele nunca manifestava uma opinião definitiva sobre nada.

Tudo passou muito rápido. Eu ia ao escritório um dia por semana. Dois ou três no máximo. No resto do tempo, era Eric quem ficava lá. Ele é um animal extrovertido. Que busca contato. Eu não sou nem um pouco assim. Ele ficou sabendo de coisas que eu nunca nem ouvira falar. Ele acabou chegando ao conselho diretor. Eu também. Isso se tornou a nossa plataforma.

Nós ficamos muito amigos de Wolle Lebre.

Foi algo incompreensível.

Wolle Lebre era um animal notoriamente fechado. Ainda assim, Eric conseguiu abrir todas as defesas dele como se fossem meros cadeados de bicicleta. Depois de alguns meses, Eric já era o maior aliado de Lebre.

Não estamos falando de nada muito profundo.

Lebre estava convencido de que a agência iria à falência se não crescesse. Eric não sabia nada sobre o mercado. Mesmo assim, ele manifestou suas opiniões. Às vezes, eu os ouvia enquanto eles conversavam pelo telefone. Meu tacanho irmão gêmeo estava usando palavras como "sinergia" e "fusões". Em um belo dia, ele podia defender com todo o entusiasmo a ideia de abrir um cassino. Em outro, podia propor a criação de uma empresa imobiliária.

Era uma insanidade pura.

Eu estava diante de uma carroça desenfreada rumo ao precipício. Eu me encarregava de organizar cuidadosamente todos os papéis que chegavam até mim. Eu regava as flores. Eu repunha o café na cafeteira.

Imaginei que seria só uma questão de tempo até que nossa farsa fosse exposta.

O comportamento de Eric foi se tornando cada vez menos aceitável. Quando Wolle Lebre nos chamou um dia em seu escritório menos de um ano depois de termos chegado à gerência de contabilidade, achei que era o fim.

Era Eric quem estava trabalhando naquele dia.

Ele nem ficou surpreso ao ser promovido a diretor-executivo assistente. Segundo Eric, isso era só uma consequência natural do nosso trabalho com Wolle Lebre.

Uma consequência natural.

Não pretendo entediar o leitor descrevendo o espanto que senti várias e várias vezes ao longo dos anos. Minhas funções na agência diminuíram. As de Eric, por sua vez, cresceram.

O sucesso dele também cresceu. Eu parei de encarar isso como uma conquista nossa. Passei a acompanhar a carreira dele de longe. Uma distância que a Casa Lakestead me oferecia. Eric não era reticente quanto às suas ocupações. Pelo contrário. Ele me contava tudo. Como se estivesse tentando compensar alguma coisa.

O trabalho envolvia comunicação e manipulação. Ele se saía muito bem em qualquer tipo de projeto ligado a marketing. A explicação era simples. Ele não tinha medo de mentir. De dizer que um detergente era o mais econômico. Que um carro era mais seguro do que os da concorrência. Que um seguro era mais completo do que os outros.

Mesmo se não fosse verdade.

Ele tratava os colegas da mesma forma. Ele os elogiava ou difamava apenas para alcançar seus próprios objetivos mesquinhos. Não se preocupava em pensar se seus julgamentos eram racionais ou não. Quando comentei isso, ele pareceu não entender do que eu estava falando.

Eric emplacou um sucesso atrás do outro. No começo, só na Wolle & Wolle. Mas depois, ele chegou às elites mais poderosas da cidade. Eu tinha certeza de que, cedo ou tarde, ele acabaria sendo descoberto por alguém.

Eu não ansiava pela chegada desse dia; o prazer em contemplar o sofrimento alheio é para os invejosos. Por outro lado, ansiava, sim, pela chegada desse dia para que a justiça fosse feita. Era uma questão de equilíbrio. Eric já tinha perdido o rumo na vida há muito tempo, e as ondas que se quebravam no píer da Casa Lakestead durante a chuva da tarde sempre voltariam no dia seguinte.

Mas os anos se passaram e nada aconteceu.

Meu interesse pela vida profissional de Eric foi ficando cada vez menor. Perdi a conta de para quantos conselhos ele entrou e para quantas comissões ele foi eleito.

Às vezes, eu sentia vergonha por ele usar o meu nome.

Às vezes, queria que ele não me incomodasse mais com as suas histórias.

Eu fui incrivelmente ingênuo.

Não é uma autocrítica. É uma questão de orgulho. A ingenuidade é algo que cultivo; para mim, a ingenuidade representa uma consciência pura, boas intenções e uma confiança genuína no mundo lá fora, que são as bases da força necessária para se continuar na luta contra o cinismo.

Fui incrivelmente ingênuo. Achei que conseguiria voltar ao meu lugar assim que Eric fizesse os votos matrimoniais que eu mesmo não poderia fazer.

A festa depois do casamento foi uma prévia do que estaria por vir.

Fiquei sentado em um café em frente ao local da festa e vi os bichos de pelúcia que Emma e eu havíamos convidado passando pela calçada. Eu os vi através das janelas iluminadas, brindando à noiva e ao noivo. Eu podia ouvir a música abafada do outro lado da rua. As músicas que eu mesmo havia escolhido. Junto de minha mãe, decidi como os guardanapos seriam dobrados e quais pães viriam com os canapés. Eu sabia de tudo o que estava acontecendo, mesmo sem estar lá.

Presumi que a noiva e o noivo deveriam estar muito felizes.

Eu estava feliz.

Eu nem imaginava o que estava prestes a acontecer.

Quando subi as escadas na Rua Uxbridge na manhã seguinte, pronto para trocar de lugar com Eric, uma surpresa me aguardava.

Conforme combinado, cheguei e fiquei esperando na escada. A chuva da manhã estava começando. Não havia nada de especial na minha mente. Meus sentidos estavam escancarados. O fato de Eric ter acordado ao lado de Emma naquela manhã não me incomodava. Eric e eu éramos opostos um do outro. Nós éramos um único ser. Fiquei na escada e esperei. Meu coração estava aberto e meus pensamentos eram puros.

Eu trocaria de lugar com Eric e a ordem seria restabelecida.

A porta se abriu e lá estava o meu irmão gêmeo.

— Você é um urso de sorte — comentou ele, sorrindo.

— Eu sei — respondi.

— Se precisar da minha ajuda de novo, é só ligar — disse ele.

— Obrigado — eu respondi.

— Até mais — disse ele.

Eu acenei com a cabeça.

Entrei no apartamento e deixei Eric na escada.

O apartamento era maior do que eu imaginava. Vários quartos e corredores. *Closets* e cantos. Finalmente, encontrei Emma Coelho no banheiro, penteando os pelos. Ela estava cantarolando uma das músicas que a orquestra havia tocado na noite anterior.

— Como se novembro já fosse tarde demais... — disse ela, enquanto eu entrava.

— Não é — eu respondi, mas logo mudei de ideia. — Ou é?

Eu não sabia do que ela estava falando.

— Mas a Alexi vai ver do que uma bicicleta verde é capaz — disse ela.

— Claro — eu respondi.

Eu não sabia do que ela estava falando.

— Além disso, você sabe o quanto vai doer? — ela perguntou.

Eu meneei a cabeça.

Eu não sabia o que iria doer.

— Querida, eu já volto — disse.

Corri para fora do banheiro. Corri para fora do apartamento. Corri escada abaixo e cheguei até a rua onde corri o mais rápido que pude na direção para onde imaginei que Eric tivesse ido.

Eu o alcancei antes da Alameda Wright.

— Não deu certo — bufei. — Você tem de voltar. Temos de planejar melhor.

Mas não era uma questão de planejamento.

Cada dia que Eric passou no meu lugar ao lado da minha esposa criou memórias em comum. Cada uma dessas memórias criou referências, cumplicidades e conexões às quais eu era totalmente alheio.

Por mais onze meses, continuei me encontrando com Eric na escada do prédio. Cheio de esperança, eu voltava para perto de Emma Coelho, tentando assumir uma vida que se desenrolava sem mim. Nos melhores dias, eu conseguia conversar por umas duas horas. Nos piores, menos de um minuto.

Minha determinação continuava inabalável. O amor que sentia por Emma superava o meu bom-senso. Ao longo desses meses, desenvolvi várias estratégias diferentes. Todas as ideias que tive foram postas em prática. Por mais absurdas que pudessem parecer.

Ficou claro para mim que eu seria forçado a espelhar o estilo de vida do meu irmão desde os mínimos detalhes para poder assumir o seu lugar.

Submeti meu irmão a longas entrevistas que levei vários dias para preparar. Interrogatórios regulares em que eu exigia sinceridade total. Eu observava Emma o dia inteiro. Sentado na padaria do Nick, ficava olhando para a porta do prédio deles, pronto para me levantar e ir atrás dela a qualquer momento. Eu tentei viver e respirar a vida daquele casal sem que eles soubessem. Andar pelas ruas por onde eles andavam, frequentar as lojas ou restaurantes que eles frequentavam. A ideia era simples. Se eu tivesse os mesmos estímulos que Eric, as minhas reações deveriam ser muito parecidas com as dele.

Durante esse ano de angústia e desespero, continuei trabalhando na Wolle & Wolle. O trabalho era a minha salvação, um lugar com exigências claras e rotinas monótonas em meio a uma vida caótica de dor e humilhação. Eu passava o dia todo indo e vindo. Estava sempre indo para o escritório ou para o apartamento de Eric e Emma. Depois, voltava para a minha casa. As regras são rígidas em relação a horários na Casa Lakestead. Eu estava sempre com pressa. Estava sempre sem tempo.

Às vezes, era difícil manter o controle. Eu ficava em frente à Wolle & Wolle, pensando se Eric estava lá. Eu ficava em frente ao apartamento na Rua Uxbridge, pensando se Eric estava lá. Eu ficava em frente à Casa Lakestead, pensando se eu estava lá. Eu ficava em frente à casa na Rua Hillville, pensando se meu pai estava lá. Eu ficava sozinho, pensando se Eric estava ao meu lado.

A dor pelo fracasso diminuiu. Eu já sabia o que esperar dos meus encontros com Emma. Minha esperança venceu minha própria inteligência. Minha esperança era um convite ao autoengano. Eu estava me equilibrando na beira do precipício da desonra.

Mas, certo dia, a realidade por fim venceu a fantasia.

Era simples demais.

Finalmente, a realidade destruiu a fantasia.

No entanto, essas fantasias eram a minha força vital. Os castelos de ar que eu construía a cada vez que eu corria em desespero atrás de Eric e o convencia a dar meia-volta. Mas quando me dei conta da realidade, todos os sonhos da minha vida desabaram e não me sobrou quase nada.

Eu desisti. Deixei Eric vivendo a minha vida. Acho que ninguém percebeu.

Eu desisti.

Há certas ocasiões — para alguns, isso pode acontecer várias vezes durante um dia normal enquanto, para outros, apenas algumas vezes ao longo de anos — em que você se percebe descontente com a própria vida.

Uma espécie de vazio existencial.

Uma ideia recorrente que surge quando a maioria das suas necessidades físicas e emocionais está sendo atendida. Você fica entediado, embora devesse estar feliz. Você sente uma espécie de desligamento, uma falta de pertencimento, e se pergunta se a vida se resume a apenas isso mesmo.

Nunca senti esse vazio.

Eu me levanto de manhã, quando é hora de acordar, mais ou menos quando a chuva da manhã começa a cair. Não sou um animal matutino, mas me forço a levantar e fazer minha higiene matinal. Depois disso, faço alguns exercícios simples e desço para tomar o café da manhã. Depois de ler todo o jornal, volto para o meu quarto. Arrumo as minhas coisas. E ainda tenho tempo para dar um passeio pelo jardim antes do almoço.

Às vezes, ainda vou até a cidade à tarde. Especialmente nas terças e quintas. Vou até a padaria do Nick, tomo um café e fico olhando para a entrada do número 32 na Rua Uxbridge.

Se Emma Coelho aparece, eu a sigo. Nem sempre, mas às vezes acontece.

Eric vem me visitar na Casa Lakestead. Mais até do que o necessário. Não quero pedir para que ele não venha. Ele faz isso por vontade própria.

Eu não posso dizer a ele que Emma Coelho mentiu para nós. Que ela não é órfã de pai coisa nenhuma e que, na verdade, o pai dela é um pombo.

Há situações em que a saída virtuosa não é nada óbvia.

Não dizer a verdade é uma omissão. Uma omissão é uma traição. Mas dizer a verdade às vezes implica destruir algo que se sustenta há muito tempo. Se Eric soubesse que Emma vinha escondendo esse segredo por tanto tempo, ele ficaria desolado.

Por que ela preferiu manter o próprio pai em segredo? Eu não sei. E se ela tivesse bons motivos para tomar essa decisão? Talvez houvesse uma explicação simples. Para julgar um outro animal, você precisa fechar os seus olhos para a verdade como um todo.

Eu nunca fecho meus olhos.

Eu sei que a minha vida não pertence a Eric. E que a vida dele não me pertence. Nós hoje somos dois indivíduos separados por certos motivos. Há motivos por trás disso. A verdade, que para mim é uma parte da virtude, não significa nada para ele. Emma Coelho significa tudo para ele. Ela se tornou quem é por conta de uma longa série de acontecimentos que, graças à ordem em que aconteceram, definiram a personalidade que ela tem hoje. Ela deve ter seus motivos para esconder o próprio pai. Como não sei quais são, não posso julgá-los.

Eu não disse nada.

Nenhuma palavra escapou dos meus lábios.

É nisso em que eu penso enquanto caminho pela praia durante as tardes.

Era nisso em que eu estava pensando hoje enquanto caminhava pela praia.

Eu comentei uma ou outra coisa em voz alta comigo mesmo. Quando as nuvens escuras se aglomeraram lá no alto com o cair da tarde, peguei algumas gotas de chuva com a língua. Então, como sempre, os portões dos céus se abriram. Voltei às pressas para casa. Eles servem biscoitos e chá à tarde para quem quiser. Eu preferia esperar até o jantar, pois gosto de comer bem cedo.

Nos fins de tarde, eu refletia.

À noite, eu dormia.

Capítulo 25

Eric, que surpresa! — disse o arcediago Odenrick, sem nenhuma alegria em sua voz.

Eric já estava com um pé para dentro do gabinete do arcediago, sem saber bem o que fazer. Do outro lado daquelas pequenas janelas arredondadas, ele podia ver o mundo lá fora sob a forma de prédios e postes de luz, mas Eric teve uma forte e desagradável sensação de que nunca mais voltaria a ver nada disso. Ele fechou a porta depois de entrar e tentou recompor sua coragem.

— Entre, entre — pediu o arcediago com um sorriso largo e caloroso.

Eric tentou retribuir o sorriso, mas não soube ao certo se havia conseguido. Foi lentamente até a ampla poltrona de visitas que ficava em frente à enorme mesa do arcediago, onde ele nunca ousou sentar quando era pequeno. Sentou-se, mas apenas na borda da poltrona, com as costas retas e as patas no colo. Ele ainda não havia dito nada.

— Eric, o que você faz aqui tão tarde...? — disse Odenrick.

— Pois é... — o urso finalmente conseguiu dizer.

— Você estava passando por aqui, ou...?

— Sim, isso mesmo.

— Mas ninguém visita o arcediago, assim, tão tarde sem ser por algum motivo em especial, não é mesmo? — disse Odenrick.

Pego em flagrante, Eric acenou com a cabeça, envergonhado.

— Sem problemas, não tenha pressa. Como estão seus pais? Tenho me encontrado tão pouco com eles ultimamente.

Edda e Boxer. Esse era um bom assunto para se abordar. Era terreno conhecido. Eric contou o que sabia sobre Edda e seus esforços no ministério, e o urso e o arcediago passaram então alguns minutos tentando se lembrar de quais eram as melhores sobremesas que ela já havia preparado ao longo dos anos. Pela primeira vez, Pinguim Odenrick, que também era muito próximo do pai de Eric, perguntou ao urso se ele já havia se reconciliado com Boxer Bloom. Eric balançou a cabeça. Não, eles estavam sem se falar desde... muito tempo.

— Saiba que seu pai sofre com isso — disse Odenrick, muito sério. — Mesmo que você não acredite, pois sei que não acredita. Se você soubesse o quanto ele sofre por isso, estou certo de que ligaria para ele e tentaria resolver esse assunto. Você não é um mau urso, Eric.

Pensar em Boxer Bloom deixou Eric irritado como sempre e, mesmo agora, no gabinete do arcediago, com tantas coisas em jogo e tanto a ser dito, ele sentiu uma grande dificuldade em ouvir as palavras de Odenrick e não fazer nenhum comentário.

— Como se ele não pudesse me ligar — murmurou Eric Urso.

— Vocês dois têm a mesma teimosia — disse Odenrick com um leve sorriso. — É terrível. É hereditário, o que só faz seu pai sofrer ainda mais. Ele vê a própria teimosia em você.

— Não é só isso... — disse Eric em tom de desdém, mas se arrependeu imediatamente. De todos os dogmas da Igreja, ele sempre achou a discussão sobre a herança genética uma das partes mais difíceis de se engolir.

— Nós já conversamos sobre isso, não é? — disse o arcediago, percebendo a hesitação por parte do urso.

Eric assentiu.

— E se me lembro bem, eu propus uma questão retórica, perguntando se você realmente acredita que os entregadores trazem os filhotes ao acaso. Acredita mesmo que o destino foi o único responsável pelo fato de que só você e Teddy foram entregues aos seus pais? Ou seria esta a intenção de alguém? A segunda opção parece mais provável, não acha?

Eric queria concordar, mas não teve coragem. Ele sabia que era assim que o arcediago sempre abordava a questão do pecado original.

— Mas todos nós não nascemos bons? — protestou Eric de forma quase tola, pulando várias linhas de raciocínio para chegar a esse ponto.

— Todos nós nascemos com potencial para fazer coisas boas — disse o arcediago em tom diplomático.

— Mas, arcediago, você acredita mesmo que alguns bichos de pelúcia saem direto da fábrica já propensos ao mal? E isso só porque os animais que se tornarão os pais, ou avós, desses filhotes já fizeram algo de errado em algum ponto de suas vidas?

Eric não conseguiu conter a acidez de sua ironia e se inclinou involuntariamente um pouco mais na direção do arcediago.

— Nós todos trazemos conosco o pecado que vem sendo cometido ao longo dos séculos. A tarefa da Igreja é perdoar. É assim que nossos papéis no mundo são designados. Você encara tudo isso de uma forma muito literal, muito pessoal — complementou o arcediago.

— A tarefa da Igreja é perdoar? — repetiu Eric. — Quantas vezes isso pode acontecer? Depois de quanto tempo após um pecado o perdão ainda é válido? E assim que eu for perdoado, posso dizer que um padre me transformou em um bom animal?

Eric falou rápido, tropeçando entre as sílabas; ele tinha de passar logo por esse desvio para chegar aonde realmente queria.

— Arrepender-se verdadeiramente do pecado que você cometeu — respondeu o arcediago sem erguer a voz — é o mais importante de tudo.

— A resposta está no desassossego — afirmou Eric.

— No arrependimento — corrigiu o arcediago.

Eric se levantou da poltrona. Sua frustração com a conversa e o dogmatismo do pinguim era tão grande que ele já não conseguia mais ficar parado.

O arcediago entendeu esse gesto de forma equivocada.

— Foi por isso que veio aqui? — perguntou Odenrick, dando a Eric uma oportunidade para não perguntar aquilo que o arcediago já sabia que o urso estava pensando em perguntar. — É por alguma coisa que você fez? Para pedir perdão? Isso não tem nada...

— Não — interrompeu Eric, fazendo um gesto com a pata como se o arcediago fosse algum tipo de repórter. — Eu não estou aqui para pedir perdão.

O arcediago se inclinou sobre a mesa, observando cuidadosamente seu visitante. O tom humilde que até então vinha camuflando o verdadeiro estado de espírito de Eric tombou ao chão como as cortinas de uma imensa obra de arte, revelando o que realmente se passava dentro do urso.

— Estou aqui para pedir ajuda — disse Eric Urso, embora isso não parecesse um pedido.

— É claro que eu farei tudo o que estiver ao meu... — começou o arcediago, mas, mais uma vez, ele foi interrompido.

— Isso é o que veremos — disse Urso. — Estou falando sobre a Lista da Morte.

Independentemente de quais fossem as expectativas de Eric, todas elas foram por água abaixo. O pinguim nem chegou a piscar. Nenhum sinal de surpresa ou irritação, nenhum sinal de medo ou de que ele sequer houvesse entendido a declaração do urso. Pinguim Odenrick apenas continuou com sua postura casta de sempre.

— A Lista da Morte?

— Eu sei como é o esquema — disse Eric. — Eu sei que a lista é sua.

— A lista é minha?

— Sei que é você quem a prepara, que você escolhe os animais que irão morrer.

— Você sabe disso?

— E eu preciso de ajuda — repetiu o urso.

— Sente-se — disse o arcediago.

Foi uma ordem, o tom de voz do pinguim foi rígido, não mais do que o bastante para fazer com que aquele urso tão confiante voltasse a ser apenas um ex-aluno de crisma.

Eric se sentou e tentou encarar o arcediago. O olhar do pinguim já não tinha mais nada da complacência de antes.

— É melhor você pensar com muito cuidado na acusação que está prestes a fazer — disse Odenrick —, porque depois que as palavras saírem da sua boca, será muito difícil voltar atrás. Eu aprendi a perdoar, mas dificilmente me esqueço das coisas.

— Eu não tenho medo de você — respondeu Eric.

E assim que o urso disse isso, ele soube que era verdade. Não estava com medo. Sentado ali atrás daquela mesa, estava um pinguim idiota que poderia fazer com que sua amada esposa e seu irmão gêmeo continuassem vivos. E que poderia condená-los à morte também. Do que Eric iria ter medo? O que mais ele teria a perder?

— Eu não tenho medo — repetiu Eric — porque sei quem você é e que o seu poder só existe graças aos seus segredos.

— Você acha que sabe o que é o poder — disse o arcediago —, mas não sabe de nada.

O pinguim se levantou, e Eric ficou feliz por haver aquela mesa enorme entre eles.

— Os mundos pelos quais você transita, em que a batalha por vantagens materiais é travada com métodos em maior ou menor parte criminosos — disse o arcediago Odenrick, com todo o seu fôlego —, e nisso eu incluo os seus pomposos diretores corporativos, são apenas uma antessala. Vocês estão sempre tão ocupados competindo entre si que não conseguem enxergar. Não percebem que alguém lhes concedeu essa arena onde se enfrentam, e que desde que vocês se atenham a isso, poderão ficar em paz. Mas se começarem a tentar fugir desse ciclo, sofrerão um castigo. Severo e impiedoso. E isso, meu caro amigo, é o poder. Coisa que você continuará a sentir, mas nunca poderá ter.

O pinguim continuou de pé atrás da mesa. Com a respiração ofegante, olhou para o urso. Agora, ele parecia uma figura demoníaca, mas ainda assim, Eric não estava com medo.

— O poder — repetiu o urso, acenando com a cabeça para si mesmo como se tivesse entendido alguma coisa. — Claro. Esse é mesmo um fator motivacional.

O pinguim não se deixou provocar.

— É tudo uma questão de gerenciar esse poder. Eu lutei por ele, não tenho problema algum em admitir isso. E só faço isso porque quero usá-lo. Caso contrário, esse esforço não teria sentido. E sei usá-lo muito bem. Porque compreendo o fato de que sou apenas um servo temporário.

— Eu sei o que você pode fazer — disse Eric, assentindo.

— Você não sabe de nada — respondeu Odenrick lentamente e com tanto desprezo que Eric até ficou surpreso.

— Nisso você está errado. Eu sei de muita coisa. E não hesitarei em usar o que sei.

— Sim, não duvido — respondeu Odenrick, voltando a se sentar em sua cadeira. — Você é bom nisso. Foi assim que conseguiu a sua esposa.

Um golpe baixo, tão proposital quanto doloroso. Eric queria seguir sua linha de raciocínio até o fim, mas perdeu completamente o fio da meada. O passado voltou ao presente com uma força violenta e o pegou desprevenido. Embora a provocação do arcediago fosse completamente previsível, Eric não conseguiu evitar uma reação.

— Isso é mentira — disse ele, erguendo a voz — e você sabe disso.

— Ah... — sorriu o arcediago. — Parece que você não é o único aqui que sabe de algumas coisas das quais pode tirar proveito.

— O Teddy sabe — disse Eric. — Ele sempre soube.

— E a sua amada esposa? — perguntou Odenrick gentilmente. — O que exatamente ela sabe sobre tudo o que aconteceu naqueles dias antes de vocês se casarem?

— Ela certamente se lembra de que o estimado arcediago Odenrick realizou a cerimônia — disse Eric. — Tenho certeza disso. E ela se lembra de que o arcediago falou com nós dois um dia antes. Ela provavelmente deve se lembrar da conversa toda, tem boa memória.

Isso não abalou o ar de superioridade no sorriso do arcediago.

— Mas ela sabe que a ideia foi sua? Ela sabe que Teddy...

— Eu fiz tudo aquilo pensando no Teddy e você sabe disso! — gritou Eric.

— Eu sei? — riu Odenrick com desdém. — Eu sei?

— E eu sei que os pacotes de roupas doadas só servem para enviar a Lista da Morte ao lixão! — continuou Eric com o mesmo tom exasperado de voz.

Ele ainda estava sentado bem na ponta da poltrona. Mas não era por respeito ou humildade. O urso parecia um músculo tensionado, só esperando por uma chance para ser usado. A revelação de que Eric sabia como a Lista da Morte era enviada ao lixão fez com que o arcediago ficasse em silêncio. Sem que se desse conta, a parte de cima do corpo de Eric começou a balançar para a frente e para trás.

— Eu quero que você tire dois nomes da lista — disse Eric, contendo sua ira. — Essa é a minha exigência, é por isso que estou aqui hoje. Quero que tire dois nomes.

— Você está louco — disse o arcediago, olhando para a mesa. — Está completamente louco. O que está me pedindo é impossível.

Capítulo 26

Tudo por aqui é tão parecido — reclamou Tom-Tom.

O corvo balançou a cabeça, tentando ver o que estava escrito na placa. As intermináveis quadras cheias de casas idênticas de Amberville o deixavam desconfortável, e ele desacelerou.

— Esta violeta aqui é a Seamore Mews — leu Sam Gazela na placa. — É na próxima já, na rua turquesa.

Sam trazia no colo uma página arrancada de uma lista telefônica em que, só para garantir, ele havia circulado o endereço de Coruja Dorothy. Rua Fried, número 24.

A Kombi estava cheirando a salgadinhos de queijo. Quando Sam forçou o corvo a parar em uma loja de conveniência na Rua Balderton para tentar encontrar um mapa em uma lista telefônica depois de muitas curvas aleatórias à direita e à esquerda, Tom-Tom aproveitou a oportunidade para comprar alguns pacotes de salgadinho. Agora, aquele aroma ácido dominava a Kombi, o bico do corvo estava coberto de manchas alaranjadas e Sam estava com o estômago embrulhado.

— É ali — disse a gazela, apontando para a próxima placa posicionada exatamente na mesma altura, em uma fachada idêntica. — É na turquesa, como eu disse. Rua Fried.

Tom-Tom dobrou a esquina.

— Agora, vejamos... número 56... Siga em frente mais um pouco e já vamos chegar.

Tom-Tom continuou indo devagar, passando por casas e mais casas idênticas de tijolos até estacionar com todo o cuidado, sem fazer nenhum barulho. As fileiras vermelho-escuras de casas se estendiam de norte a sul ao longo daquele plácido cenário suburbano. Casas de dois andares, telhados escuros, janelas brancas, tudo tão bem cuidado quanto qualquer outra coisa em Amberville.

Tom-Tom desceu para a calçada, Sam deu a volta na Kombi e eles subiram juntos às pressas os dez degraus em frente ao número 24 da Rua Fried. Sam tocou a campainha. Eles esperaram um ou dois minutos, ouvindo passos descendo a escada até a sala lá dentro, e então a porta da frente foi aberta por Coruja Dorothy.

A chuva havia acabado de passar, mas o céu ainda estava coberto de nuvens.

Dorothy era uma coruja puída, uma ave muito velha com olhos grandes que ficaram indo e vindo pesarosamente entre a gazela e o corvo. Eles haviam acordado a coruja, era óbvio; ela estava com as orelhas cobertas por uma espécie de touca de dormir e usava um penhoar em volta de seu corpo magro. Ela tentou esconder um bocejo com a asa.

— Boa noite, minha linda rainha — disse Sam em uma tentativa de parecer descontraído. — Meu nome é Sam. Peço desculpas por interrompê-la a esta hora da noite, mas Eric Urso nos pediu para vir aqui dar um oi à senhora.

— Eric Urso? — repetiu Dorothy.

A gazela e o corvo acenaram com a cabeça.

Dorothy pareceu divagar por um instante sobre as chances de que essa afirmação fosse de fato verdadeira. Em seguida, ela se decidiu e deu um passo para o lado, recebendo os dois estranhos agora como seus convidados. Sam entrou e Tom-Tom veio logo atrás. A velha coruja os guiou com passos vigorosos até a cozinha, onde pediu para que eles se sentassem a uma pequena mesa redonda enquanto punha a chaleira no fogão.

— Já faz muito tempo que não vejo o Eric — disse ela. — Ele está bem?

— Está mais lindo do que nunca — respondeu Sam.

— Superbem — afirmou Tom-Tom.

— Bom, não poderia ser diferente — acenou Dorothy com a cabeça. — Vocês aceitam leite ou açúcar no chá?

— Só leite, obrigado — respondeu Sam.

— Obrigado — disse Tom-Tom. — Não gosto muito de...

— Você prefere alguma outra coisa?

— Não, não, obrigado.

Tom-Tom ficou perturbado pela forma como aquela velhinha, que muito em breve seria alvo de seus gritos e ameaças, estava os tratando com tanta cortesia. Ele concluiu que, se não aceitasse nada para beber, seria mais fácil maltratá-la depois.

Dorothy serviu uma xícara de chá para Sam e pôs um copo com água na frente de Tom-Tom. Em seguida, ela se sentou de frente para eles à mesa da cozinha.

— Não sei bem como dizer isto... — começou Sam Gazela.

— É só dizer, oras — sugeriu Dorothy. — As coisas são como são.

— Sim, mas isto é diferente — disse Sam. — E pode soar estranho se eu só disser assim.

— Diga — repetiu Dorothy. — Eu sou velha, já ouvi tantas coisas.

— Sim, mas nada como isto. É o tipo de coisa da qual ninguém fala por vontade própria. E eu me sinto meio estranho em abordar este assunto.

— Diga — repetiu Dorothy pela terceira vez. — Tudo vai ficar mais fácil depois.

— Diga logo — concordou Tom-Tom, irritado. — Ou então eu vou dizer.

Sam ergueu a pata. Ele mesmo iria falar. Seria uma tolice deixar que aquele corvo idiota começasse a conversa.

— Titia querida, nós precisamos dos manuscritos do arcediago para as Listas da Morte — disse ele.

Estava dito. Coruja Dorothy não reagiu com surpresa nem consternação. Aparentemente, ela não havia entendido absolutamente nada.

— Como é? — disse ela. — Acho que não entendi direito.

— As Listas da Morte — repetiu Sam. — Nós sabemos como elas são preparadas. Tudo o que o arcediago escreve à mão, você passa a limpo na sua máquina de escrever.

— Ah, sim — disse Dorothy sem nenhum orgulho. — Isso é por causa da letra do arcediago. Sabe, apesar de toda a cultura e sabedoria que aquele pinguim tem, é quase impossível entender a caligrafia dele. Eu levei anos para conseguir diferenciar o "j" do "g" dele. Sem falar nos minúsculos rabinhos que distinguem o "h" do "n" que ele faz. Mas com o tempo, você aprende e...

— Sinto muito — interrompeu a gazela. — Estou certo de que essa é uma linda história. Mas estamos com pressa. Você poderia nos entregar os manuscritos das Listas da Morte?

— Listas da Morte? — repetiu Dorothy. — Isso me parece tão violento. Vocês estão me dizendo que o arcediago Odenrick tem algum envolvimento com isso? Que tipo de ligação seria essa, se é que eu posso perguntar?

— Titia, você sabe do que nós estamos falando — disse Sam.

— Mil perdões — disse Dorothy —, mas não sei do que...

— Vamos logo, droga! — berrou Tom-Tom. — Estamos com pressa. Traga logo essas malditas listas, minha senhora. Se não, vou fazer você... Só traga logo as malditas listas.

— Cruzes — exclamou Dorothy, horrorizada.

— Exatamente — disse Sam sem nenhum entusiasmo.

Ficou claro que a velha coruja estava com medo. Apavorada, ela olhou para Sam e acenou freneticamente, agitando seu bico curto para cima e para baixo como uma boia em um mar revolto.

— E então? — disse Sam.

Mas Coruja Dorothy parecia estar em uma espécie de transe de medo e perplexidade, e a não ser pelos incessantes acenos com a cabeça, ela não esboçou nenhuma outra reação.

Sam olhou para Tom-Tom, que ergueu suas asas para mostrar que não sabia o que eles deveriam fazer.

— Você tem um escritório por aqui, titia? — perguntou Sam. — Mostre para nós o lugar onde você costuma ficar, onde trabalha com as coisas do arcediago.

A mudança no tom de voz da gazela funcionou. Em partes. Dorothy conseguiu vencer sua paralisia temporária. Confusa, ela balançou a cabeça e murmurou algumas palavras, dizendo que não sabia do que eles estavam falando; então, levantou-se e os guiou até um pequeno escritório que ficava ao lado da cozinha. Uma organização pedante dominava a sala. Pilhas bem arrumadas de cartas, papéis e materiais arquivados se espalhavam sobre a mesa e as prateleiras ao lado.

— Isso mesmo — bradou Tom-Tom triunfante ao avistar vários papéis manuscritos com uma caligrafia ilegível como a que a coruja tinha acabado de descrever.

Sam se sentou na cadeira atrás da mesa, e Dorothy ficou ao lado dele, tentando controlar seu nervosismo e explicar o que havia em todas aquelas pilhas enquanto via com cada vez mais espanto a forma como Sam revirava a papelada sem nenhum tipo de cuidado.

— Tudo inútil — disse ele pouco depois. — Isto é tudo inútil. Onde estão as listas com os nomes?

— Mas eu não sei do que você está falando — disse Dorothy. — Que lista de nomes? As únicas listas de nomes que eu tenho aqui são as listas dos alunos de crisma... calma, também tenho a lista dos convidados para a casa do pastor amanhã à noite. É a lista de convidados que você quer?

— Será que não é algum tipo de código? — indagou Tom-Tom.

— Vamos ver o que você tem aí — disse Sam. — Mas não tente nos enganar.

— Eu não quero enganar ninguém — disse Dorothy, abaixando-se até a gaveta de arquivos da mesa para pegar a lista de convidados para o evento da noite seguinte.

O corvo e a gazela desceram às pressas pela escada, dois degraus de cada vez, até a Kombi. Dorothy ficou na porta, apenas vendo os dois irem embora.

Um mendigo estava sentado na calçada, encostado na Kombi Volga cinza. Não havia muitos moradores de rua em Amberville e era bem pouco provável que um deles aparecesse no caminho de Sam e Tom-Tom nesta noite.

Ainda assim, foi o que aconteceu.

Era uma lhama. Sob a claridade dos postes de luz, a Kombi projetava uma sombra sobre a parte de cima do corpo do animal, e eles só puderam ver as patas dele esticadas sobre a calçada. Ao chegarem mais perto, eles viram que se tratava de uma lhama alta, peluda e imunda que estava dormindo apoiada contra o pneu dianteiro do veículo.

Sem dizer nada, Tom-Tom apressou seu passo e correu na frente de Sam. Em alguns segundos, ele já estava perto da Kombi, onde pegou a lhama pelos ombros e a ergueu do chão. É difícil dizer se a lhama chegou a acordar ou se ela sequer teve tempo de recobrar os sentidos antes que Tom-Tom, com toda a força da qual era capaz, a jogasse de cabeça contra a calçada.

Foi o bastante para garantir que a lhama não voltasse mais a acordar naquela noite.

Quando a cabeça macia do animal acertou as pedras da calçada com toda a força, quase nenhum som ecoou pela rua, mas quando o corvo agarrou as patas da lhama e a jogou com violência contra a lateral da Kombi, ouviu-se claramente um som diferente, embora não muito dramático, de uma costura se arrebentando.

A lhama ficou caída ao lado da Kombi, e Tom-Tom se posicionou com uma perna de cada lado sobre o corpo inconsciente do animal. Sam gritou.

— Corvo! Nós temos de ir!

Mas as palavras da gazela soaram apenas como um fraco sussurro aos ouvidos do corvo, como a brisa passando por uma árvore. Com o pé, Tom-Tom empurrou o corpo desacordado do animal para que ele ficasse de costas, expondo o rasgo aberto sob o braço direito da lhama.

Tom-Tom se ajoelhou e fincou as penas de suas asas na abertura. Ele enfiou suas garras o mais fundo que pôde e arrancou o enchimento da lhama em um frenesi que fez Sam virar a cabeça e olhar para o outro lado. O grotesco ataque às vísceras da lhama continuou até que quase todo o algodão dela estivesse espalhado em pilhas pela calçada.

Em seguida, Tom-Tom perdeu a força e lentamente se levantou para entrar na Kombi. Sam se sentou no banco do passageiro e eles foram embora em silêncio.

O céu não estava nada estrelado, mas eles ainda podiam ver a luz do luar aqui e ali graças a algumas frestas entre as nuvens.

Eles estavam com pressa.

EMMA COELHO

Meu Magnus, estou cansada de esperar. Eu sei que esta é uma sala de espera e que este é um lugar de espera, mas isso não importa, ainda assim, estou cansada de esperar. Além do mais, estou cercada por vários animais em estado deplorável; foi assim aquela outra vez na sala de espera do dr. Sharm e agora é a mesma coisa. Seja no sofá perto do aquário ou nas poltronas ao lado daquela mesa feia de café, por toda parte só vejo velhos trastes que se recusam a aceitar que o tempo passa, que eles já não são mais jovens e que seus pelos já tiveram dias melhores. Eu mesma não estou muito bem, não posso negar. Mas é um pouco diferente, ainda nem cheguei aos quarenta, e a não ser pelos meus joelhos, não estou tão mal assim. Eu poderia me passar por alguém de trinta. Talvez até vinte e cinco, se eu estiver bem arrumada. A velhinha que está olhando para o aquário não deve ter menos do que 65. O que ela pensa? Que ela tem a mesma aparência que tinha aos cinquenta? Isso é trágico. Quando eu fizer cinquenta anos, espero ter conseguido envelhecer com dignidade. Vou continuar de cabeça erguida, vestida como uma verdadeira dama e tentando não me apegar tanto à minha juventude como se ainda não tivesse superado isso. Como se ela não tivesse sido aproveitada ao máximo ou explorada por completo. Não sou do tipo de bicho de pelúcia que olha para trás. O que passou, passou e nunca mais irá voltar. Nunca entendi quem vive relembrando suas velhas derrotas, amargurado por coisas que nunca aconteceram, coisas pelas quais, de qualquer forma, nada mais pode ser feito.

Esperando.

Não, não era a minha vez. Quem se levantou foi a leoa convencida que estava ao lado da porta. Por que ela está aqui? Será que conhece o médico? Talvez ela pudesse trocar a ponta do rabo, mas acho que nem se importa. Se você fechar os olhos para os problemas, é como se eles não estivessem lá. Um dos sábios ensinamentos de meu pai. Ele vive disparando milhares de frases por aí, coisas que ele mesmo inventa e que até soam como verdadeiras lições de sabedoria, mas que, no fundo, não são nada sábias. Eu decorei todas elas, e minha mãe ficava louca sempre que eu as repetia em voz alta. Eles nunca foram um casal muito feliz, meu pai e minha mãe. Ela é comum demais para ele. Ainda assim, sempre achei mais fácil pensar que era ele quem a tolerava do que o contrário. Por que ela deixou que as coisas ficassem assim por tantos anos? Eu nunca suportaria uma coisa dessas. Eu daria o fora. Mas, é óbvio, ela deveria estar com medo. Quem não estaria? Ele não aparentava muito, mas as aparências enganam. Talvez ele a ameaçasse. Dizendo que se ela o abandonasse, ele iria... bom, fazer alguma coisa desagradável. Às vezes, eu o escuto sem que ele saiba. Em geral, é quando ele está no escritório e eu estou de saída, mas fico escutando do lado de fora da porta se percebo que não está sozinho lá dentro. Na primeira vez que isso aconteceu, eu era muito pequena. Eu sempre soube. Desde muito antes que a minha mãe soubesse que eu sabia. Meu pai sabe fazer ameaças. Podemos dizer que isso faz parte do trabalho dele.

Esperando.

Agora?

Não. Ainda não. Sempre que aquela enfermeira sai para chamar alguém, todos os que estão sentados na sala de espera acham que chegou a sua vez. Mas nós temos de esperar. Odeio esperar.

Já pensei nisso demais hoje. Odeio esperar. O papel de parede da sala de espera é verde com finas listras brancas. O teto é um pouco baixo. Há duas janelas pequenas com vista para a rua. A porta fechada da sala de recepção do médico continua fechada. Ela resiste ao nosso olhar. Quando a porta que dá para as escadas se abre e um novo paciente chega, todos nós olhamos com raiva para ele. Todos aqui querem a dedicação exclusiva do médico. Ninguém quer dividir essa atenção. Eu não quero, pelo menos. Sempre gostei de médicos.

Eu já trabalhei como enfermeira. Isso foi há muito tempo e não durou mais do que um ano. Mas nunca tive nenhum outro trabalho por tanto tempo, pelo menos não um trabalho de verdade. Além disso, aquele foi o ano mais longo da minha vida. Foi tudo ideia do meu pai, não tenho como negar. Ele me deu essa sugestão um dia quando se irritou por achar que eu estava fazendo compras demais. Ele sempre acha que eu faço compras demais. Tenho várias amigas que são muito piores do que eu, mas ele não se importa. Pode-se dizer que essa ideia de que eu deveria trabalhar como enfermeira não foi bem uma sugestão a princípio, foi uma espécie de ameaça. Outra de suas ameaças. Mas alguma coisa fez com que ele continuasse pensando nisso e, mais tarde, naquela mesma noite, depois de se acalmar, ele voltou ao assunto. Disse que isso poderia ser bom para mim, ter um emprego fixo. E bom para minha saúde. Não sei se ele chegou a usar a expressão "para formar caráter", mas acho que era isso o que tinha em mente. Minha vida era fácil demais e era hora de experimentar alguns desafios. Este era um dos poucos pontos de consenso entre meu pai e minha mãe: que minha vida havia sido fácil demais até então. Muito mais fácil que a de qualquer um deles. Eu não conseguia entender como isso poderia ser culpa minha, mas, pelo visto, eu seria castigada. Minha mãe ficou em êxtase. Meu pai conseguiu uma vaga para mim no dia seguinte e me levou para conhecer o diretor do hospital. Talvez nem seja necessário dizer que fui contra toda essa ideia. Eu namorava um tentilhão que se interessou em me ver com um uniforme de enfermeira, mas esse era o único ponto positivo da proposta. Com toda a minha tolice, imaginei que meu pai voltaria atrás quando percebesse o que tudo isso envolveria. Ainda achava que era só uma ameaça e que, se eu prometesse conter meus impulsos consumistas, poderia me safar. O diretor do hospital, um médico cujo nome me esqueci assim que fomos embora, explicou todos os deveres do meu trabalho. Até onde entendi, era mais como ser uma espécie de faxineira do que tratar dos pacientes, e, dentro do carro, no caminho de volta para casa, tentei fazer com que meu pai mudasse de ideia. Eu disse que, sendo as coisas assim, esse emprego estava abaixo da nossa dignidade. Mas ele pensava exatamente o contrário e parecia estar muito contente com o fato de que eu passaria a maior parte do tempo esfregando, limpando, lavando, tirando o pó e carregando coisas pelo hospital. Só então percebi que era sério. Só então percebi que aquilo iria mesmo acontecer. Que eu iria começar a trabalhar. Protestei com todas as minhas forças a semana inteira. Parei de falar, parei de comer e expressei aos berros o quanto eles eram idiotas, mas nada disso adiantou. Acho que essa foi a única vez em que meu pai e minha mãe realmente concordaram. E então...

Esperando.

Será que é agora?

Sim, finalmente chegou a minha vez.

Ainda estou em uma sala de espera. Do outro lado da porta, onde eu acreditava que o dr. Sharm estaria, fica uma outra sala menor, ainda com o mesmo papel de parede verde, mas agora com apenas um sofá.

Aqui dentro, duas enfermeiras ficam sentadas atrás de um balcão baixo de recepção, e só há eu e mais um outro animal esperando. Sou eu e a leoa, que ainda está fingindo não me ver. Deve ser ótimo viver assim em um mundinho próprio. Ser como ela, tão cheia de si a ponto de não se preocupar com mais ninguém. Gostaria mesmo de saber por que ela está aqui. Seria por alguma doença de verdade? Mas o dr. Sharm não cuida de doentes, só de nós: os vaidosos. A leoa sabe que estou olhando para ela, já deve ter percebido, mas está com a cabeça virada um pouco para a direita, na direção da janela. Esse perfil... eu a conheço! Eu a conheço de algum lugar, mas não sei de onde. Ainda vou conseguir me lembrar. Aqueles que sabem esperar conseguem tudo o que querem, mas tudo acontece mais rápido se você fizer alguma coisa, como meu pai sempre dizia. As duas enfermeiras da recepção estão organizando papéis. Uma delas é uma avestruz, e a outra pode ser uma hiena ou uma cadela, ou talvez até algum tipo de ursa. Não sou boa em identificar outros tipos de animais, nunca fui.

Há alguns jornais sobre a mesa de centro. Peguei um deles e dei uma folheada. Esperar é assim mesmo. Odeio esperar. A parede atrás da enfermeira na recepção tem um quadro grande. Uma obra expressionista, ou seja lá o que for. Pinceladas em uma explosão de cores. Eu nunca gostei de arte. Nem sei como inventei a história do estúdio. Uma mentirinha boba levou a outra e então, pronto, eu era uma artista e tinha um estúdio. Era perfeito. Não precisava inventar amigos que não existiam e também não precisava inventar explicações falsas sobre amigos de verdade que poderiam me desmentir depois. Não faço o tipo dona-de-casa, nunca fiz, e quando finalmente montei o estúdio, percebi que era exatamente do que eu precisava. Eu me senti livre. Poderia ir e vir conforme bem quisesse. Eu evitava exigências demais e sempre tinha uma boa desculpa para quando meu pai queria me ver ou quando eu queria ver alguém. A vida com Eric não era, e ainda não é, muito agitada, e essa ideia de ser uma artista me dava, e me dá, diversas possibilidades.

Na primeira vez em que Eric decidiu me visitar para conhecer o estúdio, vivi algumas horas de pânico. Primeiro, eu me vi forçada a arrumar um apartamento. Meu pai tinha vários pela cidade toda; e nem quero saber por que ou como ele os usava. Mas me deixou ficar com um deles, um que serviria muito bem como ateliê. Depois disso, passei a manhã inteira em Lanceheim, comprando quadros em todas as lojas de antiguidades que consegui encontrar. Todos acharam que eu era maluca. Pedia aos vendedores só as pinturas em si, só as telas, porque não queria as molduras. Alguns se recusaram, mas a maioria acabou aceitando, porque nunca tentei pechinchar. Peguei um táxi e voltei para o meu estúdio recém-montado, que ficava perto do Swarwick Park. Eu estendi as telas com todo o cuidado perto de um cavalete que também havia comprado em uma loja de antiguidades, e tudo ficou muito bonito. Respirei fundo e me sentei em um sofá que com certeza era do meu pai, já que era enorme e de couro preto, bem como ele gostava, e só então me dei conta. Eric tocaria a campainha dentro de exatamente meia hora e não havia nenhuma tinta ou pincel no meu suposto estúdio. Voltei para a cidade de novo e, por mero acaso, encontrei uma loja de materiais artísticos enquanto passava pela Rua Up azul-clara. Entrei na loja, peguei uma pilha de coisas e voltei para o apartamento mais uma vez. Completei a minha imagem de artista esforçada e envolvida em uma nova obra-prima "derramando" um pouco de tinta nas minhas calças. Nesse exato instante, Eric tocou a campainha. Por sorte, eu estava usando calças velhas.

Nunca tive nada contra Eric Urso. Não tem nada a ver com isso. Ele é um urso gentil com grandes ambições sociais, e eu dou a ele um toque extra de credibilidade ao me passar por artista. Graças a mim, ele é menos superficial. Hoje é um pouco mais profundo e influente. Fico feliz em poder oferecer isso a ele. Ele não me incomoda, prepara o jantar quando come em casa e limpa as almofadas do sofá quando faz faxina, coisa que eu confesso aqui jamais ter feito.

— Isabelle Leoa — diz a cadela ou a hiena da recepção, com uma voz alta.

Isabelle Leoa. Assim que ela se levanta e segue sem olhar para trás até a porta à esquerda do balcão, eu me lembro de onde a conheço. O marido dela emprestou dinheiro do meu pai alguns anos atrás. Ele teve problemas, não me lembro bem quais, mas as coisas estavam caminhando para um fim trágico. Eu me lembro de ter visto a leoa e seu marido no escritório do meu pai não apenas uma, mas duas vezes. A leoa abre a porta e entra no consultório do dr. Abelha Sharm ignorando totalmente a minha presença. Em outras palavras, ela também me reconheceu.

Nunca tive nada contra Eric Urso. Ele não se irrita comigo por eu fazer compras demais, mesmo quando faço compras demais, e não me cheira para tentar sentir o perfume de outros machos. Ele não me incomoda, e eu posso desperdiçar a minha vida como bem quero. Porque é isso o que a minha mãe sempre diz. "Você está desperdiçando a sua vida", ela diz, porque nunca consigo me lembrar de nenhuma coisa que eu realmente tenha feito durante o dia. Mas os dias passam mesmo assim. Eu vou à cidade, faço algumas compras, encontro minhas amigas e almoço. Às vezes há algumas brincadeiras e flertes, às vezes não. Às vezes meu pai e minha mãe querem que eu resolva alguma coisa, às vezes não. Mas Eric não exige muito de mim a não ser que me refira a ele como meu marido. Isso eu posso fazer.

Agora.

Finalmente chegou a minha vez.

O dr. Abelha Sharm é, exatamente como o seu nome sugere, um bicho de pelúcia bem pequeno, o menor que eu já vi, aliás. Estava sentado atrás da mesa dele, com um jaleco branco e um largo sorriso no rosto quando eu entrei. A não ser pela maca de sempre encostada na parede mais longa da sala, não há muitas outras coisas por aqui que lembrem um hospital. Nenhum pôster de anatomia ou aqueles instrumentos horríveis de aço inoxidável que sempre me deixam morta de medo. Eu me sento no banco em frente à mesa e, assim que ele me pergunta o que eu quero, explico.

— São os meus joelhos, doutor — eu digo.

— Certo — responde o médico com toda gentileza, descendo de sua cadeira.

Ele desaparece atrás da mesa e então vem caminhando em volta dela. Ele mal chega à altura dos meus joelhos. Eu não consigo evitar e me inclino para ver o que esse baixinho está fazendo ali. Dizem que ele é o melhor da cidade. Caso contrário, eu nem estaria aqui.

— Na minha humilde opinião, você tem joelhos lindos, sra. Coelho — diz o dr. Sharm. — E não acho que esteja na hora de repor o enchimento ou mexer em qualquer coisa.

— Mas, mas... — eu começo a gaguejar porque fico pasma quando vejo um animal que não quer o meu dinheiro, mesmo quando estou totalmente disposta a entregá-lo ou, ao menos, gastar uma boa quantia por um simples serviço.

— Hoje em dia existem fibras artificiais que parecem de verdade — interrompe o dr. Sharm — e eu com certeza poderia cobrir as partes mais expostas dos seus joelhos. Mas não sei se os resultados seriam muito bons, já que não há nada que se compare à pelagem verdadeira.

— Você não sabe? — eu repito, e sei que pareço irritada, mas não consigo evitar. Se esse médico minúsculo é o melhor da cidade e não sabe se os resultados serão muito bons, quem vai saber? Como assim ele não sabe? Que idiotice é essa?

— Ah, minha senhora — diz o dr. Sharm. — Por mais que a gente queira e apesar de todos os avanços, a ciência médica ainda tem muito trabalho pela frente. Nós descobrimos muita coisa, percorremos um longo caminho com as pesquisas, mas mesmo assim, ainda não podemos ter certeza de nada.

Eu fico pasma. Mas, ao mesmo tempo, nem deveria estar surpresa. Minha própria experiência com os serviços de saúde é exatamente a mesma. Na Casa Lakestead, um bando de gansos médicos andava pelo lugar com seus jalecos brancos e sobrancelhas arqueadas, lançando olhares para você na esperança de conquistar confiança e um pouco de medo ao mesmo tempo. A maioria dos animais da Casa Lakestead morou lá a vida inteira e continuará vivendo lá até que a caminhonete vermelha venha buscá-los. Quase todos estão lá por conta de problemas psiquiátricos. Os médicos eram uma ameaça à sua saúde. Ninguém nunca sabia quando eles iriam aparecer correndo com uma injeção ou uma ideia para uma pequena operação que talvez pudesse ajudar. No começo, eu morria de medo deles. Eu os respeitava muito. Mas já nos últimos meses, sabia que os médicos eram mais loucos do que os pacientes. E, acredite em mim, os pacientes eram loucos. Completamente loucos. Eu cuidava de três deles, uma águia que acreditava saber voar, um texugo rosado que achava ser um general e Teddy Urso, que vivia falando sobre sua luta contra o mal. Eu conheci Eric Urso durante uma de suas visitas à Casa Lakestead, então foi Teddy quem conheci antes. Comparado aos outros malucos, era fácil se afeiçoar por ele. É claro que ele tinha motivos para estar internado, mas se você mantivesse a conversa no rumo certo, ele nem parecia tão estranho. Não tanto quanto os outros, pelo menos. E nisso incluo os funcionários. Eu me encontrava com Teddy pelo menos três vezes por dia. Trazia o café da manhã para ele, o levava para passear à tarde e cuidava para que tomasse todos os remédios antes de se deitar. Em geral, era durante esses passeios que nós nos falávamos. Conversas sobre todos os assuntos imagináveis, dos mais elevados aos mais rasteiros. Ele me falou muito sobre sua família, é claro — foi Teddy quem fez com que eu me interessasse por Eric. Ele me parecia ser tão empolgante. Perigoso. Gosto de machos perigosos.

— Vinte e cinco mil — disse o dr. Abelha Sharm. — Mas, como já disse, não posso garantir que os resultados sejam excepcionalmente bons. Se eu fosse você, esperaria mais alguns anos até que os pelos em volta dos joelhos perdessem um pouco do... vigor.

Mas eu não sou você, sua abelhinha, pensei, em vez de falar em voz alta.

— Eu entendo, mas já ouvi falar tão bem de você, dr. Sharm, que ainda assim gostaria de correr esse risco. Será que podemos marcar um horário para a cirurgia?

O médico concordou e me mandou de volta para a recepção.

Aos finais de semana, eu tinha folga e ia para a casa dos meus pais em Amberville. Sair de Hillevie e Lakestead para voltar à cidade era tão libertador que a viagem de volta na segunda-feira de manhã era uma verdadeira tortura. Eu reclamava, dizendo que queria pedir demissão. Reclamava todo final de semana, mas meu pai era inflexível. Agora que ele finalmente havia me arrumado um emprego, eu teria de me esforçar, disse ele. Mas, certa vez, em meio a todas as vezes em que reclamei e tentei descrever o quão indescritível era o inferno da minha vida como enfermeira, por acaso mencionei o nome de Teddy Urso. E até quem era a mãe de Teddy Urso. Isso mudou tudo. Meu pai parou de se esquivar de mim e das minhas reclamações como se eu fosse uma mosca irritante e, de repente, parecia estar muito interessado. Não entendi o porquê disso no começo, mas depois acabei descobrindo. Edda Rino. Um contato direto dentro da rede política de Mollisan Town traria grandes oportunidades para o meu pai. Agora eu nunca mais conseguiria pedir demissão. Fiquei com raiva de mim mesma e me perguntei como podia ter sido tão estúpida. Talvez a idiotice de alguns pacientes da Casa Lakestead fosse contagiosa. Meu pai me levou para pegar o ônibus na manhã seguinte e foi claro ao dizer que eu deveria cuidar muito bem de Teddy.

O que aconteceu depois disso não foi culpa minha. Nem sei como tudo se passou. Eu não me interesso por política, não me interesso por planos mirabolantes ou linhas de raciocínio longas e complexas. Às vezes acho que é isso o que mantém meus pais unidos. Cada um deles, à sua própria maneira, parece ter uma imensa fascinação por esse tipo de coisa. Entender que, se ela fizer tal coisa, ele irá fazer outra coisa que a levará a tomar determinada decisão, enquanto o primo dela tomará outra. Esse tipo de especulação infinita sobre o futuro dos animais. Eu não dou a mínima para o que os outros estão fazendo; por mim, cada um que faça o que bem quiser. Quanto aos ursos gêmeos, as coisas simplesmente aconteceram como aconteceram. Os dois se apaixonaram por mim, eu não pude fazer nada.

Era menos surpreendente ouvir Teddy Urso dizendo que me amava. Segundo os médicos, isso fazia parte do perfil da doença dele. Eu não soube muito bem o que fazer quando ele disse que me amava, então pedi conselho aos médicos. Encabulados, eles sorriram, trocaram olhares conspiratórios e depois se desculparam, dizendo que eu não deveria levar essas declarações de amor tão a sério. Não era eu, Emma Coelho, quem ele amava, mas sim a imagem que ele tinha de mim. Ele deveria ter me idealizado como algum tipo de ícone de virtude e carinho, segurança e consolo; foi isso o que os médicos disseram. Segundo eles, a única coisa que eu poderia fazer era concordar com o paciente. Isso se aplicava a todos os animais internados na Casa Lakestead. Não entre em conflitos, concorde ou ignore todas as peculiaridades dos pacientes. Então, continuei trabalhando como sempre. Eu arrumava a cama de Teddy e limpava o quarto dele de manhã. Cuidava para que ele tomasse seus remédios e comesse direito. Ouvia todas as coisas que ele dizia e concordava com a maioria delas. Mas não de uma forma desinteressada e passiva; muito pelo contrário, eu gostava daquelas conversas. Teddy tinha um ótimo senso de humor e, na verdade, era muito inteligente. Mas quando ele entrava em discussões estranhas sobre o bem e o mal, eu tentava mudar de assunto. Em geral, conseguia. O que eu achava mais difícil de ignorar era a forma como ele misturava a própria vida com a de seu irmão gêmeo. Nessas ocasiões, eu tinha de me concentrar muito para não dizer nenhuma idiotice. Eric Urso vinha visitar Teddy pelo menos uma vez por semana e muitas vezes falava sobre o seu trabalho com ele. Não era raro que eu acabasse ouvindo as conversas entre eles, e era como se sussurrassem ou estivessem tentando esconder alguma coisa. E quando Eric ia embora, Teddy às vezes repetia as palavras de seu irmão no mesmo dia, como se fosse algo que ele mesmo tivesse dito. Parecia simplesmente emprestar a vida de Eric. Eu sabia muito bem por que isso me deixava tão desconfortável. Esse era o sinal mais claro do quão grave era a doença de Teddy, e é claro que isso minava em grande parte o meu interesse pelas nossas conversas.

Chegando à recepção, marco um novo horário com a cadela que eu já não sei bem se não é uma espécie de panda. Não é um retorno, mas sim um horário para a cirurgia em si. A panda e eu nos decidimos por uma data no começo de setembro. Não vejo mais nenhum sinal daquela leoa orgulhosa. Mas, ao passar pelos outros na sala de espera lá fora, sigo o exemplo dela e ergo bem alto o meu nariz. Nem vejo os animais que estão nos sofás ou perto do aquário, só olho para a frente, na direção da porta. Depois de alguns segundos, já estou nas escadas e começo a descer até a rua. Não posso dizer que gosto de me misturar com aqueles velhos trastes surrados que se apinham na sala de espera do dr. Abelha Sharm. Sair de lá é como uma libertação.

Mas preciso terminar esta linha de raciocínio. Não era muito surpreendente que Teddy Urso se apaixonasse, nem era algo que eu devesse levar a sério. O fato de Eric Urso também ter se apaixonado por mim era mais estranho. Honestamente, nunca me apaixonei. Nem quando era pequena e ia à escola, tampouco depois que cresci. Não sei por quê. Houve uma época em que me lamentava pelas coisas serem assim; eu me sentia isolada e diferente dos outros de um jeito ruim. Mas, no fundo, você precisa se aceitar como é. Pelo bem e pelo mal, como Teddy teria dito. Como não faço o tipo romântico, nunca cativei grandes paixões entre os animais à minha volta. Apenas ocasionalmente, é claro. Não sou feia. Mas o galanteio de Eric me surpreendeu. Nós mal nos conhecíamos, ele só tinha me visto enquanto eu cuidava de Teddy na Casa Lakestead, e suspeito que foi a descrição de Teddy, em maior parte, o que despertou o interesse de Eric. Nós nos cumprimentávamos, trocávamos algumas palavras quando nos víamos pelos corredores ou no quarto de Teddy, mas nada mais do que isso. Ainda assim, ele me perguntou se eu não gostaria de sair com ele e, como não respondi de imediato, me elogiou de maneira tão abusada que me deixou até espantada. Nós estávamos no saguão do primeiro andar, onde os pacientes às vezes tomavam café à tarde. Estávamos só nós dois ali. Apesar de atrevido e insistente, ele estava muito bonitinho e com um cheiro ótimo. Nós saímos algumas vezes. Não foi nada mais do que isso, só uma forma de passar o tempo da minha vida monótona e dominada pelo trabalho do qual meu pai se recusava a me deixar sair. Por mais que eu reclamasse e chorasse, ele sempre me mandava de volta à Casa Lakestead todas as segundas-feiras.

Até que finalmente entendi. Não pretendo afirmar que eu estava por trás de um plano tão engenhoso, mas quando Eric Urso me pediu em casamento depois de apenas alguns meses — o que foi no mínimo uma surpresa para mim — percebi que aquela poderia ser a minha salvação. Se eu aceitasse, teria de abandonar meu emprego como enfermeira. Meu pai ficaria muito feliz ao ver sua única filhote casando na igreja; com isso, eu teria chegado mais longe na vida do que ele jamais poderia ter sonhado. É claro que não previ todos os segredos que precisariam ser criados. Meu pai tinha certeza de que Eric cancelaria o noivado se descobrisse de quem eu era filha, embora eu tivesse certeza do contrário. Mas tudo aconteceu conforme meu pai queria, como sempre. Eu disse a Eric que meu pai já havia morrido.

Ainda não sei como foi que Teddy me pediu em casamento dois dias depois de Eric. Sim, eles eram gêmeos, então talvez tenha sido apenas uma coincidência. Ou talvez Teddy tenha ouvido sobre a proposta de Eric e não quis ficar para trás. Se existe uma coisa da qual me arrependo... bom, talvez não que eu me arrependa, mas da qual não me orgulhe muito, é toda a farsa em que me envolvi com Teddy. Eu achava totalmente errado fingir daquela forma. Mas todos os médicos acharam que seria uma boa ideia, Eric achou que seria uma boa ideia e, é claro, meu pai fez todo o tipo de ameaças caso eu não desse um jeito de ir para o altar com um dos filhotes de Edda Rino. O arcediago gostou da ideia também. Nós enganamos Teddy. Pinguim Odenrick fez uma encenação. Ele teve uma conversa muito séria comigo e com Teddy por várias horas, como se realmente fosse nos casar. E depois, no mesmo dia, todo o processo foi repetido, mas desta vez com Eric e eu. Foi estranho. Especialmente porque os gêmeos eram mais ou menos idênticos. Em maior parte, Odenrick pareceu achar tudo aquilo engraçado. Acredito que Eric tenha feito isso pelo bem de Teddy. Fiz isso em maior parte por mim mesma, e um pouco pelo meu pai. Eu me casei com Eric, parei de trabalhar na Casa Lakestead, e Eric nunca descobriu que havia se casado com a filhote de um chefão do crime.

Nunca acreditei que o nosso casamento duraria tanto tempo quanto durou. Só pensei nisso como um jeito de não ser mais enfermeira. Será que nossa relação nunca desmoronou porque nunca realmente me importei com ela? Às vezes, quando converso com minhas amigas, acho que sim. Todas parecem levar o amor tão a sério. Sofrem tanto com a traição — por parte delas mesmas ou dos maridos. Honestamente, eu não dou a mínima.

Minha vida vai muito bem. E com uma ajeitadinha nos joelhos, não haverá nada do que reclamar.

Capítulo 27

Pela janela no gabinete do arcediago Odenrick, Eric Urso viu que as nuvens no céu estavam prestes a se dissipar; precisava agir rápido. Sam e Tom-Tom logo chegariam à catedral.

O arcediago estava apoiado contra a porta, mas não pretendia ir embora. Ele havia passado os últimos dez minutos inquieto, andando de um lado para o outro na pequena área entre a porta e a mesa ao lado direito da poltrona onde Eric estava sentado. Depois de descarregar tanta frustração acumulada nas próprias pernas, o pinguim acabou ficando sem fôlego. Agora, estava encostado na porta para recompor suas forças. Ele respirava de bico aberto, e um cheiro de mostarda velha e salsinha se espalhava pela sala. As provocações de Eric Urso duraram quase vinte minutos e, não fosse pela grande proximidade entre Eric e o arcediago e a grande proximidade entre este e Eric e sua família, talvez os ataques não tivessem causado tanto efeito. Mas aos poucos, o urso foi encontrando brechas entre as defesas do sacerdote.

— Isso não faz sentido — bufou o pinguim. — Você ainda não está me ouvindo.

— Foi você quem me ensinou a ser assim — sorriu Eric. — Mas estou ficando importante, não acha? Não é verdade que você, o arcediago, não precisa ouvir críticas porque você e Magnus são tão próximos um do outro? Eu não sou. Para mim, entre o arcediago e Magnus não há... sim, não há diferença alguma.

Eric continuou sentado na beira da poltrona em frente à mesa; já não se sentia mais tão desconfortável. Apesar de todo o rancor envolvido, a conversa estava fluindo com uma lógica implacável. O arcediago era movido por uma sede de poder da qual se envergonharia caso fosse revelada. Mas como todos os bichos de pelúcia, só queria ser amado. Se isso não fosse possível, queria ao menos ser compreendido. Esse era o ponto fraco dele.

O pinguim encarou o urso.

— O que você quer? Fale sério.

— Tire um nome da lista — respondeu o urso. — Seria um bom começo.

Eric precisou rever suas exigências; ele tinha de começar por algum lugar.

— Eu roubava as roupas que empacotava quando era seu aluno — repetiu Eric — e Rata Ruth recebe os nomes por meio das listas das roupas. Não é necessário ser um grande detetive para entender como tudo se encaixa.

Ofegante, o arcediago por fim deixou que um fraco sussurro explodisse em um berro:

— Sim, é claro que sou eu!

Agora tudo estava confirmado, de uma vez por todas.

— É claro que você está certo, Urso. Sou eu quem prepara a lista.

E, então, Odenrick riu. Essa foi a primeira vez que Eric ouviu uma gargalhada do arcediago. O som era trêmulo e seco, vindo direto da garganta do pinguim.

— Isso não tem nada a ver comigo, seu urso idiota — bufou Odenrick. — Você fica aí me olhando como se isso fosse algo que eu inventei. Que estupidez. Essa é só uma das incumbências do meu cargo. Os arcediagos de Mollisan Town sempre prepararam as listas. Essa é a nossa função, nós somos instrumentos de

Magnus. Avaliar a vida dos animais de uma forma justa não é algo que possa ser feito por qualquer um.

Essas eram as palavras que estavam esperando para serem proferidas. Uma sílaba veio após a outra, como dominós posicionados há muito tempo, finalmente caindo em seus devidos lugares. Odenrick se sentou, aliviado e inquieto ao mesmo tempo. Eric continuou em silêncio. Sabia que havia derrubado uma muralha. Ele conseguiu ver um lampejo do que existia por trás do arcediago. As nuvens ainda não haviam se dissipado. Mas já não devia faltar muito agora.

A testa do arcediago Odenrick se contraía e relaxava como as ondas do mar; sob elas, vários pensamentos vagavam de um lado para o outro. Quando o pinguim finalmente decidiu falar, usou uma voz calma e cadenciada que foi aos poucos se enchendo com cada vez mais emoção. O discurso era voltado tanto para ele mesmo como para o urso.

Odenrick explicou como a tradição das listas vinha sendo passada ao longo dos séculos. Em outras épocas, isso era apenas uma ocupação secundária dos arcediagos, mas com o tempo, as Listas da Morte se tornaram o próprio coração da Igreja. E a história que Eric ouvira era de fato verdadeira; todo ano, um animal escolhido era anistiado. Isso era dever e responsabilidade do arcediago, um lembrete da misericórdia divina.

Pinguim Odenrick escancarou as portas para os recantos mais íntimos de sua alma. E a satisfação que o arcediago sentiu ao compartilhar esses segredos tão profundos e incômodos fez com que ele fosse mais e mais a fundo nos detalhes sobre como a Lista da Morte funcionava e como o poder da Igreja finalmente veio se ancorar nela. Ele explicou como isso era usado para governar e manter as regras da sociedade, exatamente como Eric Urso havia imaginado há pouco mais de uma hora enquanto vinha até a catedral.

Sem a promessa de uma vida futura, a Igreja perderia a relevância, disse Odenrick com uma voz alta e teatral. Sem a promessa de uma vida futura, as leis que formavam a base da sociedade seriam incompreensíveis.

— Porque quase todos os bichos de pelúcia que eu e você encontramos diariamente são meros tolos, governados pelas próprias tentativas patéticas de escapar da velhice e da morte.

Enquanto ficava sentado em silêncio, tentando conter a repulsa pelo desdém com o qual o arcediago se referia ao seu mundo, Eric percebeu que em um único ponto o discurso de Odenrick era uma surpresa e uma decepção.

— Existe uma outra lista.

Fingindo uma pose pensativa, Odenrick acenou e apontou para a própria cabeça com a ponta de sua asa.

— Existe uma outra lista que é ainda mais importante do que essa da qual estamos falando agora. É a lista dos animais que deverão ser retirados assim que aparecerem na Lista da Morte.

O tom de voz do arcediago ainda era monótono, como se ele estivesse falando para um grande público.

— Mas se você não quer que eles morram, por que põe os nomes deles na Lista da Morte? — perguntou Eric, sinceramente intrigado.

Essa foi a primeira vez em que ele disse alguma coisa em quase dez minutos.

— Porque, caso contrário, eu não teria como retirá-los da lista — riu o arcediago, com desdém. — Caso contrário, Magnus não poderia nos lembrar de sua misericórdia.

O riso pareceu doer na garganta do pinguim. Dessa vez, ele riu por tanto tempo que já não parecia haver mais ligação alguma entre esse som e as palavras que tinha dito, e Eric ficou sinceramente com pena do arcediago. Aquele animal sentado do outro lado da mesa era um lunático. O urso olhou mais uma vez para a janela. Sam e Tom-Tom deveriam chegar muito em breve.

— E você — bufou Odenrick, em meio às convulsões que tentava usar como risos sem muito sucesso —, você nunca, nunca vai conseguir chegar a essa lista que está na minha cabeça.

E a ideia de que o urso poderia pensar o contrário pareceu tão ridícula para o arcediago que sua sôfrega alegria recebeu um novo ânimo. O arcediago tossiu mais uma gargalhada e se sentiu forçado a gritar para que fosse ouvido:

— Porque você é completamente insignificante!

Eric assentiu para si mesmo. Supor que o arcediago estaria inserindo pequenas mentiras ao longo de toda essa torrente de verdades era bem pouco provável. Esta não era uma noite para rodeios. O poder do arcediago se resumia a uma única anistia por ano. Eric não teria como retirar os dois nomes conforme pretendia e se viu forçado a fazer o impossível.

Ele se viu forçado a escolher entre Teddy e Emma.

— Depois de tudo o que você me contou, a última coisa que eu sou é insignificante — respondeu o urso em voz baixa. — Você me deu poder. Isso vale mais do que até você pode pagar.

— Você não é nada! — gritou Odenrick. — Não ouviu nada além de delírios febris! É só um dos milhares que já tentaram revelar a origem da Lista da Morte, um das dezenas de milhares que ao longo dos séculos tentaram alcançar a imortalidade retirando o próprio nome ou o de algum outro animal da lista. Você não sabe de nada porque, assim que sair desta sala, esta conversa nunca terá existido. Se me perguntarem, vou dizer que você nunca esteve aqui.

Eric olhou para a janela e pareceu ouvir o som do motor de uma Kombi Volga cinza. Ou ele estaria imaginando coisas?

— Acho que nem você nem eu podemos supor o que aconteceria se essa informação viesse a público — continuou Eric com uma calma que contrastava tanto com os gestos e explosões teatrais do arcediago que quase parecia inadequada. — Se tudo o que disse sobre a enorme relevância da lista for mesmo verdade, o que aconteceria se todos os animais da cidade soubessem que é você quem escreve arbitrariamente os nomes dos condenados em uma folha de papel?

— Você não pode me desafiar! — gritou o arcediago, parecendo sinceramente surpreso. — Não pode me desafiar. Não entendeu nada? Na semana que vem, vou me sentar aqui mesmo e escrever a próxima lista. Talvez o seu nome esteja nela. Você não pode me desafiar!

A gargalhada do arcediago definhou até virar uma tosse seca.

— É claro que entendi — disse Eric Urso sem titubear. — Eu mesmo disse isso assim que cheguei aqui. Entendo de mais coisas do que você imagina. Esse é o meu pagamento. Essa lista que fica na sua cabeça, a dos animais a serem anistiados, você pode guardar para o ano que vem. Este ano, só quero que retire o nome de um animal que vou pedir. Caso contrário, todos os bichos de pelúcia desta cidade ficarão sabendo o que você faz.

— Mas isso é...

— E, ah... — disse Eric, acenando com a cabeça em direção às janelas. — Sam e Tom-Tom estão chegando. Não sei se você os conhece, mas eles são tão insignificantes quanto eu.

No mesmo instante em que Sam Gazela estacionava a Kombi Volga cinza em uma das ruas do cruzamento em frente à catedral, as últimas nuvens se dissiparam e a lua minguante brilhou no céu escuro. Através da janela, o pinguim e o urso viram Sam descendo do veículo enquanto segurava uma folha de papel.

— Está vendo? — cutucou Eric. — São seus manuscritos da Lista da Morte. Sam e Tom-Tom visitaram a velha Dorothy, você sabe. E a Dorothy, ela é muito organizada, guarda tudo. Até os seus manuscritos originais antes de passá-los a limpo como catálogos de roupas usadas.

A gazela fechou a porta depois de descer e continuou acenando com o papel para uma determinada direção conforme as ordens. Junto a Tom-Tom Corvo, Sam veio lentamente até a catedral e a discreta porta que Eric prometeu existir ali, mesmo que eles não pudessem vê-la de longe.

— O que nós vamos fazer se ele descobrir que esse maldito papel que você está acenando aí é só uma lista de convidados? — perguntou Tom-Tom.

— Não faço ideia — respondeu Sam.

— Eu devia ter matado aquela coruja — disse o corvo, arrependido.

— Querido, isso também não teria ajudado em nada — rebateu Sam. — Ainda acho que isto aqui é só um beco sem saída.

— Seu porco – bufou Pinguim Odenrick.

O arcediago estava de costas para Eric, olhando para a rua pela janela, rígido como uma estátua de sal. Mesmo de longe, ele pôde ver que aquilo na pata da gazela era de fato um papel da igreja com a sua própria caligrafia tão característica.

— Vocês não sabem o que estão pondo em risco — grunhiu o pinguim em tom de alerta para o urso, sem se virar. — Estamos falando de estruturas que foram construídas ao longo dos séculos. Estamos falando de uma ordem mundial que não possui qualquer alternativa.

— Não estamos arriscando nada — respondeu Eric, sem se intimidar com o palavrório. — Você só precisa me dar a lista, eu retiro o nome, você avisa a rata e nós vamos devolver os seus manuscritos depois de amanhã.

— Está muito em cima da hora — murmurou o arcediago sem tirar os olhos da gazela e do corvo que lentamente continuavam a caminhar em direção à catedral. — Eu não posso fazer nada.

— Você vai dar um jeito — prometeu Eric.

— Como eu pude confiar em você? — perguntou Odenrick, finalmente se virando.

Uma luz havia se apagado nos olhos do arcediago.

— Como você poderia não confiar? — rebateu o urso.

Eles continuaram se encarando assim por alguns breves momentos antes que o pinguim se sentasse pesadamente atrás da mesa enquanto abria uma das gavetas com o mesmo movimento. Ele pegou uma cópia do recibo que havia chegado com o último lote da entrega semanal de roupas para o lixão, pôs o papel sobre a mesa, virou-se para o urso e empurrou a folha.

— Estou cansado — confessou Odenrick. — Não tenho forças para pensar.

Eric continuou em silêncio. Pegou uma das canetas que estava no porta-canetas sobre a mesa e analisou a lista de nomes.

A vida de um animal seria salva a custo da vida de outro. Foi o momento mais difícil da vida dele.

— Eu nunca mais quero ouvir falar sobre isso de novo — disse o arcediago enquanto Eric encontrava o nome que estava procurando e fazia um grande risco sobre ele.

— Nunca mais — repetiu o arcediago.

O urso empurrou o recibo de volta para Odenrick, deixou a caneta de lado e se levantou da poltrona. Sem dizer mais nada, ele se virou e saiu do gabinete do arcediago.

Sam e Tom-Tom estavam conversando na rua quando Eric saiu. Ele os cumprimentou com um aceno de cabeça que talvez até tenha sido uma espécie de agradecimento, mas não disse nada. Com passos rápidos, foi até a Kombi estacionada. A gazela e o corvo foram forçados a correr para alcançá-lo.

— E então, como foi? — perguntou Tom-Tom.

Mas Eric Urso não respondeu. Ele se sentou no banco de trás e fechou a porta.

— Acho que não muito bem, hum? — disse Tom-Tom para Sam antes que os dois abrissem as portas da frente para se juntar a Eric.

A gazela deu de ombros. Tom-Tom ligou a Kombi.

— Eric, querido, nós não conseguimos achar nenhum manuscrito — disse Sam. — A coruja insistiu que não sabia nada sobre as Listas da Morte e só nos deu uma lista de convidados.

— Para onde nós vamos? — perguntou Tom-Tom.

— Agora, nós vamos para casa — disse Eric Urso.

EPÍLOGO

Para Ser Lido Conforme Necessário

Eric Urso estava sentado sobre as ruínas do píer na ponta norte da extensa praia de Hillevie, balançando as pernas sobre a água. Era a manhã do dia vinte e dois de maio; depois de dormir o dia anterior inteiro, ele se levantou às seis da tarde, comeu alguns sanduíches e então voltou para a cama e dormiu a noite toda. Dormiu tranquilo, um sono pesado e sem sonhos; foi a forma que o seu corpo encontrou para se livrar de parte da tensão que vinha se acumulando por dentro e por fora ao longo das últimas semanas. O corpo de Eric estava rígido e dolorido quando ele acordou na manhã seguinte.

Assim que abriu os olhos, soube que precisava ver o mar. Tomou uma xícara de café com Tom-Tom à mesa da cozinha; não havia nada para comer, nem na geladeira, nem na despensa. O corvo já estava acordado desde cedo. No dia anterior, Tom-Tom decidiu engolir seu orgulho e ligou para Grand Divino. O gerente da loja de departamentos, na verdade, o diretor do departamento de casa e decoração, concordou em recebê-lo, e Tom-Tom iria se encontrar com ele dentro de algumas horas.

— Diga que a culpa foi minha — murmurou Eric.

— Eu já fiz isso. Está pensando o quê? — Tom-Tom murmurou de volta e sorriu.

Sam estava dormindo; o corvo e o urso estavam conversando em voz baixa.

Às nove da manhã, Eric pôs suas roupas e saiu do apartamento. A Kombi Volga cinza ainda estava estacionada perto de Yiala's Arch. Eric comprou um *croissant* e uma segunda xícara de café em Springergaast e comeu enquanto dirigia. Na ponta daquele píer, com o mar diante de seus olhos, ele esperava encontrar um pouco de paz, nem que apenas por algumas horas.

E o que teria acontecido se Teddy não houvesse ligado dois dias atrás? Essa era uma ideia inconcebível; se Eric se demorasse pensando nisso por mais do que alguns segundos, seu mundo começaria a desmoronar.

Quando Eric estava explicando a Sam e Tom-Tom seu plano para Dorothy e os manuscritos, o telefone tocou de repente. O som era estranho, Eric mal se lembrava de ter recebido uma única ligação sequer durante essas mais de três semanas em Yiala's Arch. Até Sam ficou espantado. Eles acenaram para que a gazela fosse atender, o que, é claro, ela fez. Com uma expressão de espanto ainda maior no rosto, Sam ouviu por um instante, balançou a cabeça e estendeu o fone para Eric.

— É para você.

Eric se aproximou de Sam, pegou o fone e, só pela respiração no outro lado da linha, já soube que era seu irmão.

O que Teddy disse era inacreditável.

Levando-se em consideração o mundo de seres imaginários e ilusões onde Teddy vivia, a princípio, o que ele estava dizendo não poderia ser levado a sério. Emma Coelho não tinha pai. Isso era um devaneio, uma fantasia, deveria haver algum motivo por trás disso que Eric não conseguia enxergar, mas era algo impossível de se imaginar.

Eles conversaram por alguns minutos. Eric tentou entender como Teddy sabia da existência de um Pombo que andava pela cidade com um par de gorilas. Isso era loucura. Eric foi ficando mais e mais agitado, Tom-Tom e Sam se levantaram, preparando-se para sair dali.

E, então, Teddy mencionou as botas marrons. As novas botas marrons de Emma, com os sóis bordados nas panturrilhas. Teddy as descreveu em detalhes.

Finalmente, Eric percebeu que era verdade.

— **Você vai ter de** me ajudar — disse Teddy.

Eric se virou e sorriu. Teddy estava se equilibrando sobre as tábuas podres na outra ponta do píer. O trajeto parecia ser perigoso. Os funcionários da Casa Lakestead nunca o perdoariam se deixasse Teddy cair na água. Ele se levantou, deu alguns passos cuidadosos até a margem e ajudou seu irmão a atravessar uma parte especialmente difícil onde apenas duas tábuas ainda estavam intactas. Juntos, eles se sentaram lado a lado na ponta estreita do píer e olharam para o horizonte.

Seria mais um belo dia em Hillevie.

— Esta é a mesma água que estava aqui um milhão de anos atrás — disse Eric, apontando para o mar que, de tão calmo, até parecia ser uma camada de gelo. — Exatamente a mesma água.

Teddy concordou.

— Isso é tão bom — completou Teddy depois de um tempo.

Em seguida, Teddy pôs a pata sobre os ombros do irmão, em um gesto de consolo, e eles continuaram sentados assim.

Editora Manole

Este livro foi composto em New Aster
no corpo 10,2/14 e impresso sobre papel
Pólen soft 80 g/m² pela Prol Editora
Gráfica, Barueri – SP, Brasil.